DAVID SELTZER

DIE PROPHEZEIUNG

ROMAN

Mit Fotos aus dem Film
»Die Prophezeiung«

Deutsche
Erstveröffentlichung

Wilhelm Goldmann Verlag

Titel der Originalausgabe: Prophecy
Originalverlag: Ballantine Books, New York und Toronto
Aus dem Amerikanischen übertragen von Tony Westermayr

Fotos: Paramount Pictures Corporation, Frankfurt am Main

Made in Germany · 10/79 · 1. Auflage · 1112

Umschlagentwurf: Atelier Adolf & Angelika Bachmann, München
Umschlagfoto: © 1979 bei Paramount Pictures Corporation
Gesamtherstellung: Mohndruck Graphische Betriebe GmbH, Gütersloh
Verlagsnummer: 3897
Lektorat: Doris von Kornatzki · Herstellung: Lothar Hofmann
ISBN 3-442-03897-9

Prolog

Schnee fiel auf den Manatee-Wald und bahnte der lastenden Winterstille den Weg. Es schneite fünf Tage und Nächte. Die Schneemassen begruben die Bäume, die den Holzfällern Arbeit boten, die Kälte vereiste den Fluß, der den Indianern Nahrung lieferte. Die Menschen zogen sich aus dem Wald zurück, kauerten in kleinen Hütten, um sich zu wärmen, lebten von kargen Vorräten, bis der Frühling wieder Einzug hielt.

Die anderen Waldbewohner waren besser vorbereitet. Durch Jahrmillionen der Evolution hatten sie sich in Körperbau und Biorhythmus an die bevorstehende Zeit der Kälte und des Nahrungsmangels angepaßt. Die Insekten sorgten für die Sicherheit künftiger Nachkommenschaft, indem sie ihre Eier unter Wasser und unterhalb der Frostmarke ablegten, wo sie von den Elementen darüber unbeeinflußt blieben. Die Vögel zogen in wärmeres Klima; die Kaltblütler-Reptilien und -Amphibien paßten ihre Körpertemperatur der Umgebung an, erstarrten, tauten im Vorfrühling wieder auf. Die wenigen warmblütigen Geschöpfe, die von der kargen Vegetation unter der Schneedecke leben konnten, blieben den Winter über wach, an Gewicht und Zahl abnehmend, während sie das trostlose Gelände durchstreiften. Jene, die mehr Nahrung brauchten, hielten Winterschlaf, in ein todesähnliches Koma verfallend, bei dem Herzschlag und Atmung kaum wahrgenommen werden konnten.

Verborgen unter der weißen Decke an der Grenze zwischen Kanada und Maine schlummerten zehntausende Tiere in der dunklen Stille ihrer Höhlen. Manche würden mit Nachwuchs herauskommen, der geboren wurde, während sie schliefen; andere würden gar nicht mehr erscheinen, vor Alter oder Nahrungsmangel eingehen, für immer in ihren Erdgräbern eingeschlossen. Den Blicken der Menschen entzogen, wurden diese geheimen Verstecke, die Leben im Schwebezustand erhielten, über die Jahre hinweg immer und immer wieder benützt, und manche waren Jahrhunderte alt. In der Größe reichten sie vom tassenförmigen Nest eines Backenhörnchens bis zur drei Meter hohen Höhle eines Bären.

Aber in diesem Jahr gab es einen neuen Winterschlaf-Bau. Und er hatte eine Größe und Form, wie sie noch nie vorgekommen waren. In schroffen Felswänden am Rand eines zugefrorenen Sees ragte er fast zehn Meter hoch und sieben Meter breit empor, und die Luft darin war erfüllt vom Gestank verfaulender Kadaver. Der Schlaf des Bewohners war unruhig gewesen. Er sehnte sich nach dem kommenden Frühling.

Als die Sonne der Erde näherrückte, begann der Schnee, der den Manatee-Wald bedeckte, zu schmelzen, und die Waldbewohner regten sich. Aus seinem unterirdischen Bau in den Bergen über der Baumgrenze trottete, frühzeitig erwacht, ein sechs Zentner schwerer Schwarzbär hervor auf der Suche nach Beute. Der Boden war noch mit einer dünnen weißen Kruste bedeckt, so daß er eine deutliche Fährte hinterließ, als er zum See hinablief, mit seiner schweren Tatze das Eis durchbrach und gierig trank. Als sein Durst gelöscht war, betrachtete er die Umgebung, hörte, wie an einem Baum Rinde abgerissen wurde. Er folgte dem Geräusch und entdeckte unweit einen großen Hirschbock beim Äsen. Das schwere Geweih drehte sich, als der Hirsch die Gefahr witterte.

Der Bär bewegte sich langsam, denn er wußte, daß der Hirsch ihm nicht entkommen konnte; auch der Bock schien es zu wissen und blieb wie gelähmt stehen. Im letzten Augenblick fuhr er herum und wollte fliehen. Der Bär griff an. Die Verfolgungsjagd war lautlos, bis auf das Trommeln der Tatzen und Hufe im Schnee und das Schnauben, als der Bär seine Beute rasch einholte. Mit einem einzigen Hieb zerfetzten die Klauen des Bären ein Hinterbein, und der Hirsch stürzte zu Boden, Blut rann in den Schnee, während er um sich schlug und dann erschlaffte, als der Bär herankam, um zu töten.

Es würde kein schneller Tod sein. Der Bär brauchte sich nicht zu beeilen. In diesem Wald gab es niemanden, der ihm seine Mahlzeit streitig machen konnte.

Aber als er vorwärtstrabte, hörte er hinter sich einen Laut. Es war ein abrupter, schriller Schrei, von einer Stimme, wie der Bär sie noch nie gehört hatte. Ein Schatten ragte plötzlich hoch auf, und der Bär fuhr herum und quietschte wie eine erschreckte Feldmaus. Er versuchte zu fliehen, wurde aber mit solcher Gewalt hochgerissen, daß sein Leib aus dem Fell gefetzt wurde, der hautlose Rumpf zu Boden prallte. Die Beine pumpten noch, liefen auf der Stelle, selbst nachdem der Kopf säuberlich von den Schultern abgetrennt worden war.

Der verletzte Hirsch richtete sich schwankend auf, zog das zerfetzte Hinterbein nach, fand Sicherheit in einer dichten Baumgruppe. Dort drehte er den Kopf und beobachtete ausdruckslos, wie sein Jäger zur Beute wurde.

Der Schädel des Bären wurde an Ort und Stelle verzehrt, der Rumpf zum Bau in den Felsen mitgenommen. Dort würde er gemächlich verschlungen werden, die Knochen auf den Stapel von Kadavern geworfen, der während des ganzen Frühlings wachsen sollte, ein makabres Gerüst, das hinaufreichen würde bis zur zehn Meter hohen Decke. Der Architekt dieser Höhle fand keinen Geschmack an Hufen und Klauen; sie waren abgetrennt worden und verfaulten auf dem Erdboden.

Nicht lange, dann würden dort auch Hände und Füße liegen und verrotten . . .

1

Für Robert Vern bedeutete der Frühling in Washington, D.C., mehr als Kirschblüte und Eröffnung der Rudersaison auf dem Potomac. Sein Kalender zeigte den Jahreszeitenwechsel durch einen Wandel in der Art des menschlichen Elends an. Der Winter war die Zeit der geplatzten Gasleitungen, der Kindesmißhandlungen, der Lungenentzündungen und des Erstickens; der Frühling war das kurze Vorspiel zu den Rattenbissen und den Abwasserproblemen des Sommers.

In den vier Jahren, seitdem er für das Gesundheitsministerium arbeitete, hatte er die Zustände in den Mietskasernen sich immer mehr verschlimmern sehen. Ein Gefühl des persönlichen Scheiterns erfaßte ihn. Er war Arzt. Sein Patient war das ganze Ghetto. Und das Herz des Ghettos begann zu versagen, trotz aller seiner Mühen.

In dem komplizierten Gewirr von Ursachen und Wirkungen übte der Wandel in der Lebensauffassung eine dramatische Wirkung auf die Stadtentwicklung aus. Die jungen Leute aus dem Mittelstand, die sich früher zusammengetan, geheiratet und in Vororten gelebt hatten, wo sie ihre Kinder auf ›gute‹ Schulen schicken konnten, blieben jetzt ledig, zogen ins Stadtzentrum und erzeugten eine Grundstückskonjunktur, die jeden Hausbesitzer reich machte. Gebiete, die früher für den öffentlichen Wohnungsbau vorgesehen waren, erlebten eine Neuplanung, und die Ghettos wurden immer enger zusammengequetscht. In einem einzigen Mietskasernenblock, wo früher zweitausend Farbige gelebt hatten, wohnten jetzt sechstausend. Familien von acht Personen bewohnten einen einzigen Raum, quollen hinaus auf die Feuertreppen und Gehsteige, auf Unterkunft so verzweifelt angewiesen, daß sie den Slumherren völlig ausgeliefert waren. Wenn sie sich darüber beklagten, daß es kein Wasser gebe, wurden sie auf die Straße gesetzt.

Wenn es eine einzelne Gruppe von Personen gab, für die Robert Vern Rachegefühle empfand, waren es die Besitzer der Häuser in den Slums. Bei seinen nie endenden Runden durch die

Mietskasernen sah er die Zeichen ihrer Habgier überall. Er reichte Klagen gegen sie ein und trat vor Gericht gegen sie auf; zuletzt blieben sie immer die Sieger, auch wenn sie Strafen erhielten. Ihnen gehörte Grund und Bebauung, und die Nachfrage überstieg das Angebot bei weitem. Die Mieter hüteten sich, vor Gericht zu erscheinen.

Dann die Politiker. Der endlose Zug solariengebräunter Bürokraten, die zur Grundsteinlegung von Bauprojekten erschienen, um sich fotografieren zu lassen, um dann unerreichbar zu sein, wenn die Finanzierung der Projekte zusammenbrach und aus den Siedlungen Ghettos und Brutstätten des Verbrechens wurden. Es schien keine Lösung und kein Ende dafür zu geben. Niemand außer Robert Vern schien sich dafür zu interessieren.

Für die Menschen, unter denen er arbeitete, war Vern ein Reizmittel, ein Idealist, der sich weigerte, erwachsen zu werden. Er sah sogar jünger aus, als er war; seine breitschultrige Gestalt und das jungenhaft gutaussehende Gesicht hätten eher zu einem Footballspieler als zu einem Arzt gepaßt. Bei Partys hielt er flammende Vorträge, sein Eifer war Fanatismus. Nur wenige wagten sich mit ihm anzufreunden, aus Furcht, in seinen Kampf gegen eine ganze Welt mit hineingezogen zu werden.

Aber im Umgang mit den Armen und Ausgestoßenen war er ein Mann von unendlicher Sanftheit. Er litt ihre Schmerzen mit, fühlte sich manchmal sogar schuldig, weil er mit all jenen Möglichkeiten im Leben geboren worden war, die sie nie haben würden.

Er hatte einmal mit einem Psychiater gesprochen und sich nach einem längeren Gespräch einen ›Erlöserkomplex‹ nachsagen lassen müssen, eine Neurose, bei der man sich gottähnlich benimmt, um irgendeine Schuld zu kompensieren, oder weil einem das einfache Gefühl für menschlichen Selbstwert mangelt. Solche Leute, hatte der Psychiater gesagt, könnten mit sich nur leben, wenn sie sich der Schwachen und Hilflosen annähmen, jener, die sie brauchten.

Die oberflächliche Analyse hatte Rob geärgert, aber er wußte, daß sie eine Grundwahrheit berührte. Es gab unübersehbar eine Kluft zwischen dem, was er zu leisten *versuchte*, und dem, was er leisten konnte. Das erweckte die Angst in ihm, er handele vielleicht mehr aus seinen eigenen Bedürfnissen heraus als aus denen anderer. Mit neununddreißig Jahren stand er an einem Scheideweg, und sein Verstand zergliederte nicht nur, wohin er ging, sondern auch, woher er gekommen war.

Er erinnerte sich, schon als kleiner Junge von dem Bedürfnis erfüllt gewesen zu sein, zu heilen. Wenn er tropische Fische für sein Aquarium gekauft hatte, dann immer solche, die kränkelten oder irgendeinen Defekt hatten. Er pflegte sie Tag und Nacht, heilte Schuppenkrankheit und Wassersucht mit derselben Hingabe, wie er sie bei seinem eigenen Vater, einem Landarzt, erlebt hatte, der gestorben war, als Rob zwölf wurde.

Er hatte das College mit einem Stipendium besucht, dann Medizin studiert. Nach einem Abschluß mit Auszeichnung hatte er die materiellen Vorteile einer Privatpraxis ausgeschlagen zugunsten der Behandlung jener, die sich überhaupt keine ärztliche Behandlung leisten konnten. Mit dem Friedenskorps war er nach Brasilien gegangen und hatte sich Spezialkenntnisse über Leiden erworben, die auf das Leben in Elendsquartieren zurückzuführen waren, zwei Jahre darauf nach New York, wo er seine Erfahrungen hatte anwenden können. Er arbeitete im Bellevue-Hospital, einer Institution, die für die Medizin das ist, was Ford für die Automobilherstellung. Arbeit am Fließband, auf dem die Patienten so schnell und ohne Pause vorbeigeschleust werden, daß sie anfangen, alle gleich auszusehen, und die Ärzte selbst ihr Identitätsgefühl verlieren. Rob arbeitete am Tag zwanzig Stunden, und eines Abends, als er sich verloren und ganz allein vorkam, lernte er eine junge Frau namens Maggie kennen.

Maggie Duffy, jetzt Maggie Vern, seit sieben Jahren Robs Frau, studierte damals an der Juilliard-Musikhochschule. Sie hatte ihr Cello und zwei Bekannte mit Geigen mitgebracht, um den Kleinen in der Kinderabteilung am Weihnachtsabend etwas vorzuspielen.

Sie hatte Brahms gespielt und zwischen den Stücken sich immer wieder die Tränen abwischen müssen. Danach waren sie gemeinsam durch die Nacht gegangen, in den leeren, kalten Straßen um den Times Square, hatten sich in der ungewohnten Stille der

Weihnachtsnacht wie die letzten Menschen auf der Erde gefühlt, sich ihre Lebensgeschichten erzählt und am Morgen, bei Kaffee und Kirschkuchen im Automatenrestaurant, insgeheim gewußt, daß jeder seinen Partner fürs Leben gefunden hatte.

Es war Maggies Optimismus, den Rob am meisten bewunderte; ihre Naivität, ihre Offenheit und Verwundbarkeit. In vieler Beziehung glich sie einem unschuldigen Kind; leicht zu verletzen, aber auch schnell zu trösten, einmal überschwenglich, dann wieder ganz nachdenklich. Sie folgte dem Diktat ihrer Gefühle, wo Rob nur Logik anerkennen wollte. Gemeinsam waren sie die ideale Kombination.

Die enge Verbundenheit während der Jahre in New York gab es aber nicht mehr. Der Umzug nach Washington hatte sie auseinandergerissen. Maggie war erste Cellistin beim Washington Symphony Orchestra geworden, hatte untertags Proben und abends Vorstellung; Rob hatte sich Hals über Kopf in den Kampf ohne Ende gestürzt, den er nun zu verlieren schien. In den letzten Monaten war er oft schon eingeschlafen, wenn Maggie nach den Konzerten heimkam, und schon wieder fortgegangen, bis sie aufwachte. Der Kontakt zwischen ihnen war brüchig und ohne Tiefe, sie sprachen oft nur das Nötigste miteinander; wenn sie miteinander schliefen, geschah das mehr im Vorübergehen. Beide waren verstört, aber sie sprachen nicht darüber. Es war ein Kreis, aus dem sie nicht ausbrechen zu können schienen.

Maggie hatte zur Zeit besonders viel zu tun; man probte für die Eröffnung der Abonnementskonzerte; Rob wurde von einer Flut von Notrufen bedrängt. In den vergangenen drei Tagen hatten sie miteinander fast nur telefoniert oder sich Zettel auf Bett und Kühlschrank gelegt. ›Ich liebe dich‹, stand immer darauf.

Als Rob jetzt nach einem Notruf aus den Mietskasernen auf dem Beifahrersitz eines dahinbrausenden Krankenwagens hockte, zwang er sich, die Gedanken an Maggie beiseite zu schieben. Er befaßte sich erneut mit den Problemen der großstädtischen Verfallserscheinungen und kam auf eine These, die ihn ein wenig tröstete. Der Rückgang der Eheschließungen konnte dazu führen, daß es weniger Kinder gab, also weniger unschuldige Opfer für den Strudel, der alles in die Tiefe zu reißen schien.

Das Nachdenken über die Kinder führte ihn aber wieder zu Maggie. Es war das schwierigste Thema zwischen ihnen; sobald es auch nur erwähnt wurde, sahen sie einander als Gegner. Maggie wurde dreißig Jahre alt und wollte nicht mehr zu lange warten; Rob hatte zu viele verhungernde Kinder gesehen, um nicht zu wissen, daß Übervölkerung eines der brennendsten Weltprobleme war; er hielt es für unfair, ein Kind in diese Welt zu setzen.

Er schloß die Augen, versuchte etwas Frieden zu finden. Das Fahrzeug wurde langsamer. Der Fahrer seufzte.

»Ich hätte durch die A Street fahren sollen.«

Rob folgte dem Blick des Fahrers die Pennsylvania Avenue hinauf, wo eine Demonstration vor dem Weißen Haus den Verkehr blockierte.

»Stoßen Sie zurück.«

Aber es war schon zu spät. Sie waren eingeklemmt.

»Schalten Sie die Sirene ein«, sagte Rob. »Fahren Sie einfach weiter.«

Als sie langsam vorrollten, sah Rob sich die Demonstranten an. Es waren Indianer, an die hundert, in Kriegsbemalung, manche mit Pfeil und Bogen, die Stimmen zum Wutgeschrei erhoben. Ein paar junge Leute, die ein Ventil für ihren Zorn suchten, umringten das Krankenfahrzeug und trommelten auf die Motorhaube. Einer tanzte mit dem Speer in der Hand herum.

»Menschenskind«, murmelte der Fahrer.

Rob starrte nach vorn. Er kannte die Symptome. Der Zorn, der aus Hilflosigkeit erwuchs. In den Mietskasernen sah er das oft. Jeder Weiße verkörperte für die Bewohner das Establishment, ohne Rücksicht auf seine Motive. Zielscheibe wurden immer jene, die zum Helfen kamen. Auf Feuerwehrleute wurde aus dem Hinterhalt geschossen, Sozialarbeiter bedrohte man mit dem Tod. Die Guten hatten dieselbe Hautfarbe wie die Schlechten, und an die Schlechten kam man nicht heran.

»Was wollen sie bloß beweisen?« sagte der Fahrer.

Rob antwortete nicht. Es fiel ihm plötzlich ein, daß er Victor Shusette versprochen hatte, an der Anhörung des Ausschusses für Indianische Angelegenheiten teilzunehmen. Er schaute auf die

Uhr. Zu spät. Er würde nicht rechtzeitig zurück sein. Ein Anruf aus den Slums bedeutete meist, daß es um ein Menschenleben ging. Er wußte nicht einmal, ob sie rechtzeitig dort ankommen würden.

»Ich habe es dem Mann gezeigt, er sagt, es sind Windpocken!«

Die Farbige, die Rob anschrie, war außer sich vor Zorn, und das mit Recht. Ihr sechs Monate altes Kind, das Rob in seiner Wiege untersuchte, war mit schwärenden Rattenbissen bedeckt. In der Einzimmerwohnung drängten sich die fünf anderen Kinder der Frau, jeweils nur ein Jahr auseinander, und eine Schar von Leuten, die, angelockt durch den Krankenwagen, von der Straße hereingeströmt waren. Der Raum war vollgestopft, die Hitze unerträglich.

»Ich sag' zu ihm, hier sind *Ratten*!« schrie die Frau mit Tränen in den Augen. »Er sagt zu mir, das sind Windpocken. Ich sag' zu ihm, hier ist kein Wind, hier sind *Ratten*! Und die Ratten haben mein *Baby* gebissen!«

Rob nahm das Stethoskop ab und fühlte den Puls des Kindes.

»Und was sagt er zu mir?« schrie die Frau. »Er sagt, die Ratten brauchen auch Platz zum Leben!« Sie begann zu schluchzen, während ihre Kinder sich an sie klammerten. »Das hat der Dreckskerl von Hausbesitzer zu mir gesagt! Die Ratten brauchen auch Platz zum Leben!«

Rob sah sich nach den beiden Sanitätern um, die hinter der Menge standen. Er winkte ihnen, und sie begannen sich hindurchzuzwängen.

»Was wollen Sie *tun*?« fuhr ihn die Frau an.

»Ich bringe Ihr Kind in die Klinik.«

»Und dann?«

»Wird es gesund.«

»Und dann kommt es wieder her und wird *wieder* zerbissen!«

»Nicht, wenn ich es verhindern kann.«

»Sie können einen Scheiß verhindern!« sagte die Frau verächtlich.

Rob nahm es hin. Sie schob ihr Gesicht vor das seine.

»Sie sind früher schon dagewesen«, fauchte sie. »Sie haben das früher schon gesagt.«

»Nein«, erwiderte Rob. »Ich bin noch nie hiergewesen.«

»Vorigen Winter. Über uns. Die Frau, die an Lungenentzündung gestorben ist, als sie die Heizung ausgeschaltet hatten. Sie haben die Leiche weggeschafft und gesagt, es wird wieder geheizt!«

Rob erinnerte sich.

»Es ist auch geheizt worden«, sagte er leise.

»Eine Woche lang! Dann war wieder Schluß!« Ihre Augen funkelten ihn böse an.

»Sie nehmen mein Kind mit und füttern es raus, damit wir es wieder den Ratten vorwerfen können?«

»Wo finde ich Ihren Vermieter?«

»Das ist wirklich eine gute Frage!«

»Wissen Sie, wo er wohnt?«

»Klar. Er wohnt in *Virgina*. Er wohnt bei euch reichen Ratten da oben!«

»Ich versuche, Ihnen zu helfen –«

»Einen Dreck! Einen Dreck! Sie verdienen sich hier Ihr Geld, das ist alles! Was hier passiert, ist Ihnen scheißegal!«

Es wurde still im Zimmer, und sie schlug die Hände vors Gesicht. Rob berührte sie an der Schulter, und sie zuckte zornig zurück.

»Los, nehmen Sie ihn mit!« rief sie. »Geben Sie ihn zur Adoption oder was! Ich will nicht, daß er wieder herkommen muß!«

»Gehen Sie mit mir vor Gericht?« fragte Rob.

»Nein!«

»Ich kann Ihren Vermieter anzeigen, wenn Sie mitkommen und eine Aussage machen.«

»Er wirft uns alle hinaus!«

Die Frau hatte recht. Sie wußte aus den Erfahrungen anderer, daß ein einzelner hier nichts ausrichten konnte. Wenn der Siedepunkt überschritten war, rotteten sich die Leute zusammen.

»Hauen Sie ab!« schrie sie Rob an. »Und nehmen Sie mein armes, krankes Baby *mit*!«

Rob nickte dumpf und gab den Sanitätern ein Zeichen. Er folgte ihnen zur Tür, blieb noch einmal stehen und warf einen

Blick auf die weinende Frau, umgeben von ihren Kindern.

»Sie meint es nicht so«, sagte ein Mann in der Menge. »Sie können nichts dafür, daß Sie uns nicht helfen können.«

Rob spürte plötzlich ein Würgen in der Kehle. Er drehte sich um und verließ den Raum.

Vor dem Häuserblock liefen die meisten Männer mit nacktem Oberkörper herum, weil es für die Jahreszeit viel zu warm war. Rob wußte, daß es im Sommer ein Chaos geben mußte, wenn das so weiterging. Der Regen von Ziegelsteinen und Flaschen auf amtliche Fahrzeuge stand in direktem Verhältnis zur Dauer der Sommerhitze. Allen Anzeichen zufolge würde es eine Flut werden, bis der Juli kam.

Er stieg hinten in das Sanitätsauto, setzte sich, wischte sich die Stirn und wandte sich dem Säugling zu. Die Augen waren nach oben gerollt, er rührte sich nicht mehr. Die Sirene begann zu heulen, und Rob stürzte sich auf seine Tasche, riß mit zitternden Händen eine Spritze heraus. Dann erstarrte er, das Gesicht fahl vor Angst, und senkte das Ohr auf die reglose Brust des Kindes. Er lauschte einen Augenblick, dann begann er plötzlich zu weinen. Das Kind fing an zu weinen. Es lebte. Und Robert Vern begriff, wie nah er einem Zusammenbruch war.

2

»Die Situation in unserem Wald, Herr Senator, läßt sich etwa so darstellen ...«

Im Anhörungssaal des Senats-Unterausschusses saßen fünf Senatoren an einem langen Tisch, in einer Lichtinsel, und hörten sich die Worte eines jungen Indianers an, der mit Beredsamkeit und Leidenschaft aussagte. Er war hier, um gegen den Raub seines Stammesgrundes zu protestieren, einer Wildnis von dreihundert Quadratmeilen, die von der Holzindustrie kahlgeschlagen werden sollte.

»Wenn ich Ihr Haus betreten sollte, würden Sie mich wahrscheinlich willkommen heißen. Wenn ich Nahrung und Unterkunft von Ihnen brauchte, würde ich sie vermutlich bekommen. Ja, wenn ich mein eigenes Zimmer in Ihrem Haus verlangen würde, und Sie darüber verfügten, wären Sie vielleicht so freundlich, es mir zu geben.« Der Indianer schwieg einen Augenblick und fuhr mit gepreßter Stimme fort: »Aber wenn ich behaupten würde, daß Ihr Haus und alles, was sich darin befindet, mir gehört, wenn ich Sie hinauswürfe, würden Sie ohne Zweifel wütend werden! Und genau das geschieht mit den ersten Bewohnern dieses Landes!«

Im abgedunkelten Zuschauerraum wurde hier und dort geklatscht, bis der Vorsitzende mit seinem Hammer klopfte. Victor Shusette versuchte auf seiner Uhr zu erkennen, wie spät es war. Robert Vern würde offenkundig nicht kommen. Shusette wäre am liebsten auch nicht hier gewesen. Mit sechsundfünfzig Jahren fühlte er sich zu alt und erschöpft, um den Druck zu ertragen, dem seine Dienststelle ausgesetzt war. Das Büro für Umweltschutz sollte aus der Parteipolitik herausgehalten werden, aber das schien unmöglich zu sein.

»Ich kann Ihre Gefühle begreifen, Mr. Hawks –« sagte ein Senator.

»Können Sie auch die *Fakten* begreifen, Herr Senator?«

»Damit möchte ich mich befassen. Ich möchte mit Fakten –«

»Dann befassen wir uns mit *diesen* Fakten. Der Erwerb aller indianischen Ländereien in den Nordost-Territorien wurde unter den Klauseln von Vertrag Neun bewirkt ...«

Der Senator erhob seine Stimme.

»Würden Sie mich bitte ausreden lassen –?«

»Und Vertrag Neun ist vom Kongreß nie ratifiziert worden!«

»Mr. Hawks –«

»Es hat in der Geschichte dieses Landes keinen zweiten Vertrag gegeben, der ohne die volle Zustimmung des Kongresses zustande gekommen ist und ausgeführt wurde. Das ist *Ihre* Verfassung, von der ich spreche! Das sind *Ihre* Gesetze, von denen ich spreche! Das ist *Ihre* sogenannte Gerechtigkeit, von der ich spreche! Und ich stelle Ihnen eine Frage!«

Der Senator begann mit seinem Hammer zu klopfen.

»Ich stelle Ihnen eine Frage! Hätte man das mit Leuten gemacht, die eine weiße Haut haben?«

Aus dem dunklen Auditorium drang wieder Beifall. Der Hammer klopfte, bis Ruhe einkehrte.

»Sind Sie fertig, Mr. Hawks?«

»Ich bin fertig mit dieser Rede, wenn Sie das meinen.«

Es gab Gelächter; der Indianer lächelte. Er wußte genau, wann er einen leichten Ton anschlagen, wann er angreifen und wann er sich zurückziehen mußte. Einige der Senatoren lächelten ebenfalls. Sie wußten, daß sie es mit einem Meister des Rededuells zu tun hatten.

John Hawks war nicht leicht einzuschätzen. Er war redegewandt und selbstsicher, und er hatte das Recht auf seiner Seite. Niemand wußte genau, woher er gekommen war; sein Aufstieg in den Reihen militanter Sprecher war raketenartig erfolgt. Vor drei Wochen noch hatte niemand von ihm gehört gehabt. Nun war er der gewählte Vertreter einer Gruppe, die sich O. P. nannte, Original People – das Ursprüngliche Volk, ein hastig gebildeter Zusammenschluß von Masaquoddy, Ashinabeg, Yurok, Wampanoag und Cree, kleinen Stämmen entlang der Grenze von Maine und Kanada, die ihr Land vor einem Unternehmen schützen wollten, das den Namen Papiermühle Pitney trug.

»Was ich sagen wollte, Mr. Hawks«, erklärte der Senator, »ist, daß ich zwar Ihre Gefühle begreifen kann, die Sperre, die Sie in Ihrem Wald errichtet haben, jedoch gegen das Gesetz verstößt.«

»Das Gesetz wird kein Recht bringen«, sagte Hawks.

»Die Absperrung wird zu einer Konfrontation führen.«

»Wenn man jeder Konfrontation ausweicht, kommt man nicht zu seinem Recht.«

»Es ist Ihnen klar, daß der Oberste Gerichtshof eine Verfügung gegen diese Sperre erlassen hat?«

»Welchen Obersten Gerichtshof meinen Sie, Herr Senator?«

Der Senator sah ihn schief an.

»Den Obersten Gerichtshof der Vereinigten Staaten.«

John Hawks lehnte sich zurück und lächelte.

»Das ist kein sehr hoher oberster Gerichtshof, Herr Senator.

Mein oberster Gerichtshof ist viel höher.«

Im Halbdunkel gab es Bravorufe und anerkennendes Gelächter. Victor Shusette hatte genug gehört. Er verließ den Sitzungssaal, trat hinaus auf die Stufen des alten Senatsgebäudes und blickte mit zusammengekniffenen Augen in die Sonne. Die Zweige der Kirschbäume waren weiß vor Blüten, und ihr Duft erfüllte die Luft, aber er empfand nicht die gleiche Freude darüber wie früher. In diesem Frühling stand er vor einem Problem. Nachdem er das Büro für Umweltschutz ein Leben lang zu einer respektierten Institution aufgebaut hatte, sah er es plötzlich in Gefahr geraten. In der Auseinandersetzung zwischen der Papierfabrik und den Indianern wurde seine Dienststelle als Werkzeug benutzt. Die Pitney-Nutzholz-GmbH beabsichtigte ihr Recht durchzusetzen, den Manatee-Wald abzuholzen; die Indianer leisteten Widerstand. Das Unternehmen besaß das Geld, um die gerichtliche Auseinandersetzung zu gewinnen, aber die Indianer hatten landesweit Unterstützung gefunden. Der Oberste Gerichtshof zögerte mit seiner endgültigen Entscheidung und hatte von Shusette ein Umweltschutz-Gutachten verlangt.

Es war nicht so einfach, wie es sich anhörte. Die Holzfirmen beschäftigten über die Hälfte der arbeitenden Bevölkerung von Maine. Die arbeitende Bevölkerung von Maine unterstützte ihre Senatoren. Ihre Senatoren entschieden über die Finanzierung für das Umweltschutzamt. Vor allem ein Senator, der republikanische aus Maine, ging vor Ort. Shusette hatte eine Einladung erhalten, am Eröffnungstag der Lachs-Saison zum Fischen in seine Privathütte am Kennebec-Fluß zu kommen. Es fiel leicht, derart durchsichtige Angebote abzulehnen, aber es gab andere, die zu ignorieren nicht so einfach war.

In Washington wusch eine Hand die andere, hieß es. Shusette hatte festgestellt, daß Politiker einhändige Wesen zu sein schienen, die nur über eine Rechte verfügten, zum Händeschütteln, Gestikulieren und Zeigefingerheben. Die linke Hand blieb meist in der Tasche oder zur Faust geballt und verbarg wohl, worum es bei Händeschütteln, Gestikulieren und Zeigefingerheben ging.

Was den republikanischen Senator aus Maine anging, so verbarg die linke Hand einen Sack voll Drohungen und Versprechungen. Das Versprechen zum Beispiel, daß er, wenn Shusettes Amt ein positives oder neutrales Gutachten erstellte, dieses Opfer in der ersten Runde durch ein Zurückstecken in der zweiten honorieren würde. Wenn man beispielsweise zu dem Ergebnis käme, daß weiträumiges Abholzen im Manatee-Wald für die Umwelt *nicht* schädlich sei, würde der Senator einen Vorschlag unterstützen, daß der Kahlschlag ›begrenzt‹ und nicht total erfolgt. Sollte andererseits das Gutachten völlig negativ ausfallen, so könnte der Senator mit dem vollen finanziellen Gewicht der Nutzholz-Lobby das Büro unter Druck setzen. Er könnte sogar einen Gesetzesantrag einbringen, der künftige Einflußnahmen des Amtes auf derartige Dinge ausschloß.

Es ging hier nicht um ein bloßes Geplänkel. Der Ausgang des Streits würde als Präzedenzfall angesehen werden, und das Gutachten der Umweltschützer mußte für die eine oder die andere Seite zu einer wirksamen Waffe werden. Shusette fragte sich, wie viele seiner Außendienstmitarbeiter von der Nutzholz-Lobby schon angesprochen worden waren, Einladungen zu Festen oder Angebote politischer Posten erhalten hatten. Sie waren eine Gruppe, die mit großer Hingabe für die Sache stritt und, soweit das Shusette beurteilen konnte, nicht zu korrumpieren war; aber der Druck würde enorm stark sein.

Aus all diesen Gründen hatte Victor Shusette an Robert Vern gedacht. Er gehörte nicht dem Büro an, seine Integrität stand außer Zweifel, sein Einsatz für die Sache der menschlichen Gerechtigkeit war ohne Vergleich. Er hatte keinen politischen Ehrgeiz und trat jedem Politiker entgegen. Und im Gesundheitsdienst war er in eine Sackgasse geraten. Shusette hielt die Zeit für reif, Vern einen Wechsel vorzuschlagen.

»Rob?« Shusette ging durch den halbdunklen Klinik-Korridor auf die einsame Gestalt zu, die an der Wand lehnte. Es war Mitternacht vorbei, und er hatte Rob überall gesucht, sogar vor einer Stunde seine Frau angerufen und sie geweckt, nur um zu erfahren, daß Rob noch nicht nach Hause gekommen sei. Er war aufs Geratewohl zum Krankenhaus gefahren und hatte festgestellt, daß Rob dort seit zwei Uhr nachmittags versuchte, das Leben eines Säuglings aus dem Ghetto zu retten.

Shusette sah, daß Vern völlig erschöpft war, ausgelaugt.

»Victor«, sagte Rob. »Was führt Sie hierher?«

»Der Prophet kommt zum Berg. Alles in Ordnung?«

Rob nickte.

»Haben Sie eine Zigarette?«

»Sie rauchen?«

»Seit meinem zweiundzwanzigsten Lebensjahr nicht mehr.«

»Fangen Sie wieder an?«

»Vielleicht.«

Shusette gab ihm eine Zigarette, und Rob blies den Rauch hinaus, verzog das Gesicht.

»Ich nehme sie.«

Rob gab sie zurück und sank müde auf eine Bank.

»Wie geht es dem Kind?«

»Nicht gut. Woher wissen Sie davon?«

»Ich lasse Sie nie aus den Augen.«

Rob vermochte nicht einmal zu lächeln. Er streckte sich auf der Bank aus und legte einen Arm über die Augen, als wolle er die ganze Nacht bleiben.

»Gehen Sie nicht heim?«

»Ich warte auf ein EKG.«

»Zu müde zum Reden?«

»Nein.«

»Ich lasse Sie in Ruhe, wenn Sie zu müde sind.«

»Ich höre.«

Shusette sah sich vergeblich nach einem Stuhl um und setzte sich auf den Boden, den Rücken an die Wand gelehnt. Von weitem hätten sie wie zwei Stadtstreicher ausgesehen.

»Ich wollte von der Anhörung heute vormittag berichten.«

»Tut mir leid, daß ich sie verpaßt habe.«

»Mir auch. Es war allerhand los. Die Indianer gehen auf den Kriegspfad.«

»Ein paar davon gingen auf mein Krankenauto los.«

»Sie haben gute Gründe. Für ihren Zorn, meine ich.«

»Diese Papierfabrik . . . Pitney . . . hat das Schlagrecht für hunderttausend Morgen Wald gekauft, unter den Klauseln von Vertrag Neun. Die Indianer behaupten, der Vertrag sei vom Kongreß nie ratifiziert worden.«

»Ich habe davon gelesen.«

»Die Indianer haben die Zufahrt zum Wald gesperrt und die Unternehmen ferngehalten ... der Oberste Gerichtshof hat eine Einstweilige Verfügung gegen die Sperre erlassen ... alle hauen aufeinander ein, und alle warten auf unser Gutachten.«

»Das ist ein Rechtsstreit«, murmelte Rob. »Was hat das Amt mit einem Rechtsstreit zu tun?«

»Die Richter drücken sich. Niemand will eine Entscheidung fällen.«

»Parteipolitik.«

»Und ob. Die Holzindustrie sieht Gefahren auf sich zukommen. Es geht um einen Präzedenzfall. Die Landumwelt kaputt zu machen, erfordert nicht mehr viel.«

»Dann habt ihr nur noch Meer und Himmel. Manchmal beneide ich Sie.«

»Warum das?«

»Erde, Wasser und Himmel. Erscheint mir sehr simpel.«

Rob setzte sich auf und rieb sich die Augen.

»Wirklich?« sagte Shusette amüsiert.

»Die Fragen sind klar abgezeichnet. Ihr geht hin und kämpft, und ihr verliert oder gewinnt.«

»Meist verlieren wir.«

»Aber es gibt eine Entscheidung, so oder so.«

»Das ist wahr.«

Rob fuhr mit der Hand über das Gesicht und seufzte.

»Ich mache nur Hausarbeit, wie ein Dienstmädchen in einem Haus voller Kinder, die alles demolieren. Wenn ich in einem Zimmer aufgeräumt habe und ins nächste gehe, wird das erste wieder verwüstet. Ich stehe mitten im Durcheinander und schreie: ›Das muß aufhören.‹ Und keiner hört zu.« Er starrte auf den glühenden Punkt von Shusettes Zigarette. »Was ist nötig, damit jemand zuhört?«

Shusette schüttelte den Kopf.

»Meine Frau hat mir von der Begegnung mit einem Künstler

erzählt, einem Maler. Er sagte zu ihr, ein großes Kunstwerk sei niemals fertig. Man höre einfach auf damit.« Er lächelte schief. »Vielleicht gilt das auch für große Absichten.«

»Hört sich so an, als wollten Sie aufgeben.«

»Ja?«

»Tun Sie es?«

»Vielleicht.«

Shusette raffte sich auf und setzte sich zu Rob auf die Bank.

»Wollen Sie etwas wissen?« sagte er.

»Sicher.«

»Wenn ich Ihren Teil dieses Gesprächs hätte vorausplanen müssen, es hätte nicht besser lauten können.«

Rob sah ihn verständnislos an.

»Ich warte schon lange darauf, daß es Ihnen zuviel wird.«

»Warum?«

»Ich möchte, daß Sie zur EPA kommen.«

Rob schüttelte den Kopf.

»Es geht um Größeres, Rob. Es geht um mehr. Sie verbringen hier die Nacht, um ein krankes Kind zu retten, währenddessen Sie die Rettungsleine für die ganze Gattung in der Hand halten könnten. Sie gehen vor Gericht, um eine Wohnung im Ghetto sanieren zu lassen, obgleich Sie Ihre Energie darauf verwenden könnten, den ganzen Planeten zu sanieren.«

Rob schwieg.

»Ich bin bereit, Ihnen eine Aufgabe zu übertragen, die das ganze Land betrifft.« Shusette starrte Rob in die Augen. »Ich will Sie an einen entscheidenden Platz stellen, von dem aus Sie Dinge bewirken können, die für die ganze Welt von Bedeutung sind.« Als Rob nicht reagierte, fügte er hinzu. »Ich rede auch von dem Rechtsstreit wegen der Papierfabrik.«

»Das ist nicht mein Gebiet, Vic.«

»Ich setze mein Vertrauen in Sie.«

»Ich verstehe etwas von Mietskasernen, nicht von Bäumen.«

»Ich kann Ihnen beibringen, was Sie wissen müssen. Das ist keine Geheimwissenschaft. Alles steht in den Büchern.«

Robert sah den anderen forschend an.

»Warum gerade ich?«

»Weil Sie intelligent sind und Takt besitzen. Weil Sie integer sind.«

»Sehr schmeichelhaft, aber das ist keine Antwort.«

Shusette stand auf.

»Ich will Ihnen die Wahrheit sagen. Ich bin auf der Wanderung durch ein Minenfeld, und wenn ich nicht aufpasse, fliegt das ganze Amt in die Luft. Die Nutzholz-Lobby setzt alle Mittel ein. Der Wald wird zum Kriegsschauplatz.«

»So schlimm kann es nicht sein«, sagte Rob skeptisch.

»Für Sie nicht, nein. Sie sind an Kriegsschauplätze gewöhnt. Ich habe alle Forstwissenschaftler, die ich brauche. Aber ich muß jemanden haben, der mit Leuten umgehen kann. Davon verstehen Sie etwas. Wenn Sie ein paar Tage mit mir büffeln, wird es keinen geben, der das besser kann als Sie.«

Rob dachte geraume Zeit nach, dann stand er auf und begann hin- und herzugehen. Shusettes Angebot lockte ihn, und deshalb fühlte er sich schuldbewußt. Er kam sich vor, als verrate er die Menschen, die ihn brauchten.

»Was denken Sie?« sagte Shusette.

»Ich komme mir vor wie ein verheirateter Mann, der von einer Geliebten träumt.«

»Kein schlechter Vergleich. Versuchen sollten Sie es einmal.« Shusette konnte sehen, daß Rob unschlüssig war. »Schenken Sie mir ein paar Wochen Ihres Lebens«, sagte er drängend. »Ich brauche Sie.«

3

Am folgenden Tag erreichte die Straßendemonstration der Indianer vor dem Weißen Haus ihren Höhepunkt. Maggie Vern fuhr im Taxi vorbei und beobachtete die Vorgänge. Rob war die ganze Nacht nicht nach Hause gekommen. Er hatte lediglich angerufen und mitgeteilt, daß er erst an diesem Abend zurück sein werde. Es war ganz gut so. Sie war nicht in der Verfassung, ihm gegenüberzutreten.

Sie war auf dem Weg zu dem Arzt, den sie schon vor zwei Tagen aufgesucht hatte. Sie wußte, daß ihr etwas bevorstand, für das sie nicht genug Kraft besaß, wenn der Test positiv ausfiel. Rob hatte die Litanei oft genug heruntergebetet. Es gebe Millionen unerwünschter Kinder auf der Welt. Es sei unverantwortlich, Kinder in die Welt zu setzen, selbst dann, wenn man sie ernähren könne.

Anfangs hatte sie ihm recht gegeben, aber nun führten sie keine Ehe mehr, sondern lebten zusammen und doch getrennt. Wenn sie miteinander sprachen, ging es um Nebensächliches. Sie redeten nicht mehr von ihren Gefühlen, von ihren geheimen Hoffnungen und Träumen. Zunächst hatte Maggie geglaubt, die Zeit werde sie wieder zusammenführen, aber davon war nichts zu bemerken, und sie glaubte, nicht länger warten zu können. In den letzten Wochen hatte sie gegen ihre Depressionen kaum noch ankämpfen können. Manchmal war es so weit gegangen, daß sie, wenn auch nur entfernt, an Selbstmord gedacht hatte. Die tiefe Bedrückung war erst gewichen, als ihre Periode ausgeblieben war und sie sich mit dem Gedanken vertraut gemacht hatte, schwanger zu sein. Zum erstenmal seit Monaten hatte sich das Gefühl der Einsamkeit verflüchtigt. Sie hatte sich warm und geliebt gefühlt. Geliebt auch von Rob, der nichts von ihrem Zustand ahnte.

Sie hatte nicht bewußt auf eine Schwangerschaft hingesteuert, sondern nur die Vorsichtsmaßregeln weniger streng eingehalten. Sie und Rob kamen so selten zusammen, schliefen so selten miteinander, daß es schwer fiel, sich immer wieder zur Verhütung durchzuringen.

Maggie wußte jedoch, daß ihre Schwangerschaft, wenn sie sich bestätigen sollte, eine schwere Krise in ihren Beziehungen hervorrufen mußte. Sie würde zu seelischen Qualen und Vorwürfen führen, sie vielleicht vor eine Entscheidung stellen, an die sie nicht einmal zu denken wagte. Rob würde sich weigern, ein Kind zu haben.

»Maggie?«

Den Arzt, der sie aus dem Wartezimmer hereinrief, kannte sie schon, seitdem sie sich in Washington niedergelassen hatten. Peter Hamlisch war Robs und Maggies Nachbar in ihrer ersten Wohnung in Georgetown gewesen. Bei ihrem ersten Besuch hatte sich eine Assistentin um sie gekümmert. Es war das erstemal in drei Jahren, daß sie Peter wiedersah.

»Mein Gott«, sagte er. »Schau dich an.«

»So schlimm?« Maggie lächelte.

»So gut. Komm rein.«

Sie folgte ihm in sein Sprechzimmer. Er schloß die Tür und wies auf einen Sessel. Maggie blieb stehen.

»Ich kann es nicht glauben«, sagte er. »Sind das wirklich zwei Jahre?«

»Fast schon drei.«

»Wie geht es Robert?«

»Gut. Er arbeitet sehr viel.«

»Wie immer. Und du?«

»Viel zu tun.«

»Wir wollten immer ins Konzert . . .«

»Schon gut.«

»Ich habe ein Foto von deinem Auftritt im Weißen Haus gesehen . . .«

»War nicht sehr gelungen.«

Er lächelte. Man sah ihm seine Freude über das Wiedersehen an.

»Du siehst prächtig aus. Aber das ist bei vielen Frauen so, die ein Baby erwarten.«

Sie brauchte ein paar Augenblicke, um zu begreifen, dann war es wie ein Hieb in den Magen.

»Setz dich hin.« Hamlisch lachte. »Ich wußte nicht, daß du so überrascht sein würdest. Die Frauen sind da ihrer Sache meist sehr sicher.«

»Weißt du es genau?« sagte Maggie mit schwankender Stimme.

»Ja.«

Maggie setzte sich langsam, von widersprüchlichen Gefühlen bestürmt, fast betäubt.

»Alles in Ordnung mit dir?«

Sie nickte und versuchte zu lächeln.

Hamlischs Sprechgerät summte, und er drückte auf eine Taste.

»Keine Anrufe.« Er sah Maggie an. »Ich nehme an, die Nachricht kommt nicht gelegen«, sagte er.

Maggie schüttelte den Kopf. Sie wußte nicht, wie sie reagieren sollte.

»Ich hatte angenommen, das sei ein Wunschkind«, fuhr Hamlisch fort. »Sonst hätte ich nicht so beiläufig davon gesprochen.«

Maggies Finger berührten ihre trockenen Lippen. Sie vertraute ihrer Stimme nicht.

»Das ist kein Weltuntergang, weißt du«, sagte Hamlisch. »Du bist noch sehr früh dran. Frauen tun jeden Tag etwas dagegen.«

Sie schüttelte schnell den Kopf und preßte die Hand auf die Augen, um die Tränen zurückzuhalten.

Hamlisch legte seine Hand auf die ihre, und plötzlich brach der Damm. Sie weinte leise, wie ein Kind.

»Ich möchte, daß du hier eine Viertelstunde sitzen bleibst«, sagte Hamlisch. »Ich muß mich um eine Patientin kümmern. Dann gehen wir essen.«

Sie gingen nicht zum Mittagessen. Maggie hatte keinen Appetit. Statt dessen gingen sie durch die heißen Straßen von Washington, und Maggie wischte sich immer wieder die Augen, während sie erzählte. Sie beschrieb, was aus ihrer Ehe geworden war, warum sie Rob so verzweifelt brauchte und nicht wußte, wie sie zu ihm durchdringen konnte.

Hamlisch hatte die meiste Zeit stumm zugehört, nur ab und zu eine Frage gestellt, sie ermutigt, sich alles von der Seele zu reden.

Nun standen sie vor dem langen spiegelglatten Teich beim Washington-Denkmal, wo Maggie einmal mit zwanzigtausend Farbigen gestanden hatte, um für die Freiheit zu demonstrieren. Das Gras, damals zertrampelt, war wieder nachgewachsen; eine kleine Gruppe von Kindern ließ Papierschiffchen schwimmen.

»Weißt du«, sagte Hamlisch seufzend, »ich habe einmal eine Bemerkung über Albert Einstein gehört. Jemand sagte, er sei ein ›Visionär‹ – nicht so sehr der Dinge wegen, die er sah, sondern jener, die er sich *weigerte* zu sehen!«

»Das war nicht Einstein, sondern B. F. Skinner.«

»Wirklich?«

»Ich habe es im ›Scientific Monthly‹ gelesen. Rob hat die Zeitschrift abonniert.«

Hamlisch setzte sich auf die Steinumrandung. Maggie tat es ebenfalls und wischte sich mit einem zerknüllten Papiertaschentuch die Augen.

»Ich habe an Rob gedacht, als ich das sagte«, meinte Hamlisch.

»Ich weiß.«

»Er hat blinde Stellen, aber das gilt für alle, die sich mit ihrem ganzen Wesen für etwas einsetzen.«

»Du hältst mich also für egoistisch?« sagte sie gereizt.

»Ich glaube, du steckst in einer Klemme.«

Sie tauchte das Taschentuch ins Wasser und preßte es auf Stirn und Augen.

»Mein Gott, ich habe in der letzten Zeit soviel geweint, daß ich ganz ausgetrocknet sein muß.«

»Liebst du ihn, Maggie?«

»Ja.«

»Was wäre, wenn du dich entscheiden müßtest?«

»Ich kann mich nicht für das eine und gegen das andere entscheiden.«

»Wenn du warten würdest . . .? Ich meine, mit dem Kind. Vielleicht denkt er in ein paar Jahren anders.«

»Das könnte ich nicht.« Ihre Augen wurden ausdruckslos. »Ich könnte mein Kind nicht töten. Dazu bin ich nicht fähig. Gleichgültig, was auch geschieht, ich werde nie . . .« Ihre Stimme versagte. Sie richtete sich auf. »Gleichgültig, was auch geschieht, ich bringe es zur Welt.«

»Dann hast du deine Entscheidung getroffen.« Hamlisch nickte. »Wann wirst du es Rob sagen?«

Maggie stand auf.

»Wie lange dauert es, bis man es sieht?«

»Zwei Monate, vielleicht drei, das ist unterschiedlich. Eine Frau, die es verbergen will, schafft auch vier Monate.« Er wußte, was sie meinte. »Das ist keine gute Idee, Maggie. Ich habe dergleichen erlebt. Ledige Frauen, die es einfach nicht zur Kenntnis nehmen wollen, bis es für eine Abtreibung zu spät ist. Sie machen sich seelisch kaputt.«

»Wann *ist* es für eine Abtreibung zu spät?«

»Tu das nicht, Maggie. Gleichgültig, wie er dazu steht, es ist auch sein Leben«, sagte Hamlisch. »Er hat ein Recht, seine Entscheidungen zu treffen, so wie du auch.«

»War nur ein Gedanke«, flüsterte Maggie.

»Fahr sofort zu ihm«, riet Hamlisch. »Das muß offen ausgetragen werden.«

»Ich habe Angst, Peter«, sagte sie tonlos.

»Er wird nein sagen, und du wirst zornig. Ich glaube, Zorn ist jetzt passender als Angst.« Er nahm ihre Hand, und sie gingen zur Straße. Peter winkte einem vorbeifahrenden Taxi. Sie ließ sich zum Gesundheitsministerium fahren, aber Rob war nicht in seinem Büro. Sie wartete zwei Stunden, und in dieser Zeit staute sich die Beklemmung in ihr, daß sie es nicht mehr ertrug und im letzten Augenblick flüchtete. Die Konfrontation mußte hinausgeschoben werden. Sie gedachte, sich den Zeitpunkt mit Überlegung auszusuchen.

Es war zwei Uhr nachts, als Rob heimkam. Das Baby aus der Mietskaserne war gestorben. Die Infektion durch die Rattenbisse war durch eine Anämie kompliziert worden. Das Herz hatte der Belastung nicht mehr standgehalten. Rob empfand die Nutzlosigkeit seiner Anstrengungen stärker denn je.

Er ging leise ins Schlafzimmer, um Maggie nicht zu wecken. Das Mondlicht drang blaß herein und fiel auf ihr Gesicht. Er setzte sich auf die Bettkante und strich ihr eine Haarsträhne aus den Augen, sah eine undeutliche Spur zwischen Augenwinkel und Nasenwurzel. Sie hatte geweint.

Er betrachtete sie lange, von Traurigkeit übermannt, weil er den Grund für die Tränen nicht kannte. Er überlegte sich, ob er sie wecken sollte, entschied sich aber dann dagegen. Morgen war Donnerstag, und sie hatte früh Probe. Er beugte sich vor und küßte sie, dann zog er sich aus und legte sich ins Bett.

Das Einschlafen fiel ihm schwer, weil sein Gehirn nicht abschalten wollte. Er dachte an Victor Shusettes Angebot. Vielleicht war eine neue Aufgabe genau das, was er brauchte. Die einzige andere Alternative zu der Arbeit, die er jetzt leistete, war eine eigene Praxis. Früher oder später blieb keine andere Wahl, aber Rob kam das so vor, als wolle er in den Ruhestand treten. Er war noch jung genug, etwas in großem Rahmen in Angriff zu nehmen, und die Tätigkeit bei der EPA würde andere Vorteile mit sich bringen. Keine Notrufe oder Nachtwachen im Krankenhaus, keine Ladungen, vor Gericht zu erscheinen. Er würde mehr Zeit für Maggie haben. Vielleicht war das allein schon Grund genug.

Als er einschlief, dachte er an Bäume. Bald danach träumte er.

Er sah sich durch die Mietskasernen gehen. Die hohen, verrußten Gebäude mit ihren Zickzack-Feuertreppen standen inmitten hochragender Bäume. Die Feuertreppen waren mit Leibern überfüllt. Mit schwarzen Leibern. Hunderten von Leibern. Und sie hielten alle Speere in den Händen. Die schwarzen Leiber begannen herunterzuströmen, die Gesichter in Kriegsbemalung, die Stimmen zu schrillem Geschrei erhoben. Rob hob Maggie hoch und lief in den Wald, verirrte sich aber unter den Bäumen. Sie schrie und klammerte sich an ihn, flehte ihn an, sie zu retten, aber plötzlich standen sie vor einem Abgrund und konnten nicht weiter. Rob blieb stehen und starrte in die Sonne. Und genau aus ihrem Mittelpunkt kam ein Speer auf ihn zugerast.

Rob erwachte keuchend. Er war schweißgebadet. Er stand mit zitternden Knien auf und zog die Vorhänge zu, um das Mondlicht auszusperren, aber der Mond war so hell, daß sein Umriß auch durch den Stoff zu sehen war. Rob legte sich wieder hin, schloß die Augen und sank diesmal in einen traumlosen Erschöpfungsschlaf.

4

Der Mond, der Robert Verns Schlafzimmer erhellte, schien auch auf den Manatee-Wald und warf einen hellen Schimmer auf das Meer von Wipfeln. Der Wind war warm, kräuselte die Oberfläche der Seen, schuf glitzernde Teppiche aus den Spiegelungen der Mondscheibe.

Von der Erschaffung des Planeten bis jetzt hatte dieses dreihundert Quadratmeilen große Stück Erde in dem Zustand verbleiben dürfen, den Gott ihm zugedacht hatte. Die Morgensonne schickte noch immer ihre Strahlen zwischen den Bäumen hindurch, im Nebel grell wie Laserbündel; die riesenhaft hohen Schwarzfichten und Balsamtannen ragten noch immer vor den Bergen auf. Die Morgendämmerung kam immer noch mit dem schrillen Geschrei der Seetaucher, die Abenddämmerung mit dem schwachen Trommelwirbel vom Flügelschlag der Waldhühner. Und die Dunkelheit wurde noch immer von plötzlichen, unerwarteten Schreien untermalt.

Es war der Ort, wo der Manatee River in die Espee floß, eine Wasserscheide, für die Masaquoddy, Ashinabeg- und Wampanoag-Indianer sechzig verschiedene Namen wußten, und alle beschrieben das vielfältige Leben darin.

Aber in den letzten Jahren hatten die indianischen Namen anderen Platz gemacht. Das größte Gewässer, der See mit der kleinen Insel in der Mitte, früher als Lake Wabagoon bekannt, hieß jetzt Mary's Lake, nach der Frau Morris Pitneys, eines Industriellen aus Georgia, der 1930 hierhergekommen war und am Ufer des schnellströmenden Espee River die Papiermühle Pitney gegründet hatte. Der Teich, der einst Talak'tah genannt worden war, trug auf den Reliefkarten der Forstverwaltung jetzt die Bezeichnung ›Bügeleisen-Teich‹, weil er Mary Pitney an das Dampfbügeleisen erinnert hatte, mit dem sie die Hosen ihres Mannes zu glätten pflegte.

Die Pitneys waren tot, aber die Spuren, die sie der Landschaft aufgeprägt hatten, waren unauslöschlich. Die Papierfabrik Pitney, nun in andere Hände übergegangen, war zu einem Großunternehmen geworden, einem Konzern von fünf Eigentümern, denen die Hälfte des Landes in Maine gehörte und die die riesigen Wälder als bargeldreife Ernte betrachteten, die man nur einzubringen brauchte. Die hohen Fichten, einst nach den Namen indianischer Vorfahren benannt, jede als eigene Persönlichkeit geltend, waren gezählt und gemessen, nach Größe und Gewicht eingestuft und mit Preisschildern versehen worden.

Die Hauptprodukte der Papiermühle waren Verpackungspapiere, Wegwerf-Einkaufstüten und Toilettenpapier. Des letzteren Produkts wegen, und ebenso um der giftigen Dämpfe, die über einer drei Meilen langen Strecke des Espee-Flusses hingen, nannten die Indianer die Papierfabrik *D'hanat Y'oah'tha* – den furzenden Riesen.

Im Gegensatz zu den Indianern der westlichen Prärien waren die Waldindianer ein passives Volk gewesen, vielleicht durch die Milde ihrer Umwelt besser dazu geeignet, Wandlungen in ihrem Leben hinzunehmen und Eindringlinge zu akzeptieren, die sich innerhalb der Grenzen ihres Landes niederließen. So hatten die kleinen Stämme der Masaquoddy, Ashinabeg, Yurok und Wampanoag nichts dagegen, der Papiermühle ihren kleinen Anteil an dem gigantischen Wald zu überlassen. Solange sie die Holzfäller mit ihren Lastautos und Motorsägen mieden, konnten die beiden Zivilisationen nebeneinander herleben. Kreuzten sich gelegentlich ihre Wege, so empfanden sie füreinander nicht mehr als Neugier. Die Holzfäller schlugen Bäume und verarbeiteten sie zu Papierbrei; die Indianer fingen mit ihren Netzen Lachse und trockneten sie in der Sonne. Es schien kaum eine Verbindung zwischen ihnen zu geben.

Als die vorher gutwillige Haltung der Indianer eine subtile psychologische Veränderung erfuhr, unterließen sie es noch immer, eine Verbindung herzustellen. Die Indianer waren dadurch verstört und befürchteten, daß, wenn es bekannt wurde, daß sich Gewalttätigkeit unter ihnen breitmachte, man sie der Trunkenheit beschuldigen könnte – eine alte Anschuldigung der Weißen, um jede Verantwortung für empörte Ausbrüche der Indianer von sich zu schieben.

Gewiß, die Abweichungen vom gewohnten Verhalten, die sie

Katahnas, ›Anfälle‹, nannten, besaßen Ähnlichkeit mit den Erscheinungen des Rauschzustands. Schwindelgefühl, Halluzinationen, Verlust der körperlichen Koordination und oft unerklärliche Wutausbrüche. Ein Mann tötete Frau und Kinder, ein anderer stürzte sich in Mary's Lake und ertrank. Zuerst kam dergleichen nur ganz vereinzelt vor, undeutlich erklärbar vielleicht durch die Bewegung der Sterne und die Eigenart der Männer, die von diesen *Katahnas* erfaßt wurden, aber nun trat das immer häufiger auf – und um so erschreckender, weil es schwerer zu erkennen war. Die einst dramatischen Symptome traten gedämpft auf, die ganze Gemeinschaft fiel einer Art Lethargie anheim, einer Betäubung, die manchmal verflog, um dann wie eine dräuende Gewitterwolke wieder herabzusinken.

Die Masaquoddy bewahrten noch ein weiteres Geheimnis; unausgesprochen, weil es jenen Schande brachte, die davon betroffen worden waren. Eine zunehmende Zahl an Totgeburten und mißgestalteten Kindern. Aus langer Tradition brachten die indianischen Frauen ihre Kinder im Wald allein zur Welt und hielten so lange Zeit das Schreckliche selbst voreinander geheim. Der Beweis für die Veränderungen in ihrem Körperaufbau war in flachen Gräbern rings im Manatee-Wald begraben.

Die erste Stammesangehörige, die genug Beweise sammelte, um zu erschrecken, war Romona Peters, eine reinblütige Masaquoddy, achtundzwanzig Jahre alt, die den indianischen Namen Oliana trug. Er bedeutete ›Frühlingskitz‹. Mit ihrer hellen Haut und den Rehaugen hatte sie den Namen von ihrem Großvater Hector M'rai bekommen, dem ehemaligen Häuptling und jetzt ältesten lebenden Angehörigen des Stammes. Aber Romonas Ähnlichkeit mit einem Rehkälbchen täuschte. Sie besaß den Mut einer Füchsin. Im Alter von zwölf Jahren wurde sie von einem Holzfäller im Wald vergewaltigt und ging allein in die Stadt Manatee, um ihn beim Sheriff anzuzeigen. Es war ihre erste Lektion darüber, daß das Wort ›Gerechtigkeit‹ für den Indianer kaum galt.

Von da an bemühte sie sich, soviel Wissen zu erlangen, daß sie zu einer Kraft der Veränderung werden konnte. Das Ziel war schwer zu erreichen. Mit dreizehn Jahren mußte sie, wie bei Indianerinnen üblich, die Schule verlassen, um im Dorf zu arbeiten, benützte aber die öffentliche Androscoggin-Bücherei, um sich weiterzubilden, verbrachte dort jeden freien Augenblick, studierte Bücher, die sie kaum verstand, versuchte von Wortschatz und Lebensweise der weißen Welt zu erfassen, soviel sie konnte. Ihre weißen Altersgenossen verhöhnten sie oft, und die Bibliothekarin untersagte ihr schließlich, das große Wörterbuch öfter als einmal am Tag zu benutzen, weil angeblich der Bodenbelag durch ihr ständiges Hin- und Hergehen zu stark abgenutzt worden sei. Sie gab schließlich auf.

Unter dem Eindruck der jüngsten Ereignisse begann sie die Bibliothek wieder aufzusuchen. Sie hatte eine Frau von einer Geburt im Wald im Schockzustand zurückkommen sehen, die Arme leer, der Bauch eingefallen, und sie befragt, bis die Frau sie zu dem Totgeborenen führte. Der Kopf war übergroß, die Augen groß und flach, ohne Lider. Die Finger waren lang und liefen spitz zu wie Klauen! Die Beine sahen aus wie das Hinterteil eines Tieres, gerundet und viel kürzer als die Arme.

Die Frau flehte Romona an, ihr Geheimnis nicht preiszugeben, und Romona versprach es, aber die nächste Frau, bei der die Wehen einsetzten, überredete sie dazu, sie als Hebamme mitzunehmen. Es geschah erneut. In etwas anderer Form, nicht so kraß. Aber auch hier wies das Totgeborene tierähnliche Züge auf. Gleichzeitig gab es aber normale Geburten, gesunde, natürliche Kinder. Aber wie eine Dissonanz als Begleitung zu einer Melodie kam es immer wieder zu Totgeburten und deformierten Neugeborenen; ab und zu kamen sie lebend zur Welt, und die ersten Schreie wurden von den erschreckten Müttern im Wald rasch erstickt.

Romonas Instinkt drängte sie, Hilfe zu suchen, aber ihre Erfahrung mit der amtlichen Welt der Weißen war angsterregend genug, sie zögern zu lassen. Sie wollte dort erst erscheinen, wenn sie über soviel Wissen wie möglich verfügte. Deshalb kehrte sie in die Bücherei zurück, gewiß, daß die Erklärung für die Veränderungen in der Physiologie ihres Volkes irgendwo in diesem großen Wissensspeicher zu finden sei.

Es war schwer, die Zeit für ihre Ausflüge in die Bibliothek zu finden, schwerer noch als früher. Sie mußte ganztägig ihren alternden Großvater Hector M'rai pflegen, der ebenfalls an den lähmenden Auswirkungen der *Katahnas* litt. Im letzten halben Jahr hatte sich sein Geist verdüstert, und seine Hände hatten zu zittern begonnen. Das lag nicht nur an seinem Alter. Romona hatte ihr ganzes Leben mit ihm verbracht und wußte, daß er nicht der Mann war, der senil wurde.

Unter den Masaquoddy war Hector M'rai eine Legende. Er hatte sechs Inkarnationen erlebt, beherrschte noch die alte Sprache und kannte unendlich viele Sagen.

Er lebte abseits von den anderen, in einem Lager, das er selbst errichtet hatte, nach Kenntnissen, die nur er noch besaß. Er nannte es *M'ay-an-dan'ta*, den Garten Eden. Es bestand aus drei wigwamartigen Behausungen, erbaut aus grob behauenen Baumstämmen und Tierhäuten; sie unterschieden sich von den baufälligen Wellblechhütten, in denen sein Volk lebte, wie die Nacht vom Tag. Inmitten des sich wandelnden Waldes war das Lager eine Oase, wo die Zeit stillstand, eine Art Museum, ein Schrein für ein Leben, das es nicht mehr gab.

Es fiel Romona schwer, sich von M'rai loszureißen, denn sie fürchtete bei jedem Weggang, sie werde ihn nicht lebend wiedersehen, aber jeden Abend vor Sonnenuntergang machte sie sich auf den Weg in die Stadt, um die Lexika und medizinischen Fachbücher in der Bibliothek zu studieren. Sie wußte, daß die *Katahnas* und die Totgeburten auf irgendeine Weise zusammenhingen, und sie gab sich alle Mühe, dieses Bindeglied zu finden.

Im Vorwort eines Bandes über Ernährung fand sie den ersten Hinweis. Dort stand, daß die Ernährung für die Gesundheit und das *Verhalten* der Menschen von entscheidender Bedeutung sei, ja, daß sogar die kulturellen Eigenheiten einer ganzen Gemeinschaft durch das beeinflußt werden konnte, was sie als Gruppe an Nahrung verzehrte. Ein Stamm in Afrika, so wurde als Beispiel vorgestellt, mit dem Namen El Molo, sei in der neueren Zeit aggressiv und von epileptischen Anfällen heimgesucht worden, als Folge des Proteinmangels in einem Landstrich, in dem das Wild ausgerottet worden war. Eiweiß überbrücke die Synapsenlücke in der Befehlskette neuromuskulärer Aktivität, stand dort.

Sie notierte sich jedes Wort, das sie nicht verstand. Auf einer einzigen Seite standen siebenundsechzig Ausdrücke.

In dem Buch gab es auch einen Abschnitt über Schwangerenfürsorge. Auch hier wurde wieder das Eiweiß erwähnt, diesmal als wesentlicher Faktor für die Entwicklung eines gesunden menschlichen Fötus. Romona fand in der Kartei, daß es ein ganzes Buch über das Thema Protein gab. Am Schluß des Bandes gab es eine Tabelle über eiweißreiche Kost. Plötzlich geriet sie in Verwirrung – ganz oben auf der Liste eiweißreicher Nahrungsmittel stand Fisch. Der Nahrung der Indianer konnte es an Eiweiß nicht mangeln, denn sie waren Fischer. Achtzig Prozent ihrer Nahrung waren Fisch. Sie rang mit ihrem ganzen Vorrat an Logik um den Sinn dieser Dinge. Die Ernährungsweise war der Schlüssel, aber was in ihrer Kost rief die biologischen Verheerungen hervor?

Sie wußte, daß die Masaquoddy sich seit Jahrhunderten auf die gleiche Weise ernährten, wenn man von Konservendosen absah, die es erst seit dieser Generation gab. Die Konserven wurden alle im selben Laden gekauft, dem einzigen in Manatee, der für Indianer da war. Konnte es sein, daß die Masaquoddy vergiftet wurden? Nein. Die Dosen waren versiegelt.

Sie erfuhr nie, wie nah sie dem Zusammenhang gekommen war, als ihre Suche nach Wissen plötzlich gestoppt wurde. Über Nacht war es zwischen Indianern und Stadtbewohnern zu Gewalttätigkeiten gekommen, und es wurde für Romona Peters gefährlich, sich in den Ort zu wagen.

Eine Gruppe von Holzfällern war im Wald auf einen Indianer gestoßen, der ohne Orientierung benommen herumtaumelte. Mitten in der vertrauten Umgebung schien er sich verirrt zu haben, lief buchstäblich im Kreis und prallte gegen Bäume. Sie hatten ihn ausgelacht und verspottet, was einen Wutanfall auslöste. Er stürzte sich auf sie, und sie schlugen ihn so zusammen, daß er beinahe starb. Das führte zur Vergeltung. Zehn Tage später wurde ein Holzfäller in ähnlichem Zustand aufgefunden. Die Nachricht verbreitete sich rasch: die Indianer seien betrunken und rauflustig. Die Holzfäller waren nur zu gerne bereit, darauf einzugehen. Sie überfielen zur Vergeltung ein kleines Fischerdorf der Indianer. Bald danach kehrten zwei Holzfäller nicht von der

Nachtschicht zurück. Sie waren spurlos im Wald verschwunden. Und es hieß, die Indianer hätten sie umgebracht.

Nach Tausenden von Jahren friedlichen Lebens in ihrer Umwelt vegetierten die Indianer nun in einem Zustand der Furcht; sie hatten Angst davor, morgens zu ihren Netzen zu gehen, nachts die Feuer zu löschen, dem Jaulen von zwei Schweißhunden zu lauschen, die den Manatee-Wald nach den vermißten Holzfällern absuchten.

Romona Peters saß im dunklen, stillen Lager ihres Großvaters und hörte das mißtönende Geheul der Hunde, beobachtete die drei Suchlampen des Rettungstrupps, der ihnen folgte. Sie sahen am Berg aus wie Glühwürmchen, zwischen den Bäumen tanzend und zuckend. Seit einer Woche verfolgten sie und ihr Großvater jede Nacht den Weg des Rettungstrupps. Sie wußten, daß diesmal etwas anders war. Bewegungen und Geräusche hatten eine neue Dringlichkeit.

In der Indianersiedlung, zwei Meilen entfernt, sahen alle Einwohner ebenfalls zu und spürten wie Romona und M'rai die plötzliche Steigerung des Tempos. Die Suchenden wurden sogar von Tausenden von Augenpaaren beobachtet. Die Tiere der Nacht, Räuber und Beute, kauerten stumm und angespannt.

Auch die Männer des Suchtrupps fühlten es. Nach einer Woche erfolglosen Umherwanderns waren die Hunde plötzlich von jener Hysterie erfaßt worden, die anzeigte, daß ihr Ziel nah sein mußte. Sie hatten bei Sonnenuntergang eine Witterung aufgenommen und waren davongehetzt, jaulend und bellend, die schweren Körper gegen die Geschirre gestemmt, durch eine zwölf Meter lange Leine mit den Hundeführern verbunden.

Während die Hunde immer wilder heulten und kläfften, taumelten die Männer hinter ihnen her, gepeitscht von Ästen, auf unvertrautem Gelände. Hinter den beiden Hundeführern lief ein dritter Mann mit einem Funksprechgerät, das er auf dem Rücken trug.

»Langsamer!« keuchte er.

»Sie sind heiß!« rief einer der Hundeführer. »Es muß ganz in der Nähe sein!«

Die Hunde erreichten eine Steigung und wurden langsamer. Als sie die Kuppe erreichten und auf der anderen Seite hinabstürzten, wurden die Männer einfach mitgezerrt, unfähig, den rasenden Lauf aufzuhalten. Und dann sahen sie es. Ein winkliger Pfad weißen Wassers, der durch den Wald rauschte und in der Dunkelheit vor ihnen einfach abbrach.

»Wasser. Ein Wasserfall!«

»Ein Absturz!«

»Aufhalten!«

Die Hundeführer stemmten sich zurück, rammten die Absätze in den Boden, aber die Hunde ließen sich nicht aufhalten, warfen sich noch heftiger in die Geschirre, rückten mit jedem Augenblick dem gähnenden Abgrund näher, der im Mondlicht auftauchte.

»JESUS . . .!«

»Ich kann nicht . . .!«

»*Helft* mir!«

Einer der Männer packte einen Baumstamm und vermochte sich festzuhalten, riß seinen Schweißhund zurück, daß dieser betäubt schwankte, aber der andere Hundeführer stolperte und stürzte, hielt sich an der Leine fest, als er weitergeschleppt wurde, hilflos, schreiend, während sein Hund zur Kante stürzte.

In einem Augenblick, da alles stillzustehen schien, federte der Mann mit dem Funkgerät sich ab und sprang direkt auf den Mitgeschleiften. Im selben Sekundenbruchteil flog der Schweißhund über den Klippenrand.

Sein Flug dauerte nur Momente. Die menschliche Verankerung auf der Klippe hielt.

Eineinhalb Meter vor dem Abgrund blieb der Funker auf dem anderen Mann liegen. Der Hund baumelte lautlos in der Luft.

»Hilf uns!« schrie der Funker. Sie rutschten Zentimeter um Zentimeter zur Kante, während die Leine wie eine Saite schwirrte und der Hund in Todesangst wild um sich schlug. Der zweite Hundeführer löste fieberhaft die Leine vom Gürtel und schlang sie um einen Baum. Sein Hund lag am Boden, von dem Ruck betäubt, die Augen starr zum Mond gerichtet.

»*Hilf* uns, verdammt!«

Der zweite Hundeführer hetzte aus dem Wald, warf sich auf

seine Begleiter, packte die straff gespannte Leine und zerrte mit seiner ganzen Kraft. Sie klammerten sich verzweifelt aneinander und wichen langsam wie ein sechsbeiniger Krebs rückwärts, bis sie drei Meter Abstand zwischen sich und den Abgrund gelegt hatten und hinter einem Baumstumpf Halt fanden. Der Mann, der mitgeschleift worden war, hatte Prellungen und Abschürfungen erlitten; die beiden anderen klammerten sich an ihn, denn der fast zwei Zentner schwere Hund hing noch immer an seinem Geschirr im Leeren.

Sie starrten einander dumpf an.

»Alles in Ordnung?«

»Ich habe nicht mehr aufmachen können . . .«

»Das habe ich von ihnen noch nie erlebt . . .«

»Was sie suchen, liegt da unten.«

»Wenn es da unten liegt, ist es tot.«

»So bellen sie nicht für einen Toten.«

»Holen wir den Hund rauf.«

Mit zitternden Armen packten sie die straffe Leine und schlangen sie mühevoll um ihre Hände.

»Ho-ruck!«

Sie zerrten gemeinsam, gewannen einen Meter, packten wieder zu.

»Ho-*ruck*!«

Sie stemmten sich wieder ein, aber diesmal umsonst. Es war, als hätte das Gewicht des Hundes ihre Kräfte plötzlich überfordert. Sie rammten die Absätze in den Boden und zerrten, die Zähne vor Anstrengung zusammengebissen, während sie einander fassungslos anstarrten. Das Ganze wurde zu einem Kampf, zu einer Kraftprobe, so, als stemme sich am anderen Ende etwas dagegen.

»O Gott . . .« stöhnte einer von ihnen auf, als sie plötzlich nach vorn gezogen wurden.

»Festhalten!« schrie der Hundeführer, an dem die Leine befestigt war. »Hilfe!«

Einer stieß einen Arm in den Gürtel des Mitgeschleiften, der andere ließ los, aber der Mitgeschleifte packte ihn, hielt sich an ihm fest wie ein Ertrinkender.

»Nein . . .!« schluchzte einer von ihnen, als sie unaufhaltsam vorwärtsgerissen wurden. Und mit einem plötzlichen Ruck hoben ihre Körper vom Boden ab, schnellten in die Luft, und ihre Schreie hallten von den Felswänden wider, als sie, sich überschlagend, in die Kluft stürzten.

Nur einer von ihnen lebte nach dem Aufprall lange genug, um zu erkennen, was sie hinübergerissen hatte. Es stand über ihm, gab ein halblautes Quietschen von sich und hob einen Arm, der eine Hautfalte darunter freigab, mit Adern, dick wie Äste. Das war alles, was der Mann sah, bevor sein Kopf vom Körper getrennt wurde.

5

John Hawks saß in grimmigem Schweigen am Abteilfenster des Zuges, der ihn aus Washington forttrug, und sah über dem majestätischen Gipfel des Mount Katahdin den Morgen heraufkommen. Es war ein Anblick, den er seit sieben Jahren nicht mehr erlebt hatte.

Der letzte Besuch in seinem Geburtsort, mit einundzwanzig Jahren, war eine herbe Enttäuschung gewesen. Er hatte die Verbindung zu seiner Herkunft gesucht, in die Kultur, die er verlassen, wieder eintauchen wollen, aber die Masaquoddy waren verkommen. Das Dorf, an das er sich aus seiner Kindheit als schönen und zauberhaften Ort erinnerte, war zu einem Abfallhaufen geworden; eine Ansammlung von Hütten aus Schrott, der Boden übersät mit unbrauchbaren Maschinen und Autowracks.

Die Nähe der Weißen hatte ihren Tribut gefordert. Das wachsende Gefühl der Unterlegenheit erweckte einen Drang zur Nachahmung. Man kaufte Waschmaschinen, obwohl es im Ort keinen Strom gab, es wimmelte von Transistorradios, obwohl man wegen der Bergkette nichts als ein Rauschen hören konnte. Man kaufte Autos und wrackte sie wieder ab, weil man sich das

Benzin nicht leisten konnte. Zwischen den erdfarbenen Jacken aus Tierhäuten und der braunen Haut der Frauen konnte man Büstenhalter von Woolworth sehen.

Aber trotz all dieser Schwächen besaßen die Masaquoddy noch ihren Stolz. Sie waren stolz genug, den Kontakt mit den Weißen zu meiden. Stolz genug, John Hawks zu grollen, weil er zur weißen Welt gehörte.

Es sprach manches dafür, daß Hawks weißes Blut in den Adern hatte. Es war sein Segen und sein Fluch. Man sah es in seinem Gesicht. Er hatte gutgeschnittene Züge, eine helle Haut. Früher hatte er sich darüber gefreut, als Weißer gelten zu können, jetzt haßte er dieses Wissen, weil es sein Leben in Verwirrung gestürzt hatte.

Sein Aussehen war der Grund gewesen, warum Mary Pitney ihn mit zwölf Jahren aus dem Ort geholt und in einem Internat in Portland hatte erziehen lassen. Als Besitzer des Unternehmens am Espee-Fluß hielten die Pitneys sich für Menschenfreunde. Sie waren damals um die siebzig Jahre alt und wollten, bevor es zu spät war, sich die Pässe für den Himmel ausstellen lassen. Noch zwei andere Indianerkinder wurden ausgewählt, eines aus dem Yurok-Stamm, das andere von den Ashinabeg; Hawks war das dritte gewesen. Der Yurok brachte sich als Teenager um, der Ashinabeg fiel in Vietnam.

Hawks hatte als einziger die Feuerprobe überstanden, durch Täuschung. Er legte seinen Akzent ab, kleidete sich wie die weißen Kinder, lernte, daß es besser war, weiß zu sein als rot. Viele Jahre lang bemühte er sich bewußt zu vergessen, wo er herkam, erfand sogar die Abstammung von einer reichen Familie in Boston, deren Mitglieder, wie er behauptete, alle tot seien. Die Pitneys waren gestorben, als er sechzehn war, und hatten ihm einen Ausbildungsfonds hinterlassen, den eine Bank in Portland verwaltete; er selbst war Waise. Außer seinem inneren Ich gab es nichts, was ihn an die Wahrheit erinnern konnte.

Aber ein Leben der Täuschung forderte seinen Zoll! Als Weißer geltend, war er oft Zeuge der Gespräche über Indianer, die Weiße normalerweise nur dann führen, wenn sie unter sich sind. Die Witze quälten ihn, aber er zwang sich dazu, über sie zu lachen.

Nach dem Internat gewann er ein Stipendium für die University of Maine in Orono. Hier war es, wo die Wahrheit ans Licht kam und ihn demütigte. Er hatte sich in ein Mädchen verliebt, das reich war, von guter Abstammung, geboren und aufgewachsen in Boston. Sie hörte seine Geschichte von der reichen Familie aus Boston und ging der Sache nach. Unmittelbar danach verließ Hawks das College, das Gelächter seiner Kommilitonen in den Ohren.

Zornig und beschämt kehrte Hawks in sein Dorf zurück, entdeckte aber, daß man ihn dort auch nicht haben wollte. Er kleidete sich in Hirschleder und versuchte, sie wieder für die frühere Lebensweise der Indianer zu interessieren, aber man verspottete ihn. Als wolle ein Vogel einem Wolf erklären, wie ein Wolf zu sein habe. Nur eine Person behandelte ihn gut. Sie hieß Romona Peters. Sie und ihr Großvater waren die einzigen im Ort, die vom indianischen Leben etwas zu bewahren versuchten.

Für Romona stellte John Hawks alles das dar, was sie selbst nicht hatte werden können. Er war gebildet und wußte etwas von der Welt außerhalb des Waldes. Sie besaß dafür eine Reinheit, um die er sie beneidete. Sie war durch und durch Indianerin und wünschte sich nicht, die Art der Weißen nachzuahmen.

Sie fühlten sich augenblicklich zueinander hingezogen und wurden ein Liebespaar, obwohl die Gesetze der Indianer das verboten. Aber die Unterschiede, die sie zusammengeführt hatten, trieben sie auch auseinander. 1971 ließ der Pitney-Konzern erstmals erkennen, daß er eines Tages das gesamte Land der Indianer beanspruchen wolle. Die alte, überholte Papiermühle wurde abgerissen, und man baute am Ufer des Espee eine riesige Fabrik. John Hawks war der einzige, der die Folgen voraussah. Er wußte von den Vorgängen im pazifischen Nordwesten und sah, daß die neue Fabrik nach ihrer Fertigstellung in der Lage sein würde, den ganzen Wald zu verschlingen. Er versuchte, die Masaquoddy hinter sich zu bringen, aber sie leisteten Widerstand. Selbst Romona war gegen ihn. Sie war Pazifistin und vertrat die Ansicht, eine Konfrontation würde zu ihrem Untergang führen. Überdies schien ihr das noch in weiter Zukunft zu liegen. Sie glaubte, es sei mehr Hawks' Zorn auf die Pitneys, weil sie sein Leben umgestürzt hatten, als die Realität der neuen Fabrik, die seine Gegnerschaft hervorrief.

Es fielen bittere Worte zwischen ihnen, und John Hawks verließ den Manatee-Wald, für immer, wie er glaubte.

Er ging dorthin, wo sich etwas abspielte, sah andere Stämme, die mit der Industrie um ihr Land kämpften. Im Lauf der Zeit lernte er, daß es nur eine Taktik gab, die dem Landraub Einhalt gebieten konnte. Diese Taktik war die Gewalt. Nicht, daß die Gewalt siegreich sein würde. Einen Sieg konnte es nie geben, was auch immer geschehen mochte, aber sie brachte Befriedigung. So sehr Hawks Gefallen daran fand, sich mit den Industriellen und Politikern auseinanderzusetzen und sie rednerisch zu besiegen, er wußte, daß sie ihn letzten Endes für harmlos hielten. Wie ein Hund, der gelernt hatte, auf zwei Beinen zu laufen, eines Tages aber wieder auf allen Vieren gehen mußte. Erst wenn der Hund seine Zähne zeigte, wurde er geachtet.

Hawks war der Spur der Verwüstung von Wald zu Wald und Indianerstamm zu Indianerstamm gefolgt und schließlich nach Washington gekommen, wo es endlich zu Demonstrationen kam, um sich einem Protestchor gegen den Diebstahl indianischen Landes anzuschließen. Zu seiner Überraschung fand er Sprecher aus allen Teilen seiner Welt vor, die darauf Wert legten, daß sie geeint wurden und einen Vertreter fanden. Es war die Gelegenheit, auf die Hawks gewartet hatte. Er hatte vorhergesagt, was sich ereignen würde; nun erwarteten sie von ihm, daß er sie davor bewahrte.

Er bekam nicht nur die Macht, sein Volk zu vertreten, er bekam endlich die Bestätigung, daß er ein Indianer war. Trotz weißer Gene und einem Wortschatz, der dem der Weißen entsprach, konnte er jetzt der Welt erklären, daß er in Herz, Seele und Geist eins mit seinem Volk war.

Seine drei Auftritte vor dem Unterausschuß des Senats waren Gesten gewesen, nicht mehr. John Hawks war entschlossen, den Kampf aufzunehmen.

Als der kleine Zug sich um den Berg herumwand, dachte Hawks an Romona. Er fragte sich, ob sie noch da war, ob sie ihn begrüßen würde. Er hatte oft an sie gedacht, zeitweise ständig. Er wußte, daß er und Romona miteinander aufgewachsen wären und geheiratet hätten, wenn man ihn nicht aus seinem Dorf geholt hätte. Er wäre Fischer geworden, sie die Mutter mehrerer Kinder. Er verfluchte die Pitneys für die Verwirrung, in die sie ihn gestürzt hatten; er war froh um die Gelegenheit, sich wehren zu können.

»Uns wird niemand helfen«, hatte er eines Tages zu Romonas Großvater gesagt.

»Der Wald wird uns helfen«, hatte M'rai erwidert. »Katahdin wird uns helfen.«

Hawks war über die kindliche Art des alten Mannes erstaunt gewesen, aber das war auch das Wundersame an ihm; er glaubte an die alten Legenden.

Katahdin gehörte zu den ersten Legenden, die ein Masaquoddy-Kind lernte: das mythische Tier, äußerlich zusammengesetzt aus allen Geschöpfen, die Gott je hervorgebracht hatte. In Zeiten der Not, so hieß es, werde Katahdin aus seinem Schlaf erwachen, um die Geschöpfe Gottes zu verteidigen, die seinen Schutz brauchten.

Hawks schloß die Augen und stellte sich den alten Mann inmitten einer entweihten Öde vor, wo einst die Bäume gestanden hatten. Er fragte sich, ob der alte Mann nun seinen kindlichen Glauben an Katahdin endlich verlieren würde.

»Das ist ein borealer Wald, Maggie. Weißt du, was das bedeutet?«

Robert Vern stand im Schlafzimmer der kleinen Wohnung in Georgetown und packte einen Koffer. Er sprach mit lauter Stimme, um die Musik im Wohnzimmer zu übertönen. Maggie saß auf einem Stuhl und spielte die Cellobegleitung zu einem Orchesterstück, das aus den Lautsprechern ihres Tonbandgeräts tönte. Es war Schumanns Cellokonzert, in dem Maggie den Solopart spielen sollte, der Grund, warum sie Rob nach Maine nicht begleiten konnte.

»Maggie? Hörst du mich?« Robert wartete auf eine Antwort, die aber ausblieb. Laut genug hatte er gesprochen. Sie antwortete einfach nicht.

Ihre düstere, schweigsame Stimmung hatte vor einer Woche begonnen, und Rob machte sich Sorgen. Er war an dem Morgen, nachdem er die Tränenspuren in ihrem Gesicht bemerkt hatte, zu Hause geblieben, um mit ihr darüber zu sprechen, aber sie war wenig mitteilsam gewesen und hatte von einem schlechten Traum gesprochen. Er wußte aber, daß mehr dahinterstecken mußte. Mehrere Nächte hintereinander hatte er Valium auf ihrem Nachttisch stehen sehen; sie hatte früher nie Mittel gebraucht, um einschlafen zu können. Zweimal drängte er sie, sich auszusprechen, zweimal wich sie ihm aus. Es war, als hätte sie Angst vor ihm.

Er wagte nicht, zu stark in sie zu dringen, weil er im Innersten fürchtete, sie könnte sich einem anderen Mann zugewandt haben. Damit würde er nicht fertig werden, das wußte er. Er hatte in den sieben Jahren Ehe keine andere Frau angesehen.

Er schob diese Gedanken, die zu sehr quälten, beiseite und griff nach einem Stapel dicker Bücher. Sie trugen Titel wie ›Bodenerosion‹, ›Hydrokultur‹, ›Umweltgefahren durch die Industrie‹; es waren nur einige der Dutzende von Bänden, die er studiert hatte, seitdem er Victors Angebot angenommen hatte, sich der EPA anzuschließen. Die Entscheidung beunruhigte ihn immer noch, aber er hatte sich zunächst nur für zwei Wochen verpflichtet.

In den vergangenen sechs Tagen hatte er sich ganz dem Studium verschrieben, eine Sondergenehmigung erwirkt, nach der Schließung abends noch in der Washington-Bibliothek bleiben zu dürfen, ein Wochenende mit einem hocherfahrenen Fachmann verbracht, der in den Wäldern von New Jersey tätig war. Er hatte gelernt, Bodenproben zu entnehmen und nach Wasseraufnahme und Mineralgehalt zu analysieren; er konnte über vierzig Arten der Baumgattung Pinaceae unterscheiden. Er konnte sogar Alter, Zustand und Volumen eines Wasserfalls über einen Zeitraum von zehn Jahren bestimmen, indem er die untere Rinde eines Baumes untersuchte.

Den Rest der Bücher gedachte er sich im Flugzeug vorzunehmen. Er klappte den Koffer zu und blieb einen Augenblick auf dem Bett sitzen, während er Maggie zuhörte. Dann stand er auf und ging zur offenen Tür. Sie fing seinen Blick auf.

»Wunderschön«, sagte er.

Sie nickte und spielte weiter.

In ihren Augen glaubte er wieder einen Vorwurf zu lesen. Er ging zu ihr und setzte sich auf die Armlehne ihres Stuhls.

»Weißt du ... wenn mir dieser Posten gefällt ... wirst du mich wieder im Haus haben.«

»Wirklich?«

»Mhm. Bäume werden nicht mitten in der Nacht krank, sagte man mir.«

»Werden sie doch, sie erzählen es nur nicht jedem.«

Er beugte sich vor und küßte sie auf den Nacken.

Sie hörte auf zu spielen, drehte sich aber nicht nach ihm um.

»Was ist ein borealer Wald?« sagte sie.

Robert blieb einen Augenblick stumm, dann sagte er: »Du hast mich gehört.«

»M-hm.«

»Warum hast du dann nicht geantwortet?«

»Man kann nicht brüllen, wenn man Schumann spielt.«

»Ein borealer Wald ... das ist etwas, das seit Anbeginn der Zeit nicht berührt worden ist.«

Sie senkte den Kopf und blieb stumm.

»Macht dich das traurig?« sagte er.

»Ich glaube schon.«

»Warum?«

»Weil ich mich hineinversetzen kann.«

Er berührte sie, und sie drehte sich herum.

»Was ist los, Maggie?« flüsterte er.

Ihre Augen wurden feucht, und sie wandte sich ab.

»Sag es doch einfach heraus.«

»Das kann ich nicht«, murmelte sie.

»Warum nicht?«

»Weil es nicht so einfach ist. Es ist ... kompliziert. Es ist nicht etwas, das ich einfach aussprechen kann.« Sie sah ihm forschend in die Augen. »Ich brauche Stunden, Tage. Ich muß *bei* dir sein. Deine Nähe spüren. Ich brauche die Zeit, die wir nicht zu haben scheinen.«

Er zog sie an sich.

»Wir sind zwei vielbeschäftigte Leute, Maggie.«

»Einer von uns ist einsam.«

Rob schüttelte langsam den Kopf. Es war Hilflosigkeit.

»Ich weiß nicht, was ich tun soll, Maggie . . .«

»Ich weiß, wieviel dir deine Arbeit bedeutet, und ich bewundere das . . .«

»Es ist mehr als meine Arbeit . . .«

»Genau das ist es. Es ist, als hättest du eine Geliebte. Aber da könnte ich wenigstens in den Wettbewerb treten.«

»Ich habe keine Geliebte«, sagte Rob leise.

»Natürlich nicht, aber . . .«

»Und *du*?« Die Worte waren ausgesprochen, bevor er sie zurückhalten konnte.

»Was – ich?«

»Hast du einen Geliebten?«

Sie wirkte entgeistert.

»Ganz gewiß nicht.«

Er sah sie prüfend an.

»Bist du sicher?«

»Na, wenn ich mir nicht sicher wäre, er könnte kein berühmter Liebhaber sein, nicht?«

»Ich meine es ernst.«

Sie mußte lachen, verstummte aber, als sie sah, wie zerquält er war.

»Ich habe in meinem ganzen Leben nur einen einzigen Mann geliebt«, sagte sie leise. »Ist das nicht albern, wenn man dreißig ist? Wenn ich das im Orchester einer Kollegin erzähle, würde man sich ausschütten vor Lachen. Weißt du, da ist ein Mädchen . . .« Sie verstummte und brach plötzlich in Gelächter aus.

Ihr plötzlicher Stimmungsumschwung kam für Rob so überraschend, daß er sich nicht zurechtfand, aber er mußte mitlachen.

»Was ist mit ihr?«

»Nun, sie will die Pille nicht und nichts anderes. Die Pille macht sie krank, das andere ist nicht zuverlässig. Ich meine, man kann schwanger werden, selbst wenn man sich vorsieht.«

»In der Regel nicht.«

»Aber es kommt vor, habe ich recht?«

»Theoretisch.« Rob lächelte, aber mit dem Gespräch war etwas nicht in Ordnung. Maggie plapperte.

»Jedenfalls glaubt sie, daß man auch mit einem Diaphragma schwanger werden kann, und darum kauft sie . . . wie nennt man sie? Für einen Mann? Kondome?«

»M-hm.«

»Sie holt sie dutzendweise aus der Apotheke. Ich habe sie gesehen, in ihrer Handtasche. Sie sind in Plastik verpackt, alle aneinandergereiht, wie MG-Munition, eine lange Kette, und sie bestellt hundert auf einmal, macht einfach ihre große Strandtasche auf, und sie stopfen die Dinger hinein.« Sie verstummte plötzlich und lachte wieder, preßte die Hand auf den Mund. »Kannst du dir das *vor*stellen?«

»Nee.«

»Weißt du, mit wieviel Männern sie geschlafen hat? Zwischen fünfhundert und tausend. Das hat sie mir erzählt. Kannst du dir das vorstellen? Daß sie nicht sicher ist, ob fünfhundert oder mehr?«

Es war so bizarr, daß Rob wieder zu lachen begann.

»Wer ist sie?«

»Das verrate ich dir nicht.«

Ihr Lachen verklang, und sie sahen einander an. Ihre Blicke hafteten aneinander, und die Stimmung zwischen ihnen erreichte einen Punkt, an dem einer von ihnen etwas sagen mußte. Aber beide wollten es nicht.

»Weißt du, was gerade geschehen ist, Rob?« flüsterte Maggie.

»Was denn?«

»Wir haben gemeinsam gelacht. Wie lange ist es her, seit wir das zum letztenmal miteinander getan haben?«

Rob nickte traurig.

»Sehr lange.«

»*Das* ist es, was ich brauche, Rob. Daß ich mich frei und wohl bei dir fühle. Entspannt. Wenn ich dafür etwas Zeit hätte, könnte ich alles sagen, was mich bedrückt.«

»Was bedrückt dich, Maggie?«

Sie wurde steif.

»Du fliegst in drei Stunden. Ich brauche mehr Zeit.«

»Komm doch einfach mit.«

»Ich kann nicht.«

»Wir hätten zwei Wochen miteinander, Maggie. Kein Telefon, keine Notfälle. Ich werde in einem Blockhaus untergebracht, auf einer Insel mitten in einem See. Ringsum nichts als Wald und Wasser.«

»Wie kann ich das tun?«

»Wie kannst du es nicht tun?«

Maggie wußte, daß sie das Unvermeidliche hinausschieben wollte. Unbewußt tat sie das, wovon Hamlisch ihr abgeraten hatte – das Thema ihrer Schwangerschaft zu meiden, bis es zu spät war. Und sie würde sich dem Gespräch stellen müssen, das sie am meisten fürchtete. Vielleicht würde es ihr in dieser Umgebung leichter fallen. Wenn irgendwo, dann mußte es dort möglich sein.

»Wie kalt wird es?« fragte sie.

»Du hast meine Frage nicht beantwortet.«

»Doch. Ich will wissen, was ich einpacken muß.«

6

Die Morgensonne schien gedämpft durch die Wolken über dem Manatee-Wald. Die Luftfeuchtigkeit stieg, am Horizont grollte ferner Donner. Das schrille Schreien zweier Seetaucher auf Mary's Lake hallte vom Wald wider. Tiere aller Größen und Formen kamen zwischen den Bäumen hervor, um ihr frühmorgendliches Ritual von Waschen, Trinken und Fressen abzuwickeln.

Oben in den Bergen, am Fuß einer Felswand, nagte eine Familie von Waschbären an menschlichem Fleisch, fauchte und raufte über den Stücken und Fetzen, die am Boden verstreut waren. Die Leiche eines Mannes, die über ihnen hing, den Hals von einer Leine stranguliert, störte sie nicht. Der menschliche Geruch war binnen Stunden verflogen und hatte dem Gestank eines verrottenden Kadavers Platz gemacht, auf lockend-qualvolle Weise knapp außerhalb der Reichweite der heißhungrigen Waschbären.

Auf dem Plateau über ihnen war eine durchgekaute Leine, um einen Baum gewickelt, das einzige, was von dem Schweißhund zurückgeblieben war, der die Katastrophe überlebt hatte. Er hatte das dicke Leder durchgenagt, Witterung aufgenommen und war zurück zur nächstgelegenen menschlichen Ansiedlung gelaufen. Dort, in einer Forststation, hatte ein Förster den Sheriff geholt, dessen Leute den Hund wiederholt zurück in den Wald zu locken versucht hatten. Das Tier war nicht dazu zu bewegen. Es drehte nicht einmal den Kopf in die Richtung, aus der es gekommen war. Schon zwei Tage waren ohne eine Meldung des Suchtrupps vergangen. Bald würde sich herausstellen, daß die Männer nie zurückkommen würden.

Der Sheriff von Manatee-County unternahm alle Anstrengungen, die Vermißtenmeldung geheimzuhalten, aber es gab Leute, die unterrichtet worden waren. Dazu gehörte Bethel Isely, der geschäftsführende Direktor der Papierfabrik Pitney.

Isely war vierundvierzig Jahre alt, geboren und aufgewachsen in Atlanta, Georgia, Fachmann für Öffentlichkeitsarbeit, und erst seit einem halben Jahr bei Pitney angestellt. Mit Frau und drei Kindern war er hierhergezogen. Obwohl er von der Holzindustrie wenig verstand, war er Experte in der Beeinflussung der öffentlichen Meinung. Unter seiner Leitung hatte es zwei große Grillfeste für die Stadtbevölkerung gegeben und hohe Geldzuschüsse für die drei Kirchen des Ortes. Die wenigen Stimmen, die anfangs gegen den geplanten Ausbau des Werkes laut geworden waren, erstickten unter einer Flut von Broschüren und Informationsblättern über die positiven Auswirkungen der Auswahl und des Fällens von Bäumen.

Isely nahm seinen Beruf ernst und glaubte, was er glauben mußte. Es gab gute Argumente für und gegen das Abholzen von Wäldern, und er konnte mit innerer Rechtfertigung für die Seite sprechen, die ihm seinen Broterwerb verschaffte. Die Tatsache, daß er nie besser gelebt hatte, verstärkte seine Überzeugung. Die

Pitneys hatten ihm ein Haus, zwei Autos und ein Jahresgehalt von siebzigtausend Dollar gegeben.

Er wußte aber, daß alles auf dem Spiel stand, wenn der Mann, der heute vom Büro für Umweltschutz kommen sollte, ein negatives Gutachten erstellte. Isely hatte vorsichtshalber Überstunden gemacht und alle Aspekte des Nutzholzschlages untersucht, die von Bedeutung sein konnten. Er hatte sich sogar mit dem Mann selbst befaßt und erfahren, daß Robert Vern Arzt war und eine Frau namens Maggie hatte, die Cello spielte. Er hoffte, daß Vern seine Frau mitbrachte, um ihn leichter dazu bewegen zu können, seinen Aufenthalt als Urlaub aufzufassen.

Isely war wohlvorbereitet und glaubte, auf jede Frage antworten zu können. Er hatte die Absicht, Vern voll und ganz zur Verfügung zu stehen. Die Papierfabrik war ein Vorbild an Leistungsfähigkeit und hohen Maßstäben. Er konnte auf das, was er vorzuführen hatte, wirklich stolz sein.

Als er sich anzog, um zum Flugplatz zu fahren, schaute er zum Fenster hinaus nach dem Wetter. Es sah so aus, als wollte der Frühlingsregen beginnen.

Nicht weit davon entfernt machte auch John Hawks seine Pläne, jedoch nicht für die Ankunft von Robert Vern. Er wußte nicht, daß der EPA-Beauftragte heute kommen sollte, aber es hätte an seinen Absichten auch nichts geändert, wenn er informiert gewesen wäre. Die Sperre würde von neuem errichtet werden. Von heute an würde kein Fahrzeug des Unternehmens mehr die Hauptstraße in den Wald benützen dürfen. Hawks wußte, daß man die Leute mit dem Boot auf dem Espee-Fluß oder mit dem Flugzeug zu Mary's Lake bringen konnte, aber das kostete Zeit und Geld und erhöhte die Betriebskosten erheblich. Die Straßensperre würde die Gegenseite zwingen, die Indianer ernst zu nehmen.

Hawks befand sich erst seit vierundzwanzig Stunden im Wald. Er war sofort ins Dorf gegangen und hatte zehn kräftige Männer ausgesucht. Es sah jetzt anders aus als vor sieben Jahren. Die Masaquoddy waren endlich so aufgebracht, daß sie sich wehrten. Sie wurden von allen Seiten bedrängt, als Mörder beschimpft, als

Trunkenbolde.

Hawks hatte wenig Zeit gehabt, sich mit den vielen Problemen der Dorfbewohner zu befassen, aber mit Besorgnis zugehört, als ihm von den *Katahnas* berichtet worden war, den Anfällen, die ganz überraschend eintraten und Geist und Körper der Betroffenen verwirrten. Man hatte ihm einen Mann gezeigt, der davon befallen war. Er wurde vom Fieber geschüttelt und halluzinierte tobend.

Zu diesem Zeitpunkt waren die *Katahnas* nicht weit verbreitet. Die Indianer fürchteten den Kontakt mit den Holzfällern und den Stadtbewohnern, gingen nicht zu ihren Netzen und blieben im Ort, lebten von Kleinwild und ihrem Vorrat an Konserven. So geheimnisvoll, wie sie gekommen waren, ließen die *Katahnas* plötzlich nach. In den letzten drei Wochen war nur ein einziger Mann davon befallen worden.

Hawks wußte nicht, was er von der seltsamen Krankheit halten sollte, und übersah die erschreckenden Ausmaße, weil sich die Kurve abgeflacht hatte. Zunächst ging es um die Sperre.

Mit seinem Trupp ging er durch den Wald zur Hauptstraße. Die Männer waren zwischen sechzehn und dreißig Jahre alt; noch keiner hatte sich in seinem ganzen Leben gegen einen Weißen aufgelehnt. Hawks hatte ihnen eingeschärft, alle Waffen zu Hause zu lassen. Sie wollten den Wald mit ihrem Leben verteidigen, aber sich nicht dem Vorwurf aussetzen, Leben zu bedrohen. Das einzige Gerät, das einer Waffe glich, war eine langstielige Axt, um bei Regen einen Unterstand bauen zu können.

Als sie lautlos durch den Wald gingen, kamen sie in der Nähe von M'rais Lager vorbei. Hawks konnte die gekreuzten Stangen seiner Wigwams emporragen sehen. Bei seiner Ankunft hatte Hawks sich nach dem alten Mann erkundigt und erfahren, daß auch M'rai häufig an den *Katahnas* litt. Er erliege oft Halluzinationen und spreche von dem Großtier Katahdin, das zum Trinken an das Ufer seiner geheimen Lagune komme.

Die sogenannte geheime Lagune war für die Masaquoddy ein heiliger Ort, der Tradition nach die private Freistätte des ältesten Mannes im Stamm. Hier wüchse alles groß, überlebensgroß, hieß es. Aber Hawks erinnerte sich, als Kind hingeschlichen und schwer enttäuscht gewesen zu sein, denn er hatte nichts vorgefunden als einen Waldteich mehr.

Die Legende von der geheimen Lagune hatte einmal das Ohr von Blumenkindern in New York erreicht, und sie waren erschienen, um Haschisch zu pflanzen, in der Hoffnung, es werde zu Riesengröße heranwachsen. Sie wurden von den Indianern verjagt; die Leute des Sheriffs hatten den Boden mit Pickeln und Schaufeln umgepflügt, um dafür zu sorgen, daß der Samen nicht aufging. Hawks fragte sich, ob nicht doch einige Pflanzen gewachsen waren. Wenn der alte Mann bei seinen Meditationen Haschisch kaute, waren seine Visionen von Katahdin erklärlich.

Hawks blieb stehen und blickte durch den Wald auf die Behausung des Alten. Sie hatte sich nicht verändert und blieb inmitten der Unruhe eine Oase des Friedens und der Schönheit. Drei riesige, konische Zelte aus Tierhäuten standen in einem Kreis, in der Mitte eine große Feuergrube mit einem Rand aus Steinen. An einer Schnur zwischen zwei Stangen hingen trocknende Tierhäute und Trockenfleischstreifen, an einem Baum lehnte ein eleganter, handgemachter Bogen. Hawks selbst hatte als Kind damit geschossen.

Es roch nach Tierfett; noch eine Erinnerung an Hawks' Jugend. Er fühlte sich in der Zeit zurückversetzt, während er hier stand.

»*Noa'hgna'aught N'hak'tah*«, sagte einer der Männer hinter ihm. Er warnte Hawks, daß ohne Aufforderung niemand das Lager des Alten betreten durfte.

»*D'hana'ht Yo'ahtha*«, erwiderte Hawks und zeigte in die Richtung, wo die Straße lag. Die Männer entfernten sich und ließen ihn allein zurück. Hawks hatte seit seiner Rückkehr nicht nach Romona gefragt. Er konnte nicht vorbeigehen, ohne zu erfahren, ob sie da war.

Hawks trat in das Lager und rief ihren Namen.

»*A'hanspanitah Oliana . . .?*«

Einen Augenblick danach wurde eine Zeltklappe zurückgeschlagen, und sie kam heraus. Sie erschien ihm noch schöner als früher. Ihr schwarzes Haar glänzte wie das Fell eines Waldtiers und fiel in weichem Schwung auf ihre Schultern. Ihr Körper war schlank und biegsam, aufrecht, wie das nur einer Indianerin möglich war. Aber ihre Augen wirkten verwundbar.

Sie stand stumm da, überwältigt von seinem Erscheinen.

»Gott sei Dank«, flüsterte sie.

»Ich bin zurückgekommen, um zu bleiben.«

»Ich kämpfe jetzt mit dir, John«, flüsterte sie. »Ich kämpfe neben dir. Wir sterben hier.«

»Komm jetzt mit mir.«

»Wohin?«

»Die erste Schlacht ist heute.«

Ohne Zögern folgte sie ihm, sah Hawks vor sich durch den Wald gleiten, als gehöre er dorthin. Er war ganz Indianer geworden; sie sah es daran, wie seine Sohlen den Waldboden berührten. Sie hatte ihm vieles zu sagen, von den Totgeburten und der Seuche, aber er kannte in diesem Augenblick nur ein Ziel. Sie würde warten, bis er zuhören konnte.

Als die kleine, zweimotorige Cessna aus den Wolken stieß, schauten Rob und Maggie zu dem kleinen Fenster hinaus und sahen zum erstenmal den Wald unter sich. Maggies Cello war aufrecht in einem der leeren Sitze hinter ihnen eingeklemmt, Roberts Arzttasche stand daneben.

Stunden zuvor hatte Maggie bei einem hastigen Telefongespräch mit dem Orchesterleiter das Versprechen gegeben, weiter das Schumann-Konzert zu üben, wenn man für die zwei Wochen Ersatz für sie finde. Der Dirigent hatte sich beklagt, aber Maggie war von ihrem Entschluß nicht abzubringen gewesen.

Rob war dankbar für ihre Entscheidung. Im Flugzeug fühlten sie sich freier miteinander als seit Monaten. Sie hatten die ganze Zeit Händchen gehalten und in alten Erinnerungen geschwelgt.

»Ist das nicht herrlich . . .« sagte Maggie leise, als sie auf die Seen und Wälder hinunterblickten.

Rob nickte ehrfürchtig.

»Ich habe ganz vergessen, daß die Welt so aussehen kann.«

»Vielleicht ist das unser Problem, hm? Daß wir den Wald vor lauter Bäumen nicht sehen?«

Er lächelte.

»Im Ernst«, meinte sie, »ich glaube, wir verirren uns so in Einzelheiten, daß wir vergessen, was Leben heißt.«

»Was Leben heißt«, sagte er.

»Daß es um uns geht«, erwiderte sie ernsthaft. »Um das, was in uns ist. Wenn da Leere ist, gibt es gar nichts.«

»Fühlst du dich innerlich leer?«

Sie zuckte nicht mit der Wimper.

»Nein.«

»Ich auch nicht. Jedenfalls jetzt nicht.«

Sie sahen einander an, und er küßte sie auf die Wange.

»Kann das wahr sein?« sagte sie. »Habe ich in letzter Zeit etwas richtig gemacht?«

Er lachte und zog ihren Kopf an seine Schulter.

»Hast du einmal gelesen ›Klein ist schön‹?« fragte sie.

»Was ist das?«

»Wonach es sich anhört. Ein Buch.«

Er blickte auf das ungeöffnete Buch in seinem Schoß.

»Mit ›Hydrokultur‹ kann es sich bestimmt nicht messen, geschweige denn mit ›Umweltgefahren durch die Industrie‹«, witzelte er. »Das ist richtig spannend.«

»Verrat mir den Schluß nicht«, sagte sie lustig.

Er lächelte schief und schüttelte den Kopf. »Ich fürchte, den Schluß kenne ich.«

Die Maschine zog steil nach unten, und der Androscoggin-Flugplatz tauchte auf. Er war nicht mehr als ein Klecks Beton, umgeben von Wildnis; auf der Kiesstraße, die zu ihm führte, sah Rob zwei gelbe Autos Staub aufwirbeln.

Minuten später war die Maschine gelandet, und Rob und Maggie traten in den frischen Wind hinaus; sie hielten ihm ihre Gesichter hin und schlossen die Augen.

»Riech nur mal!« stöhnte Maggie begeistert.

»Fichten.«

»Mmmmmm. Möchte ich am liebsten auf Flaschen ziehen und mitnehmen.«

»Hier gibt es genug davon. Sieh dir die Berge an.«

In ihrer Nähe verzurrte ein Paar sein Privatflugzeug, während ihre Kinder, ein Junge und ein Mädchen zwischen zehn und zwölf Jahren, vor Freude quietschten, als sie in ihrem Gepäck wühlten. Der Junge fing Robs Blick auf und rief: »Gehen Sie campen?«

»Sozusagen«, erwiderte Rob. »Wir wohnen in einem Blockhaus.«

»Wir sind im Freien! Auf einem Berg, direkt neben einem Wasserfall! Es dauert allein drei Tage, zu Fuß hinzugehen!«

»Klingt anstrengend«, meinte Maggie.

»Das ist ja das Schöne!« rief der Junge begeistert. Seine Schwester beschattete die Augen und starrte nach oben.

»Was ist denn *das*?« sagte sie laut.

Rob und Maggie schauten zum Himmel hinauf und quittierten den Anblick mit Verblüffung. An einem Seil unter einem Hubschrauber, der auf sie zuflog, hing ein riesengroßer Hund. Ein Schweißhund, dessen Beine durch die Luft ruderten, als schwimme er, statt zu fliegen, während sein Schwanz rotierte, als wolle er ihn instinktiv als Propeller einsetzen.

»Ein Hund!« rief der Junge lachend. »Ein fliegender Hund!«

Maggie lachte ebenfalls und sah Rob an.

»Was soll das nur darstellen?«

»So etwas habe ich jedenfalls noch nie gesehen«, murmelte Rob. Er schaute sich um und sah, daß die anderen Leute auf dem Flugplatz genauso erstaunt wie er nach oben blickten.

Dann bemerkte er die beiden gelben Autos, die er aus der Luft wahrgenommen hatte. Sie trugen das Emblem des Pitney-Konzerns und rollten direkt auf den Landstreifen neben ihnen.

»Mr. Vern?«

Der Mann, der sich zum geöffneten Fahrerfenster des ersten Autos hinausbeugte, hatte ein rundes Gesicht und rosige Backen, eine frühe Glatze und ein breites, freundliches Lächeln. Er stieg aus, und man sah, daß er einen Bauchansatz hatte. Mit watschelndem Gang kam er auf sie zu, die Hand ausgestreckt.

»Bethel Isely«, sagte er. »Papierfabrik Pitney. Angenehmen Flug gehabt?«

»Äh ... ja ...« murmelte Rob, als der Mann ihm eifrig die Hand schüttelte. »Das ist meine Frau Maggie ...«

»Mrs. Vern ...«

»Guten Tag.«

»Freut mich ganz besonders, daß Sie mitkommen konnten, Mrs. Vern. Wäre jammerschade, so einen Genuß zu versäumen.«

Er bemerkte den unsicheren Ausdruck in Robs Augen.

»Hoffentlich stört Sie mein Kommen nicht. Manche von den Leuten hier wissen nicht so genau, wie man dort hinkommt, wo Sie hinwollen, und ich dachte mir, Sie brauchen vielleicht ein bißchen Unterstützung.«

»Um die Wahrheit zu sagen«, erwiderte Rob langsam, »ich weiß nicht, ob mir wohl dabei ist, wenn ich von der Papierfabrik in Empfang genommen werde . . .«

»Schon gut. Ich besorge Ihnen ein Taxi. Die fahren aber für gewöhnlich nicht in den Wald.«

»Wie kommt man denn dann hin?«

»Privatauto. Das ist das Beste. Wir mieten einen Wagen für Sie. Ich dachte, ich erspare Ihnen die Mühe und bringe gleich einen mit, aber das macht nichts. Ich möchte, daß Sie das tun, was Sie für richtig halten.«

»Das ist sehr freundlich von Ihnen«, sagte Maggie.

»Ich wollte Ihnen nur die Mühe ersparen«, erwiderte Isely. »Ich habe sogar ein paar Vorräte eingepackt, damit Sie für ein paar Tage alles haben, was Sie brauchen. Meine Frau bestand darauf, Selbstgekochtes mitzugeben, und ich habe gesagt: ›Nein, nein, die Leute denken sonst nur, wir wollen sie beeinflussen.‹«

»Es tut mir wirklich leid, wenn ich undankbar erscheine«, sagte Rob.

»Ich verstehe vollkommen«, gab Isely zurück. »Ist das ein Rogeri?« fragte er und deutete auf Maggies Cello.

»Montagna«, erwiderte sie überrascht. »Sie verstehen etwas von Cellos?«

»Ich verstehe etwas von Holz. Der Rücken ist aus Balsam, der Korpus aus Fichte, der Steg aus Ahorn. Drei verschiedene Bäume für ein Instrument.«

»Sehr eindrucksvoll«, meinte Maggie.

»Wissen Sie«, fuhr Isely fort, »es gäbe lange nicht soviel Musik auf der Welt, wenn die Menschen keine Bäume fällen würden.«

Rob mußte lachen.

»Ich bin froh, daß Sie keinen Einfluß nehmen«, sagte er.

»War ich zu auffällig?« erwiderte Isely lächelnd.

»Schon gut«, sagte Rob. Der Mann gefiel ihm trotz des Nachdrucks, mit dem er seine Sache verfocht.

»Ich will ganz ehrlich sein«, sagte Isely. »Ihr Kommen ist für mich überaus wichtig. Ich wollte herkommen, um Ihnen zu zeigen, daß ich nicht Ihr Gegner bin. Wir Holzleute sind auch Menschen. Wir wollen nichts Unrechtes tun, so wenig, wie Sie das zulassen wollen.«

»Ich weiß das zu schätzen.«

»Wenn Sie einen Wagen mieten wollen, ist mir das recht, aber ich würde es vorziehen, Sie hinzubringen. Leihen Sie mir einfach Ihr Ohr, während wir zum See fahren, dann lasse ich Sie in Ruhe.«

Rob fing Maggies Blick auf. Sie wollte ganz offensichtlich vermeiden, daß der Mann sich beleidigt fühlte.

»Okay«, sagte Rob.

»Na also«, meinte Isely. Er wandte sich den Autos zu. »Kelso? Nehmt das Gepäck der Leute. Johnny, Sie tragen das Cello und passen ganz besonders auf. Es ist sehr viel Geld wert.«

Aus dem zweiten Wagen stiegen fünf Männer in karierten Hemden. Ihre Stiefel waren dreckverkrustet. Offenbar Holzfäller, dachte Rob. Sie griffen nach den Gepäckstücken.

»Mrs. Vern, wollen Sie vorne sitzen?« fragte Isely.

»Darf ich Sie etwas fragen?« gab Maggie zurück.

»Was Sie wollen.«

Sie kniff die Augen zusammen und schaute zum Himmel. Der Schweißhund schwebte fast genau über ihnen und wurde langsam heruntergelassen.

»Was macht der Hund da oben?«

»Die kleinen Hubschrauber vertragen keine plötzliche Gewichtsverlagerung. Deshalb wird er so transportiert.«

»Woher bringt man ihn?«

»Aus dem Gebirge.«

»Werden sie in der Regel ausgeflogen?«

»Tja, er war ziemlich tief hineingeraten.«

Rob und Maggie hatten beide das Gefühl, daß Isely auswich.
»Ein Haushund?« fragte Maggie.
»Hm . . . nicht direkt.«
Rob sah Isely ins Gesicht.
»Was ist daran so geheimnisvoll?«
»Ach, gar nichts. Der Schweißhund gehörte zu unserem Such- und Rettungstrupp. Ich nehme jedenfalls an, daß das der Hund ist. Es dürfte hier sonst keine Schweißhunde geben.«
»Hat sich jemand verirrt?« wollte Maggie wissen.
Isely nickte.
»Leute von unserer Firma, um genau zu sein. Zwei Holzfäller, die Nachtdienst hatten und nicht mehr zurückkamen.«
»Hat man sie gefunden?«
Iselys Miene wurde ernst, während er zusah, wie der Hund herabsank.
»Nein.«
»Was kann ihnen zugestoßen sein?«
»Ach, ich weiß nicht – vermutlich verirrt«, sagte Isely abschließend. »Können wir?«
Sie folgten ihm zum Auto. Maggies Blick hing immer noch an dem Schweißhund, der knapp über dem Boden war.
»Sie geben also einfach auf? Kommt der Rettungstrupp zurück?«
Isely zögerte.
»Es gibt keinen Rettungstrupp mehr.«
Rob und Maggie sahen einander verwirrt an.
»Ich verstehe nicht«, sagte Rob.
»Drei Männer und zwei Hunde waren unterwegs. Nur ein Hund kam zurück. Er tauchte in einer Forststation auf. Keine Spur von den Leuten, die bei ihm waren.«
»Was ist mit ihnen geschehen?«
Isely schüttelte den Kopf.
»Offenbar haben sie sich ebenfalls verirrt.«
»Ein Rettungstrupp?« sagte Maggie. »Ist denn das möglich?«
Isely hatte schon zuviel preisgegeben und konnte nicht mehr zurück. Er nahm Rob und Maggie beiseite.
»Wir sind hier ehrlich zueinander, also will ich offen reden.

Dieser Wald ist zur Zeit nicht gerade ungefährlich. Deshalb wollte ich Sie gerne abholen.«

»Wie das?« fragte Rob.

»Die Indianer dort sind sehr aufgebracht. Sie versuchen, unsere Leute fernzuhalten, wo es nur geht. Sie brauchen sich aber keine Sorgen zu machen. Mit Leuten von der Regierung lassen sie sich nicht ein. Das ist eine Art Familienstreit hier.«

»Wollen Sie damit sagen, daß die Indianer den Männern etwas getan haben?«

»Das ist sehr schwer zu beweisen. Es gibt keine Hinweise. Mit den Indianern ist es zur Zeit ziemlich problematisch.«

»Haben Sie mit ihnen gesprochen?«

»Ich nicht, der Sheriff.«

»Und was sagen sie?«

»Sie sagen, sie wüßten nichts davon. Sie behaupten, die Leute wären Katahdin zum Opfer gefallen?«

»Und was ist das?« fragte Rob.

Isely schüttelte mit grimmigem Lächeln den Kopf.

»Eine von ihren Legenden. Sie nennen das Wesen Katahdin.«

»Wie ›Big Foot‹, meinen Sie?«

»Ja, nur ist der etwas häßlicher. Groß wie ein Drache, die Augen einer Raubkatze, alles dran bis auf den Spülstein. Weil wir gerade von der Küche reden, meine Frau hat Ihnen einen Kuchen gebacken. Ich habe ihn im Wagen.« Er setzte sich ans Steuer. Rob und Maggie tauschten einen langen Blick, bevor sie einstiegen.

»Katahdin soll die Holzfäller abschrecken«, fuhr Isely fort, als er seine Tür schloß. »Die sind fast so abergläubisch wie die Opies.«

»Opies?« sagte Rob.

»O.P.s. Original People. So nennen sie sich. Die Ashinabegs, Masaquoddy, Wampanoag, Yurok – sie haben sich jetzt alle zusammengeschlossen und nennen sich die Opies.«

»Und diese Leute, die verschwunden sind?« sagte Maggie, als er den Motor anließ.

»Ich kann nur sagen, wenn das meine Entscheidung gewesen wäre, hätte ich keinen Suchtrupp geschickt, sondern einen Fahndungstrupp.«

»Sie sind also davon überzeugt, daß die Indianer das getan haben.«

Isely blickte an Maggie vorbei in Robs Augen.

»Sie wanken die Hälfte der Zeit betrunken herum, Mr. Vern. Es ist furchtbar traurig, aber so ist es. Meine Männer haben sie im Wald gegen die Bäume rennen sehen. Wir haben gehört, daß ein Indianer einfach in den See gerannt und ertrunken ist. Ein anderer erschien mit zahllosen Stichwunden im Krankenhaus, weil ihn sein eigener Bruder angefallen hatte.«

Rob und Maggie schwiegen.

»Ich fürchte, die einzige Erklärung ist der Alkohol.«

»Wo bekommen sie ihn her?« fragte Rob.

»Das wissen wir nicht. Seitdem der Irrsinn angefangen hat, darf ihnen in der Stadt niemand mehr Schnaps verkaufen.«

Maggie sah Isely betroffen an.

»Sie sagen also, die Männer sind verschwunden, weil die Indianer ihnen etwas angetan haben, Mr. Isely.«

»Ein Rettungstrupp verläuft sich nicht, Mrs. Vern. Und meinen Holzfällern passiert das auch nicht.« Er legte den Gang ein, und die beiden Autos setzten sich in Bewegung.

Die Fahrt führte sie durch die Stadt. Die eine Geschäftsstraße von Manatee schien nach einer Ansichtskarte gestaltet zu sein. Es gab drei Kirchen, zwei Läden, ein Postamt, eine Bücherei, ein Gefängnis, alles nebeneinander. Aber das Ganze wirkte ziemlich einsam. Auf den Straßen waren nur wenige Leute unterwegs; die Äste der Bäume waren noch nackt, und der Wind pfiff hörbar.

Vier Meilen hinter der Stadt bogen sie auf eine ungeteerte Straße ein. Eingehüllt in eine Staubwolke, holperten sie in die Wildnis hinein. Isely berichtete, daß die Straße, die sie jetzt befuhren, jeden Winter verschwände und in jedem Frühling mit Bulldozern wieder neu aufgezogen werden müsse. Es war unzulängliche Arbeit; Isely mußte das Lenkrad mit beiden Händen festhalten, damit es ihm durch die Unebenheiten auf dem schmalen Weg, der sich durch die endlosen Waldungen zog, nicht weggerissen wurde.

Sie sprachen über das Holzgeschäft. Rob war von Iselys Wissen beeindruckt; es gab nicht viel, was er nicht kannte, eingeschlossen die Anforderungen des Umweltschutzamtes und die Vorschriften über Holzverarbeitung.

»Es ist eine reine Legende, daß die Papierhersteller den Wald kaputtmachen«, sagte er, als sie tiefer in den riesigen Wald eindrangen. »Wir haben seit zwanzig Jahren am Oberlauf des Espee hier eine kleine Papierbreiproduktion betrieben. Jedesmal, wenn wir abholzen, pflanzen wir neu, und das Land ist heute stabiler als bei der Urschöpfung.«

Rob nahm das mit einer Prise Skepsis. Er wußte aus seinem eigenen Studium, daß es hundert Jahre dauerte, eine Schwarzfichte auch nur auf den Schenkelumfang eines Menschen zu züchten.

»Um dem lieben Gott sein Recht zu lassen«, fügte Isely hinzu, »er hatte auch nicht die Segnungen der modernen Wissenschaft zur Verfügung. Er hatte keine Wasserkultur, keine Forstaufzuchttechniken und keine chemischen Analysen zur Bestimmung der Bodenerosion.«

»Ach, unter den gegebenen Umständen hat er sich aber ganz gut aus der Affäre gezogen«, meinte Rob.

»Bei seiner bescheidenen Ausbildung«, ergänzte Maggie.

Isely lachte. Es gehörte zu seinen besonderen Gaben, mitlachen zu können, wenn er die Zielscheibe des Spotts war.

»Wo kommen Sie her? Sind Sie in Washington geboren?«

»In New York«, sagte Rob. »Und Sie?«

»Hier in der Gegend.«

»Sie haben aber einen Südstaatenakzent.«

»Verflixt! Und ich dachte schon, ich wäre ihn losgeworden. Ich wollte nur prüfen, ob Sie dahinterkommen.«

Rob lachte leise. Der Mann hatte etwas Sympathisches an sich.

»Ich bin aus Atlanta. Habe dort mein ganzes Leben zugebracht. So bin ich zu dem Job hier gekommen. Ich machte dort Öffentlichkeitsarbeit für den Pitney-Konzern.«

»Wieso Atlanta?« fragte Rob.

»Da befindet sich die Hauptverwaltung.«

»Die Papierfabrik hat ihre Hauptniederlassung in Georgia?«

»Gewiß. Alle Holzunternehmen sind von außerhalb. Aber uns gehört mehr als die Hälfte des Landes in Maine, und wir fühlen uns hier wie zu Hause. Das ist unser eigener Hausgarten, und wir kümmern uns drum, glauben Sie mir.«

Der Wagen wurde plötzlich langsamer, und Isely seufzte, als sei er müde. Vor ihnen auf der Straße war aus dem Wald eine Gruppe von Indianern getreten, die ganz offenkundig die Autos aufhalten wollten. Sie waren ähnlich gekleidet wie die Holzfäller, karierte Hemden, Stiefel und Blue jeans; sie standen hoch aufgerichtet, Schulter an Schulter.

»Was geht hier vor?« fragte Rob, als Isely anhielt.

»Hier geht etwas vor, das gegen das *Gesetz* ist.«

»Wer sind die Leute?« fragte Maggie.

»Die O.P.s, von denen ich erzählt habe.«

»Was wollen sie?«

»Wir werden es gleich hören.«

Ein Mann trat vor. Er war hochgewachsen und gutaussehend; seine Wildlederjacke zierten Fransen an den Schultern, seine Gürtelschnalle glänzte neu. Der Mann kam gelassen auf ihr Auto zugeschlendert, blieb an Iselys Fenster stehen und legte die Hand auf die Scheibeneinfassung. Rob sah, daß seine Fingernägel sauber waren.

»Mr. Hawks?« sagte Isely.

»Richtig«, erwiderte der andere.

»Hab' schon gehört, daß Sie zu uns unterwegs sind ... freut mich, Sie kennenzulernen.«

Der Mann beugte sich herunter und studierte ihre Gesichter. »Wer sind Sie?« fragte er Isely.

»Mein Name ist Bethel Isely.«

»Sie sind also Isely«, sagte Hawks. Man hörte, daß ihm der Name nicht gefiel.

»Das sind Mr. Vern und seine Frau vom Umweltschutzamt«, erklärte Isely. »Ich wäre dankbar, wenn man mich durchlassen würde.«

Hawks' durchdringende Augen richteten sich auf Rob. Maggie starrte durch die Windschutzscheibe und sah, daß unter den Indianern auch eine Frau war. Ihre Blicke begegneten sich. Romona funkelte sie an.

»Ich habe gehört, daß Sie herkommen, um *unabhängig* zu arbeiten«, sagte Hawks zu Rob. »Das war die Absicht der

Senatoren.«

»Ich arbeite unabhängig«, sagte Rob. Er wunderte sich darüber, wie unsicher seine Stimme klang.

»Warum sitzen Sie dann in diesem Fahrzeug?« fragte Hawks.

Rob biß die Zähne zusammen. Er hatte gleich gewußt, daß das ein Fehler war.

»Er sitzt hier, weil ich ihn dazu überredet habe«, gab Isely zurück. »Ich habe ihn am Flugplatz abgeholt und hergebracht, weil ich schon befürchtete, daß so etwas passieren könnte.«

»Sie haben eine schlechte Wahl getroffen«, sagte Hawks. »Kein Fahrzeug der Holzfirma kommt hier durch.«

Isely reagierte mit einem verblüfften Schnauben. Er warf einen Blick auf Rob, bevor er Hawks wieder anstarrte.

»Das verstößt gegen das Gesetz, Mr. Hawks.«

»Auf welcher Basis entscheiden Sie, gegen welche Gesetze man verstoßen darf?«

»Ich will mich mit Ihnen nicht streiten. Der Oberste Gerichtshof hat eine Einstweilige Verfügung gegen die Straßensperre erlassen.«

»Der Oberste Gerichtshof hat sich nie mit Vertrag Neun befaßt. Das Land gehört uns. Wir haben ein Recht, hier zu stehen.«

Die Indianerin kam jetzt heran. Sie stellte sich zu Hawks.

»Hallo, Romona«, sagte Isely kalt.

»Mr. Isely«, gab sie ebenso zurück.

»Sind Sie da auch beteiligt, Romona?«

Sie preßte die Lippen zusammen.

»Von Geburt an, Mr. Isely.«

»Sie kommen in die allergrößten Schwierigkeiten«, sagte Isely.

»Das ist wohl wahr, Mr. Isely«, erwiderte sie. Ihr Blick begegnete wieder Maggies Augen. Er war vernichtend.

Isely seufzte tief und blickte nach vorn.

»Können wir zu Fuß gehen?« erkundigte sich Rob bei Isely.

»Zehn Meilen?«

»Gibt es denn keine andere Straße?«

»Leider nicht.«

»Kehren wir um«, sagte Rob.

Isely ging nicht darauf ein. Er wandte sich Hawks zu.

»John, ich möchte Ihnen etwas sagen«, erklärte er.

»Mr. Hawks«, verbesserte Hawks.

»Mr. Hawks . . . Sie haben eine Minute Zeit, Ihren Freunden zu sagen, daß sie Platz machen sollen.«

»Das mache ich sofort, Mr. Isely!« Er wandte sich zu seinen Leuten und gab ihnen ein Zeichen, daß sie zur Seite treten sollten. Sie taten es und gaben den Blick auf eine schwere Metallkette mit Sicherheitsschloß frei, die zwischen zwei Bäumen quer über die schmale Forststraße gespannt war.

Isely schoß das Blut ins Gesicht.

»Es wird wohl nichts nützen, wenn ich Sie auffordere, die Kette zu entfernen, wie?« sagte er gepreßt.

»Versuchen Sie es«, sagte Hawks.

»Würden Sie, bitte, die Kette öffnen?«

»Nein.«

Isely stieg aus dem Wagen.

»Kelso?« rief er nach hinten. »Fällen Sie diese beiden Bäume, hier, bitte!«

Rob und Maggie sahen einander besorgt an. Hinter ihnen stieg der breitschultrigste Holzfäller aus. Die Motorsäge in seiner Hand lief schon.

Plötzlich war alles in Bewegung. Die Indianer wichen zurück, die Holzfäller traten vor, Hawks stürzte zu der Kette und ergriff eine langstielige Axt, die er warnend hochhob.

»Also, John –« begann Isely, aber Hawks unterbrach ihn sofort.

»Ich bin Mr. Hawks«, überschrie Hawks den Lärm der Säge.

»Mr. Hawks, das ist doch wirklich unsinnig!«

»Sie kommen hier nicht durch!« Hawks starrte wild um sich, und in seinen Augen war Furcht zu erkennen. Rob kletterte hastig hinaus und packte Iselys Arm.

»Ich habe gesagt, ich will da nicht durch.«

»Aber *ich*.«

»Ich sehe den Sinn nicht.«

»Der Sinn besteht darin, sich nicht einschüchtern zu lassen.«

»Hören Sie . . .«

»Wenn wir umkehren, geht es erst richtig los. Die gehen zu ihren Leuten zurück und sagen, sie hätten gewonnen, und beim nächstenmal stehen hier dreimal so viele. Das muß auf der Stelle unterbunden werden.«

»Wenn hier jemand zu Schaden kommt . . .«

»Niemand kommt zu Schaden . . . die bluffen nur.« Er wandte sich seinen Leuten zu. »Kelso! Fällt diese Bäume!«

Der Holzfäller mit der Motorsäge trat vor. Rob konnte an seiner Miene erkennen, daß er sich auf eine Schlägerei freute. Er war größer und schwerer als Hawks und grinste schief, als er sich in Bewegung setzte.

Romona stand mit geballten Fäusten neben Hawks und biß die Zähne zusammen. Hawks streckte die Hand aus und schob die Frau sanft beiseite, als der Holzfäller auf ihn zukam.

»Rob!« rief Maggie im Wagen.

»Lassen Sie das nicht zu, Isely!« schrie Rob.

»Geben Sie den Weg frei, Hawks?« rief Isely.

Hawks hob die Axt und hielt sie quer vor seine Brust.

»Sie schlagen mir eher den Kopf ab als die Bäume hier!«

»Wie Sie wollen«, sagte Isely. »Los, Kelso!«

»Augenblick!« rief Rob, aber seine Stimme ging im Kreischen der Säge unter, als sie in die Rinde schnitt.

Dann ging alles ganz schnell. Hawks hieb die Säge mit dem Axtstiel nach oben, und einen Augenblick lang standen sich die beiden Männer wie Gladiatoren gegenüber. Dann prallten ihre Waffen zusammen. Funken stoben, als Metall auf Metall traf.

»Aufhören!« kreischte Maggie.

Aber es war zu spät. Die Männer umkreisten sich, fintierten mit ihren Waffen, die Zuschauer stürzten nach vorn und schrien durcheinander.

»John, nicht!« schrie Romona.

»Rufen Sie ihn zurück, Isely!« brüllte Rob.

»Kelso!«

Metall klirrte und kreischte, die Zuschauer wichen entsetzt und ungläubig zurück. Die Säge stieß zu, die Axt wurde in hohem Bogen geschwungen, die beiden Männer sprangen hin und her,

Plötzlich war alles in Bewegung. Die Indianer wichen zurück, die Holzfäller traten vor, Hawks stürzte zu der Kette und ergriff eine langstielige Axt, die er warnend hochhob. (Armand Assante als John Hawks.)

erweiterten ihren Kampfplatz. Der Holzfäller war in der Offensive, während Hawks seine Axt zur Abwehr benützte.

Krachend prallte die Säge mit dem Axteisen zusammen; Hawks verlor das Gleichgewicht, stolperte rückwärts und stürzte zu Boden. Der Holzfäller sprang auf ihn zu, aber Hawks' Fuß traf ihn hart an der Brust und schleuderte ihn zurück. Hawks sprang auf und hetzte ihm nach, stieß einen markerschütternden Schrei aus, während er die Axt über dem Kopf schwang. Der Holzfäller prallte an den Kühler eines Autos, und Hawks stürzte sich auf ihn, preßte den Axtstiel auf seine Kehle und nagelte ihn fest. Der Holzfäller war hilflos, und seine Augen schienen aus den Höhlen zu quellen, als Hawks fester zudrückte.

»Genug!« rief Isely. »Lassen Sie ihn los!«

»Säge weg!« schrie Hawks.

»Lassen Sie das Ding fallen, Kelso!« befahl Isely.

Aber der Holzfäller gehorchte nicht. Er bleckte die Zähne, fauchte wie ein Tier und ließ das Knie zwischen Hawks' Beinen hochzucken. Durch Hawks' Körper lief ein Beben, aber er preßte den Axtstiel fester auf den Hals des anderen. Der Holzfäller schnellte sein Knie wieder hoch, und man sah, daß Hawks erlahmte.

»Tut doch was!« schrie Maggie.

Der Holzfäller sammelte seine ganzen Kräfte und stieß ein drittesmal zu; Hawks wurde weggeschleudert. Er versuchte sich aufzuraffen, aber der Stiefel des Holzfällers traf ihn in den Magen. Hawks krümmte sich zusammen, und der Holzfäller trat ihm ins Gesicht. Hawks stürzte rückwärts zu Boden, und der Holzfäller sprang ihn an. Hawks rollte sich blitzschnell zur Seite, und Funken flogen, als die Säge gegen Gestein pralle, wo eben noch Hawks' Kopf gewesen war. Sie rollten am Boden hin und her, und Hawks versuchte, die Säge mit dem Axtstiel abzuwehren. Der Griff zersplitterte plötzlich, und auf einmal erstarrte jede Bewegung. Hawks lag regungslos am Boden, die Augen weit aufgerissen, als die Motorsäge sich auf Zentimeter seinem Adamsapfel näherte.

»Also!« fauchte der Holzfäller. »Dein Kopf oder die Bäume da!«

»Wenn ihr den Wald zerstört, wird der Wald *euch* zerstören!«

»Na *gut!*« schrie der Holzfäller. Die Säge senkte sich, bis sie den Hals berührte.

»Aufhören!« brüllte Rob und stürzte vor. »Aufhören! Weg von ihm!«

»Aufstehen, Kelso!« befahl Isely.

»Sagen Sie ihm, er soll die Kette öffnen!« brüllte der Holzfäller.

»Nein!« schrie Hawks seinen Leuten zu. »Nicht aufmachen!«

»Ich bring' ihn *um!*« kreischte der Holzfäller.

»Aufmachen!« schrie Rob.

»Nein!« kreischte Hawks.

Rob wandte sich Romona zu. Ihre Augen waren angstvoll aufgerissen.

»Machen Sie auf!« fuhr er sie an. »Machen Sie auf, verdammt noch mal! Was, zum Teufel, beweist das?«

»Daß Sie Mörder sind!«

»Nicht aufmachen!« schrie Hawks.

»Mörder!« kreischte Romona Isely an.

»Nein!« brüllte Rob. »Es beweist überhaupt nichts! Die Sperre ist unzulässig! Diese Leute haben ein Recht, hineinzufahren! Sie haben sie aufgehalten! Sie haben eine Waffe erhoben! Der Mann hier stirbt, und bewiesen ist überhaupt nichts!«

Die Motorsäge furchte einen roten Streifen in Hawks' Hals.

»Wer den Schlüssel hat, macht sich des Mordes schuldig!« rief Rob beinahe schluchzend.

»Nicht aufmachen!« schrie Hawks. Das Blut strömte an seinem Hals herunter.

»Ich leg' ihn *um!*« brüllte der Holzfäller wie von Sinnen.

Romona fuhr plötzlich herum, stürmte auf einen der Indianer zu, riß eine Schlüsselkette von seinem Gürtel und hetzte zum Schloß.

»Nein!« schrie Hawks.

Sie sperrte das Schloß auf und riß die Hände hoch, um zu zeigen, daß die Kette offen war. Plötzlich wurde es still. Die Motorsäge verstummte. Niemand regte sich. Im Wald herrschte tiefe Stille.

Der Holzfäller lag noch immer auf Hawks und starrte bösartig in seine Augen. Dann spuckte er ihm ins Gesicht. Hawks rührte sich nicht. Der Holzfäller stand langsam auf und blieb mit gespreizten Beinen über ihm stehen.

»Wenn keine weiße Dame hier wär', würd' ich dich anpissen«, fauchte er mit zusammengebissenen Zähnen. Er drehte sich um und ging zu seinem Wagen zurück, gefolgt von den anderen Holzfällern. Ihre Autotüren wurden krachend zugeworfen.

»Mir tut das sehr leid, Hawks«, sagte Isely leise. »Wirklich.« Er ging zu seinem Wagen. »Mr. Vern?«

Rob stand vor Hawks und sah auf ihn hinunter. Er konnte nachfühlen, was in dem Mann vorging.

»Alles in Ordnung?« fragte er leise.

Hawks antwortete nicht. Er regte sich nicht einmal. Der Speichel des Holzfällers rann über sein Gesicht, am Hals klaffte eine Schnittwunde. Hawks' Augenwinkel waren feucht.

»Man kann hier nichts tun«, sagte Isely zu Rob.

Rob nickte und ging zum Wagen. Er setzte sich zu Maggie, deren Blick auf die Indianerin gerichtet war. Sie hatte ihnen den Rücken zugedreht und preßte die Stirn an einen Baum. Maggie wußte, daß sie weinte.

»Ich hätte alles dafür gegeben, wenn das nicht passiert wäre«, sagte Isely. »Ich . . . habe nicht wirklich geglaubt, daß er so weit geht.«

»Fahren wir«, murmelte Rob.

Die beiden gelben Autos der Papierfabrik Pitney rollten langsam vorwärts, über die Kette, und fuhren in den Wald hinein.

7

Die Fahrt von der Straßensperre bis zu Mary's Lake verlief schweigend.

Am frühen Abend erreichten sie das Seeufer. Über dem Wasser schwebte dünner Nebel; Schwalben huschten tief über den See. Hungrige Fische schnappten nach der Beute, die auch die Schwalben jagten: Eintagsfliegen, eine Insekten-Delikatesse, die nur einmal im Jahr serviert wurde.

Rob hatte als Biologiestudent über die Eintagsfliege gelesen und einen bleibenden Eindruck gewonnen. Der Lebenszyklus der Eintagsfliege war im Evolutionsplan einzigartig. Nachdem sie zwölf Monate lang im Schlamm auf dem Seegrund ausgebrütet worden waren, hatten die winzigen, fast durchsichtigen Insekten eine einzige Nacht zu leben. Sie schlüpften aus ihren Eiern und schwammen hinauf, gejagt von den Fischen. Jene, die an die Oberfläche gelangten, breiteten die Flügel aus und flogen davon, gejagt, verfolgt, verschlungen von den Vögeln. Die wenigen, die überlebten, versammelten sich hoch oben in den Lüften, Männchen und Weibchen, und im Augenblick der Berührung fand die Befruchtung statt. Bis zum folgenden Morgen fielen sie tot auf das Wasser hinunter, und durch die Todeszuckungen wurden ihre Eier ausgestoßen, die dann langsam hinabsanken, um zwölf Monate im Bodenschlamm zu ruhen und auf den Augenblick zu warten, in dem die neue Eintagsfliege schlüpft, um für eine einzige Nacht zu leben.

»Schau dir die Vögel an«, flüsterte Maggie, als sie mit Rob am Ufer stand.

»Sie jagen die Eintagsfliegen«, sagte Rob. Er griff nach ihrer Hand und zog sie mit in das kleine Ruderboot, das Isely für sie zurückgelassen hatte. Auch ein Auto hatte er abgestellt, damit sie jederzeit in die Stadt oder durch den Wald fahren konnten. Wäre der Zusammenstoß an der Sperre nicht gewesen, es hätte alles ideal sein können.

Der kleine Außenbordmotor summte, als das Boot einen Keil in die glatte Wasserfläche pflügte; Vögel fegten den See entlang,

Fische sprangen, ohne sich von dem Boot beirren zu lassen. Vor ihnen, genau in der Mitte des Sees, befand sich eine kleine Insel, die Kuppe eines Unterwasserberges, die nicht weit über die Oberfläche ragte und ein kleines Tannenwäldchen trug. Auf der Insel stand ein einzelnes Blockhaus, klein, aus Baumstämmen und Mörtel zusammengefügt, mit einer Veranda, die zu einem Bootssteg führte, beleuchtet durch eine flackernde Signallampe.

»Sieht hübsch aus«, sagte Maggie, als sie darauf zufuhren. Aber so war es keineswegs. Es wirkte abweisend und unheilverkündend, stumm und dunkel, als hätte dort seit vielen Jahren niemand mehr gewohnt.

»Halt das Ruder quer, ja?«

Sie folgte Robs Hinweisen und verhinderte, daß das Boot an den Steg prallte. Sie machten es fest und blieben einen Augenblick sitzen. Es war so still, daß sie einander atmen hören konnten.

»Wir müssen uns aus dieser Stimmung herausreißen«, sagte Rob leise.

»Ja.«

Sie stiegen aus dem Boot. Ihre Schritte auf dem Steg klangen unnatürlich laut.

Der Himmel trug orangerote Streifen; der hellblaue Hintergrund ging in Grau über. Der Mond, fast voll, stieg unscharf in einer Wolke über dem See herauf, hinter einem Gewirr von Fliegen. Rob blieb stehen und starrte hinauf, bevor er die Hütte betrat.

»Na, das ist aber gar nicht übel«, sagte Maggie erleichtert. Rob zündete hastig eine Petroleumlampe an, und sie betrachteten sich im Licht.

»Schau dir den Kamin an«, sagte Rob.

Er war aus Steinen gemauert und nahm eine ganze Wand ein.

»Mensch«, sagte Maggie beeindruckt.

»Nicht schlecht, Maggie. Es ist wirklich schön hier.«

Sie lächelte tapfer.

Rob öffnete die Schränke und stellte fest, daß jemand sich große Mühe gemacht hatte, dafür zu sorgen, daß das Blockhaus behaglich und mit allem ausgestattet war. Es gab einfach alles, was man sich vorstellen konnte. Konserven, Hämmer und Nägel, eine

Axt, Kerzen und Streichhölzer, einen Erste-Hilfe-Kasten, sogar ein Scrabble-Spiel. Vor dem Kamin stand ein neues Sofa mit Sessel, es gab einen frisch geputzten Gasherd, einen altmodischen Eisschrank, in dem eine halbe Eisstange lag, und große Flaschen Mineralwasser in der Kochnische.

Die ganze Hütte bestand eigentlich aus einem einzigen Raum, aber die Kochnische lag tiefer als der Wohnraum, und die Schlafgalerie bildete die halbe Decke. Maggie stieg die schmale Treppe hinauf und fand ein Doppelbett mit Daunendecke unmittelbar unter dem Giebel. Es sah einladend aus. Sie trat ans Geländer und schaute zu Rob hinunter.

»Keine Toilette?« fragte sie.

»Offenbar nicht.«

»Hoi.«

»Zu primitiv?«

»Ach was«, sagte Maggie tapfer.

»Da oben gibt es keine Lichtschalter, wie?«

»Leider nicht.«

»Ganz urwüchsig. Wird schon gehen.«

»Das denke ich auch.«

»Schaffst du das?«

»Aber sicher.«

Sie schwiegen kurze Zeit.

»Margaret?«

»Ja, Sir!«

»Es wird prima werden.«

»Bestimmt.«

Sie machten sich an die Arbeit. Maggie packte aus, während Rob eine zweite Petroleumlampe anzündete und in dem riesigen Kamin ein Feuer in Gang brachte. Über dem Kamin hingen an der Wand zwei gekreuzte Kanupaddel. Rob nahm sie herunter, weil er fürchtete, sie könnten von den Flammen erreicht werden.

»Wie steht es mit dem Essen?« rief Maggie herunter.

»Tja ... wir haben Konserven, und Mrs. Iselys Kirschkuchen.«

»Ich glaube, ich habe keine Lust auf Mrs. Iselys Kirschkuchen.«

Rob schaute sich um und sah in der Ecke eine Angelrute stehen.

»Wie wär's mit frischer Forelle zum Abendmahl?«

»Wäre herrlich.«

»Willst du welche?«

»Und ob. Und Folienkartoffeln.«

»Machst du sie sauber?«

»Die Folienkartoffeln?«

»Die Fische.«

»Welche Fische?«

»Die ich gleich fange.«

Ihr Gesicht tauchte über dem Geländer auf. Er zeigte ihr die Angelrute und verschwand durch die Eingangstür.

Maggie starrte geraume Zeit in den Kamin. Das Feuer loderte schon, die dicken Scheite knisterten und prasselten und erfüllten die Luft mit Tannennadelduft. Sie ging hinunter und packte ihr Cello aus, stellte einen Stuhl in die Mitte des Zimmers, wo das Feuer sie wärmen würde. Während Rob auf seine Weise Frieden fand, würde sie es auf die ihre tun. Sie begann zu spielen.

Rob stand im Dämmerlicht auf dem Steg, hörte die Musik, und auch er spürte, wie sie ihn mit Frieden erfüllte. Sie tönte durch den offenen Eingang und schwebte hinaus auf den See, schien sich auszudehnen bis zu den fernen Berggipfeln.

Weit auf der anderen Seite des Sees, im seichten Wasser des Ufers, bewegte sich langsam die Silhouette eines großen, vierbeinigen Tieres. Es blieb stehen und hob den Kopf, als lausche es der Musik. Rob konnte sehen, daß es ein Elch war. Daneben stand ein Kalb, das ebenfalls herüberzulauschen schien. Rob wünschte sich, daß Maggie das auch sehen konnte, und wollte sie gerade rufen, als ein Fisch anbiß. Es war ein kleiner Lachs, der sich wand und hinaufschnellte, aber schnell ermüdete, als Rob ihn hereinspulte und auf den Steg hob. Er schob einen Finger unter die Kiemen und hob ihn hoch, um ihn genau zu betrachten, seine schimmernde Silhouette vor dem dunkelnden Himmel zu bewundern. Es war ein Augenblick makelloser Schönheit; Rob wollte ihn auskosten.

Er nahm seinen Gürtel ab und band den Fisch daran fest, dann legte er sich auf den Steg und starrte in den Himmel. Die Sterne begannen zu leuchten, heller, als er sie je gesehen hatte, und der Himmel besaß eine Tiefe, daß es ihm vorkam, als blicke er in die Unendlichkeit. Aber plötzlich wurde der Augenblick zerstört. Es gab im Wasser ein unglaublich lautes Klatschen, als wäre ein großer Felsblock hineingestürzt. Rob fuhr hoch und starrte in die Richtung, aus der das Geräusch gekommen war. Sieben, acht Meter vor ihm war das Wasser aufgewühlt; Wellen dehnten sich kreisförmig aus und verebbten.

Robs Blick glitt zum Ufer, der einzigen Stelle, von wo aus ein Felsblock hineingeschleudert worden sein konnte. Dort war nichts als Schatten und Stille. Das Wasser hatte sich wieder geglättet. Eine leichte Brise wehte über den See und führte den Geruch der nächtlichen Wildnis mit. Dunkel und feucht und rätselhaft. Rob suchte die Wasserfläche ab und entdeckte einen winzigen dunklen Schatten, der sich durch den Dunst auf ihn zubewegte. Es war eine kleine schwarze Ente, die vor sich hinschnatterte, als sie zum Ufer paddelte, um einen Schlafplatz aufzusuchen. Sie nahm Rob anscheinend nicht wahr und schwamm geradewegs auf den Steg zu. Rob rührte sich nicht. Er konnte die Augen schimmern sehen, als die Ente näherkam. Aber plötzlich kreischte sie auf. Ihre Flügel flatterten, sie wehrte sich verzweifelt, aber das, was sie hinunterzog, war stärker. Im Bruchteil einer Sekunde war sie verschwunden.

Rob saß erstarrt und betäubt auf seinem Platz. Dann sah er es. Einen halben Meter von der Stelle entfernt, wo die Ente untergegangen war. Ein Hochschwellen im Wasser, das anzeigte, daß dort etwas Großes unter der Oberfläche dahingezuckt war. Das Wasser war von der Dunkelheit eingehüllt worden, und Rob verfolgte im Licht des Mondes die spiegelnden Wirbel und Wölbungen. Was immer es sein mochte, es waren mehrere, die vermutlich um die Überreste der Ente kämpften. Dann stieg plötzlich im aufschäumenden Wasser etwas heraus. Ein Fisch. Ein Lachs. Von gigantischer Größe. Mindestens eineinhalb Meter lang, von einem Umfang wie der Körper eines erwachsenen Menschen. Er schnellte hinauf in die Luft, vibrierend, als er an der Mondscheibe vorbeizuckte. Er krachte zurück ins Wasser, mit einem hallenden

Klatschen, als hätte man aus großer Höhe einen gewaltigen Felsblock hineingeworfen.

Dann wurde alles still. Nirgends regte sich etwas.

Rob starrte auf das Wasser, während der Nebel sich verdichtete und alles einzuhüllen begann. Im Mondschein wirkte der See nun unirdisch, wie ein dampfender Krater.

Er griff nach dem Fisch, den er gefangen hatte, stand mit zitternden Beinen auf und ging langsam zurück zur Hütte.

Am gegenüberliegenden Ufer des Sees saß John Hawks allein in der Dunkelheit und blickte zur Insel hinüber. In den Fenstern des Blockhauses waren winzige Lichtpunkte zu erkennen. Er erinnerte sich aus seiner Kindheit, wie verzaubert die Insel gewirkt hatte. Ein Blockhaus stand damals noch nicht darauf. Die Kinder hatten die Insel als Station für eine Mutprobe benützt. Wer hinüber- und zurückschwimmen konnte, ohne eine Pause einzulegen, galt fast als erwachsen.

Es hieß, daß auf der Insel ein Geist lebe, ein zorniger Geist, dessen Gesicht und Gestalt von ungewöhnlicher Schönheit sei. Der Legende zufolge war der Geist von eifersüchtigen Geschwistern auf die Insel verbannt worden und in seiner Einsamkeit dem Wahnsinn verfallen. Die Laute von Morgen- und Abenddämmerung wurden ihm zugeschrieben; der Schrei des Seetauchers, der stöhnende Ruf des Elchs. Der Geist hieß *N'ayh'an'tak'tah*, wörtlich übersetzt ›Irrschön‹. Auch die Insel trug diesen Namen.

Das Blockhaus dort hatte Morris Pitney gebaut, und kurz danach war den Indianern der Zugang zur Insel verboten worden. Viele glaubten, daß deshalb die Pitneys plötzlich, innerhalb von zwei Monaten, hintereinander gestorben waren. Irrschön hatte sie getötet, mit einer bizarren Methode, sagte man sich. Sie hatten mit offenem Mund geschlafen, wie die Weißen oft. Der Geist war eine Frau, die Brüste voll Gift. In ihrem Schlaf hatte sie das Gift in ihre Münder geträufelt.

Nach dem Zusammenstoß an der Straßensperre hatte Romona Hawks zum Lager des Alten gebracht, um seine Wunden mit Baldrianwurzel und Torfmoos zu behandeln. Es hatte den

Schmerz im Körper gelindert, aber nicht in der Seele. Während der Stunden seither hatte Hawks stumm dagesessen und in das Feuer gestarrt, während M'rai von den Wesen des Waldes erzählte. Er sprach von *K'hrah'nitah*, seiner geheimen Lagune, wo die Kaulquappen so groß wurden, daß man sie essen konnte wie Fische. Wo die Spannerlarven halb so lang wurden wie eine Männerhand.

Der alte Mann drängte sie beide, mit zum Teich zu gehen und sich das anzusehen, aber sie wollten nicht. Sie wollten ihn nicht enttäuschen, indem sie nicht sahen, was er wahrnahm.

Nachdem M'rai sich zurückgezogen hatte, saßen Hawks und Romona stumm beieinander und starrten in die Glut. Als sie seinen Namen flüsterte, war Hawks aufgestanden und in den Wald gegangen.

Nun hörte er im Dunkeln hinter sich ein Geräusch. Hawks wußte instinktiv, daß es nichts zu fürchten gab. Die Grillen zirpten weiter. Nichts Bedrohliches konnte in der Nähe sein. Nur wenn sie verstummten, lag etwas in der Luft.

»John . . .?«

Romona huschte heran. Er drehte den Kopf und konnte nur ihre Augen sehen. Sie leuchteten wie die eines Tieres, als sie zur Insel hinüberblickte, die im Nebel frei zu schweben schien.

»Glaubst du, sie schlafen mit offenem Mund?« flüsterte sie. Hawks lächelte. Sie blieben eine Weile stumm sitzen und starrten auf den See hinaus.

»Dein Stolz wird dich das Leben kosten, John«, sagte sie leise. »Du hast ihn von den Weißen gelernt. Er tut dir nicht gut.«

Hawks drehte den Kopf.

»Den Stolz habe ich von den Indianern gelernt«, sagte er.

»Es gibt einen Unterschied zwischen Würde und Stolz.«

»Glaubst du?«

Sie nickte.

»Würde entsteht aus dem Wissen darüber, was man nicht erreichen kann. Beim Stolz ist es umgekehrt.«

Hawks wandte sich ab.

»Du warst wieder an den Wörterbüchern«, sagte er.

»Ja.« Sie rückte näher heran, aber er drehte sich nicht zu ihr herum.

»Wir brauchen dich nicht, damit du für uns stirbst, John«, sagte sie. »Wir brauchen dich, damit du für uns *lebst*. Du sollst unsere Wunden heilen, nicht sie vertiefen. Es war falsch, als ich sagte, ich würde neben dir kämpfen. Ich wußte nicht, daß du sterben willst.«

»Ich wollte nicht sterben«, erwiderte er tonlos. »Ich war nur bereit dazu.«

»Bist du zornig auf mich, weil ich das nicht zugelassen habe?«

Er schwieg lange Zeit, dann schüttelte er den Kopf und sagte: »Ich weiß es nicht.«

»Wenn du heute gestorben wärst, wäre das der Tod eines eigensinnigen Kindes gewesen. Wenn du sterben willst, um deinem Volk zu helfen, dann stirb nicht, bevor du ihm geholfen hast.«

Hawks sah die kleinen Wellen ans Ufer rollen. Im Mondlicht schimmerte ein Panzerkrebs, der über die kleinen Steine huschte.

»Ich habe wenig zu geben außer meinem Leben.«

»Es gibt vieles, was du nicht weißt. Vieles, was im Wald geschieht, wovon du keine Ahnung hast.«

»Du meinst die *Katahnas*?«

»Du weißt davon?«

»Ja.«

»Von den Totgeburten auch?«

Hawks starrte sie verwirrt an.

»Nein.«

»Unsere Körper sind von einer Seuche befallen, unser Geist ist es auch. Unser Inneres ist so vergiftet wie die Milch in *N'ayh'an'tak'tahs* Brüsten.« Sie sah ihm in die Augen. »Unsere Frauen bringen mißgestaltete Kinder zur Welt. In diesem Jahr sind es acht gewesen. Sechs kamen tot zur Welt. Zwei sind getötet worden.« Sie schwieg kurze Zeit. »Diese Säuglinge sind . . . unfertig. Sie sehen Tieren ähnlich.«

Hawks sah die Qual in ihren Augen. Er schüttelte den Kopf, unfähig, zu ergründen, was sich dahinter verbarg.

»Wir sterben«, sagte sie mit schwankender Stimme. »Unser Volk geht zugrunde.«

»Wer weiß davon?«

»Niemand. Nur ich. Die Frauen fürchten die Schande, so daß sie nichts sagen.«

»Warum hast du mit keinem darüber gesprochen?«

»Ich hatte Angst.«

Hawks stand auf und blickte zur Insel hinüber. Er konnte Schatten sich hinter den Fenstern bewegen sehen, hörte Musik, die über das Wasser schwebte. Er biß die Zähne zusammen.

»Die Leute in der Stadt sind wütend auf uns«, sagte Romona. »Sie sagen, wir hätten die Männer umgebracht. Ich habe nicht gewagt, hinzugehen und zu berichten, was ich weiß.«

Hawks sah auf sie hinunter.

»Wer *hat* die Männer getötet?«

»Es waren keine Indianer.«

»Wer war es dann?«

»Niemand weiß es.« Romona sah hilflos zu ihm auf. »Wem können wir vertrauen, John?«

Hawks ballte die Fäuste. In einem Augenblick, in dem sie der weißen Welt trotzen sollten, waren sie am meisten von ihr abhängig.

»Was ist mit den Leuten von der Regierung?« sagte Romona.

»Denen kann man zuallerletzt trauen«, zischte Hawks.

»Er sah wie ein guter Mensch aus. Ich konnte sehen, daß er ein guter Mensch ist.«

»Wir brauchen einen Arzt, keinen Politiker.«

»Dann komm mit mir in die Stadt«, drängte sie.

Hawks sah zu ihr hinunter.

»Doktor Pope?«

»Ja.«

»Das wird uns nicht helfen.« Er kannte Winston Pope. Er war der einzige Allgemeinarzt hier und wurde vom Konzern bezahlt. Vor allem kümmerte er sich bei Unfällen um die Holzfäller und um ihre Familien. Einmal im Jahr besuchte er die indianischen Siedlungen und nahm Impfungen vor, aber man sah ihm an, daß er es widerwillig tat, als müsse er Rinder gegen Maul-und-Klauen-Seuche impfen. Dr. Pope würde wenig Mitgefühl für sie aufbringen, gerade jetzt.

»Wie viele Frauen im Dorf sind schwanger?« fragte er.
»Im Augenblick sind es zwei.«
»Wir bringen sie nach Portland.«
»Sie werden nicht gehen.«
»Du mußt sie überzeugen.«
»Sie fürchten die Schande . . .«
»Ein weißer Arzt wird keine achtzig Meilen von Portland hierher fahren, um zwei schwangere Indianerinnen zu untersuchen!«
Die Grillen verstummten plötzlich. Auch Romona zuckte vor der Schärfe in Hawks' Stimme zurück.
»Ich werde tun, was ich kann«, flüsterte sie und stand auf.
»Mona.«
Sie blieb stehen und drehte den Kopf. Er ging langsam auf sie zu, und sein Gesicht tauchte ins Mondlicht. Es war qualverzerrt.
»Geh jetzt nicht.«
»Es gibt nichts mehr zu sagen.«
»Ich weiß«, flüsterte er.
Sie sah ihn unsicher an, und er senkte den Kopf.
»Weißt du, was mein Großvater sagt, John? Über die Wörter?«
Er schüttelte den Kopf.
»Daß der Mensch sie erfunden hat, um seine Gefühle zu verbergen.«
Als Hawks den Kopf hob, waren seine Augen feucht.
»Ich bin froh, daß du noch erschrecken kannst, John«, wisperte sie. »Ich hatte befürchtet, das Menschliche an dir sei erstorben.«
In der Dunkelheit ringsum begannen die Grillen wieder zu zirpen.

»Ich sage dir, Mag, das war Weltrekord. *Mehr* als ein Weltrekord. Ich habe von einem so großen Lachs noch nicht einmal *gehört*!«
Rob ging in der Hütte auf und ab, während Maggie in der Küche stand und den kleinen Lachs kochte, den er gefangen hatte. Rob war erregt und verwirrt, wollte selbst nicht glauben, was er gesehen hatte.
»Er war mindestens eineinhalb Meter lang!« stieß er hervor.

»Der Fisch war ein Riese. Eine *Miß*bildung, sage ich dir. Und es sah so aus, als gäbe es mehr davon.«

»Vielleicht kommst du mit einer Trophäe nach Hause.«

»Du glaubst mir nicht.«

»Anglern glaube ich immer.«

»Du glaubst, ich weiß nicht, was ich gesehen habe?«

»Er ist entwischt, nicht wahr?«

»Maggie.« Er trat vor sie hin. »Ich bin geistig normal. Ich bin Wissenschaftler.«

»Du bist ein *Genie*«, gurrte sie.

»Du nimmst mich nicht ernst.«

»Doch. Gibst du mir die Gabel?«

»Ich sage dir, ich habe den größten Fisch gesehen, der mir je im Leben begegnet ist.«

»Im Mondschein . . .«

»Ja, es war dunkel draußen.«

Sie sah ihn schelmisch an, als sie die Gabel in den Fisch stieß.

»Euer Ehren, mein Mandant gibt an, er habe den größten Fisch gesehen, der ihm je begegnet ist. Die Tatsache, daß es draußen stockdunkel war, spielt nicht die geringste Rolle.«

Rob rieb sich nachdenklich das Kinn. Er wußte, daß sie recht haben mochte.

»Du glaubst, ich habe ihn nicht gesehen?«

»Ich bin deine Verteidigerin. Ich glaube alles, was du sagst.«

»Vielleicht hat er im Dunkeln größer ausgesehen, hm?«

»Euer Ehren, wir plädieren auf zeitweilige Unzurechnungsfähigkeit.«

»Aber er hat eine Ente gefressen, Maggie!«

»Euer Ehren, er hat eine Ente gefressen.«

»Ich habe es ge*sehen*.«

»Versuch doch, ihn morgen zu fangen. Vielleicht schmeckt er nach Ente.«

Er warf die Hände hoch und kapitulierte. Maggie kicherte, als sie auf eine Gabel heißen Fisch blies und sie vorsichtig zum Mund führte.

»Könnte ein Entenjunges gewesen sein«, murmelte Rob. Er schüttelte das Ganze ab und griff nach Papierservietten, um sie auf den Tisch zu legen.

Sie hielt Rob einen Bissen hin und fütterte ihn. Er rollte genießerisch die Augen.

»Himmlisch . . .« stöhnte er.

»Ich will nichts anderes essen, solange wir hier sind. Ich will Fisch morgens, mittags und abends.«

»Kein Problem.« Rob griff nach Tellern. »Ich bin zufällig einer der besten Angler der Welt.«

»Du angelst, und ich esse«, erwiderte Maggie, als sie ein Handtuch um die Hand wickelte, um die Pfanne zu ergreifen.

»Das ist die richtige Aufteilung.« Als sie die Pfanne auf den Tisch stellte, beugte er sich vor und küßte sie auf den Nacken. Sie hielt mitten in der Bewegung inne.

»Wie schön«, flüsterte sie. Sie drehte sich um, und sie sahen einander tief in die Augen.

»Ich hatte vergessen, daß es so sein kann«, sagte sie leise.

»Ich auch.«

Sie fühlte sich den Tränen nah und war verlegen.

»Darf ich die Weinkarte vorlegen?« fragte Rob.

»Ich trinke meine übliche Sorte.«

»Château Lafitte?«

»Mogen David.«

»Mogen David kommt sofort.« Er ging zum Eiskasten und präsentierte eine Flasche Wein.

»Wo hast du die her?« sagte sie lachend.

»Sie war schon da.«

»Jemand hat sie hier zurückgelassen?«

»Mit besten Empfehlungen von Mr. Isely, zweifellos.«

»Ah. Wein und Kirschkuchen.«

»Andere Bürokraten werden zu Weihnachten mit einem Rolls-Royce bestochen, mit bezahlten Ferien. Ich bekomme Wein und Kirschkuchen.«

»Ach was«, sagte Maggie, als sie sich setzte, »ich habe nichts übrig für einen Rolls-Royce.«

»Ich auch nicht.«

»Aber Mr. Isely mag ich auch nicht.«

»Ich auch nicht.«

»Schenk ein und bring den Kuchen.«

»Wie korrupt . . .«

Maggie kicherte, und Rob lachte in sich hinein. Sie hatten die erschreckenden Erlebnisse des Tages abgeschüttelt und genossen ihr Zusammensein, gleichgültig, was hinter ihnen lag oder noch kommen mochte.

Beim Essen gab es neuerliche Scherze über Robs Anglerlatein, aber sie schwiegen auch oft und sahen einander an, während sie tranken. Im Kamin lag nur noch Glut; von draußen konnte man die Laute des Waldes hören, einen Chor von nächtlichen Insekten, den Schrei eines Habichts.

Rob lehnte sich zurück und betrachtete Maggie, die den Frieden dieses Augenblicks genoß. Sie schenkte den Rest aus der Weinflasche in ihr Glas und trank es aus, schloß die Augen und lauschte in die Stille.

»Der Wald . . . ist herrlich, dunkel und tief . . .« flüsterte sie, eines ihrer Lieblingsgedichte zitierend. »Ein Versprechen gab ich, als ich schlief . . .«

Rob lächelte. Sie schien die Wirkung des Weins zu spüren.

»Mein kleines Pferd schüttelte die Glocke«, fuhr sie fort, »ob ich ihn zu einem Irrtum verlocke . . .« Sie wußte nicht mehr weiter.

»Auf die Glocken«, sagte Rob und hob sein Glas.

»Auf die Irrtümer.«

»Auf den Wald.«

»Den dürfen wir nicht vergessen.« Sie hob ihr leeres Glas und lächelte traurig. »Und auf Versprechen.« Sie schloß wieder die Augen, ein wenig schwindlig, ein wenig euphorisch, ein wenig melancholisch. Rob stand auf und schob eine Kassette in das Abspielgerät; leise Musik erfüllte den Raum. Er trat zu Maggie und berührte ihr Haar, griff nach ihrer Hand und führte sie zum Sofa. Sie ließen sich langsam darauf nieder, und sie legte den Kopf auf seinen Schoß.

»Soll ich dir etwas sagen?« flüsterte sie.

»Mmmmmm.«

»Ich war heute stolz auf dich.«

Er nickte, als er an die Ereignisse an der Straßensperre dachte.

»War das nicht . . . verrückt?« sagte er.

»Du bist so tapfer gewesen.«

»Ich hatte Angst.«

»Das hat man dir nicht angemerkt.«

»Hätte ich auch nicht zu zeigen gewagt.«

»Wäre das Leben nicht viel einfacher«, sagte sie mit ein wenig hoher Stimme, »wenn wir uns nicht davor fürchten würden, unsere Angst zu zeigen . . .«

»Hast du zuviel Wein erwischt?« flüsterte Robert.

»Nicht genug.«

»Nein?«

»Habe immer noch Angst davor, die Angst zu zeigen . . .«

Rob lächelte. Er strich mit den Fingern über ihre Stirn, über ihre Lider. Sie war wunderschön. Sie atmete tief und drängte sich an ihn.

»Diese Indianerin«, murmelte sie.

»Mmmm?«

»Ich war eifersüchtig.«

»Wirklich? Warum denn?«

»Sie war so mutig . . . Stark zu sein, wenn man Angst hat . . . sich durchzusetzen. Diese Art von Mut scheine ich nicht zu besitzen.«

»Ach, ich glaube, es erfordert viel Mut, mit mir zu leben.«

»Ich liebe dich«, erwiderte sie.

Rob beugte sich hinunter und küßte sie. Sie lächelte.

»Manchmal . . . liebe ich dich so sehr, daß ich mir wünsche, es gäbe . . . mehr von dir.«

»Na, ich könnte ja zwanzig Pfund zunehmen«, scherzte Rob.

»Ich meine . . . ich wünsche mir, es gäbe mehr von *uns.*«

In der Dunkelheit hinter ihren geschlossenen Lidern begriff sie plötzlich, was sie gesagt hatte. Sie hatte es nicht vorgehabt, es war einfach so gekommen. Sie öffnete die Augen und sah, daß die Worte ihre Wirkung gehabt hatten. Robs Gesicht war ernst geworden.

»Könnten wir darüber sprechen?« flüsterte sie.

»Jetzt?«

»Warum nicht jetzt?«

»Es ist alles so perfekt.«

»Verstehe.« Sie spürte, wie die Wand zwischen ihnen emporwuchs. Die Vertrautheit war so empfindlich, so brüchig, daß es nur weniger Worte bedurfte, sie zu zerstören.

»Entweder sind wir zu weit auseinander . . . oder zu nah beisammen. Was ist es, Rob?«

Rob ließ müde die Schultern hängen. Maggie richtete sich langsam auf, von einem Gefühl der Einsamkeit erfaßt. »Nur . . . reden?« flüsterte sie. »Wird das alles verderben?«

»Du weißt, wie ich dazu stehe«, erwiderte er tonlos.

»Zum Zustand der Welt, meinst du?«

»Ja.«

Sie rieb sich die Stirn. Sie verlor den Mut. Es störte sie, daß sie getrunken hatte, sie wollte sich klar mitteilen können. Alles mögliche hatte sie sich zurechtgelegt, und nun war sie doch unvorbereitet.

»Hör zu«, sagte sie leise. »Als ich klein war, sagte meine Mutter immer, ich müßte alles aufessen, weil es hungernde Kinder auf der Welt gibt. Und das habe ich nicht verstanden.« Sie hob den Kopf und versuchte seinen Blick einzufangen, aber er starrte in die Glut. »Und jetzt . . . erzählst du mir, ich soll nicht schwanger werden, weil es hungernde Kinder auf der Welt gibt. Und auch das verstehe ich nicht.«

»Aber ich.«

»Woran liegt es, Rob?« fragte sie. »Hast du Angst?«

Er stand auf und trat an den Kamin, starrte hinein.

»Ich weiß es nicht, Maggie«, sagte er leise. Er schüttelte den Kopf. »Ich weiß vieles nicht mehr.«

Maggie wurde wieder nüchtern. Es wurde ihr klar, daß Rob früher nie eingestanden hatte, er sei verwirrt. In all den Jahren ihres Zusammenseins hatte er nie Ungewißheit erkennen lassen. Das gab ihr Hoffnung.

»Ich komme mir vor . . .« er schien nach Worten zu suchen – »als wäre ich über eine Rennbahn gebraust und genau wieder dort angekommen, wo ich angefangen habe.« Er blickte ins Feuer. »Und außer mir hat sich am Rennen niemand beteiligt.«

Sie war tief bewegt. Sie wußte, daß sie ein Geständnis gehört hatte, das er vor keinem anderen Menschen auf der Welt abgelegt hätte.

»Kann ich dir *helfen*?« fragte sie stockend.

Ihre Blicke begegneten sich.

»Ich brauche Zeit«, erwiderte er. Langsam ging er auf sie zu, kniete vor ihr nieder und sah ihr in die Augen. »Ich fühle mich dir heute so nah.«

Sie nickte und hob die Hand, um sein Gesicht zu berühren.

»Kann es nicht eine Weile so bleiben?« fragte er. »So nah?«

Seine Zärtlichkeit war so bezwingend, daß sie nicht glauben konnte, es sei nur ein kleiner Schritt getan worden.

»Ja«, flüsterte sie. Seine Lippen berührten ihren Mund, und sie umarmten sich mit verzweifeltem Drängen. Sie schob ihr Gesicht an seine Schulter und schloß die Augen. Sie wollte diese Nähe als kostbaren Schatz bewahren. Sie hatten hier zwei ganze Wochen. Sie würde warten bis zuletzt.

»Gehen wir hinauf?« flüsterte sie.

Er nickte und ergriff ihre Hand, führte sie die schmale Treppe hinauf zur Schlafgalerie, wo sie sich auszogen und unter die weiche Decke schlüpften. Der Widerschein des Feuers flackerte an den Deckenbalken, und die Musikkassette ging zu Ende, so daß nur ihre Atemzüge zu hören waren, als sie sich liebten. Es war heftig und leidenschaftlich, dieses Zusammenkommen, und Maggie wimmerte, als sie sich von einer unwiderstehlichen Kraft hinaufgerissen fühlte zu einem Höhepunkt, bei dem sie aufschrie und in Tränen ausbrach. Dann klammerte sie sich an Rob. Er streichelte ihr Haar, als wolle er sie trösten.

Sie lagen beieinander, und Maggie beobachtete die tanzenden Schatten an der Decke, während Rob in ihren Armen einschlief.

Es war Maggie, die es zuerst hörte. Ein schwaches, kaum hörbares Scharren draußen auf der Veranda. Es hörte auf, dann folgte ein schnelles Pochen, immer lauter, das abrupt verstummte. Rob spürte, wie Maggies Körper sich spannte, und regte sich. Das Geräusch kam wieder, so rasch jetzt wie ein Preßlufthammer, ein gedämpftes Rattern unmittelbar vor der Tür. Sie setzten sich auf und lauschten, die Augen groß.

»Was ist das?« flüsterte Maggie.

Rob schüttelte den Kopf.

»Hast du die Stablampe ausgepackt?«

»Sie liegt unten.«

Rob stand auf, wickelte sich in eine Wolldecke und tappte schnell die Stufen hinunter. Er fand die Stablampe und ging zur Tür. Das Geräusch wurde immer lauter und schneller. Maggie stand auf und starrte hinunter, das Gesicht vom Feuerschein beleuchtet.

»Was ist das?« flüsterte sie noch einmal.

»Ich weiß es nicht.« Rob schob den Riegel zurück und griff nach der Klinke.

»Nicht aufmachen«, zischte Maggie.

Er sah zu ihr hinauf, blickte auf die Tür. Er konnte sehen, wie die lockeren Bodenbretter unter ihm vibrierten. Dann riß er plötzlich die Tür auf, und sein Atem stockte.

»Was ist?« rief Maggie.

Vor Rob lag ein Waschbär, auf dem Rücken, in Zuckungen. Seine Augen waren verschleiert, aus dem Maul drang Schaum, seine Gliedmaßen bebten in konvulsivischen Zuckungen.

Rob sah zu Maggie hinauf.

»Was ist?« rief sie noch einmal.

»Es ist ein . . .«

»Paß auf!« kreischte sie.

Das Tier war blitzschnell aufgesprungen und stürzte sich auf Rob, krallte sich an seinem Rücken fest.

»O Gott! O Gott!« schrillte Maggie. .

Rob schrie auf. Er fuhr herum und taumelte, tanzte grotesk im Feuerschein umher, aber das Tier krallte sich fest, schlug die Zähne in Robs Körper, fauchte wild, während Rob vor Schmerz aufbrüllte.

»Rob!«

Es gelang ihm, die Wolldecke nach dem Tier zu schleudern, und es stürzte hin, blieb einen Augenblick betäubt liegen, richtete den Blick wieder auf Rob und sprang ihn erneut an, klammerte sich an sein Knie und biß ihn in den Oberschenkel.

»Mein Gott«, schluchzte Maggie. »Hilfe!«

»Messer!«

Maggie stürzte die Treppe hinunter, als Rob das fauchende Tier von sich wegriß, es durch das Zimmer schleuderte, wo es an die Wand prallte und mit dumpfem Aufschlag zu Boden fiel. Aber es war noch nicht kampfunfähig. Schaum und Blut troffen aus seinem Maul; es richtete den Blick auf Maggie, als sie zur Küche stürmte.

»Nein!« schrie Rob. Das Tier schnellte durch das Zimmer, als Maggie eine Schublade aufriß und Messer und Gabeln auf den Boden klirrten.

»*Vorsicht!*« brüllte Rob. Maggie entdeckte das Tier gerade noch rechtzeitig. Sie sprang auf den Tisch, und der Waschbär prallte an einen Unterschrank. Das Tier taumelte jetzt, wankte, während es nach einem neuen Opfer suchte. Rob brüllte es an, um seine Aufmerksamkeit von Maggie abzulenken, und das Tier fuhr herum und hetzte in höchster Wut auf ihn zu. Rob rannte zur anderen Wand und prallte gegen ein Kanupaddel, das ratternd umfiel. Als das Tier ihn ansprang, packte er das Paddel und schlug zu. Er traf das Tier in den Bauch; eine Staubwolke quoll hoch, aber der Waschbär krallte sich am Paddel fest und kletterte auf Rob zu, während dieser das Paddel zum Kamin schwang. Rob hieb es mit voller Wucht an die Kante der Kamineinfassung, und das Tier flog durch die Luft, geradewegs in das Feuer.

Es loderte in einem Feuerball auf. Maggie kreischte. Plötzlich war es vorbei. Das Tier lag starr und rauchend in den Flammen, mit dem Gesicht nach oben.

Rob stand nackt davor, blutüberströmt. Maggie lag zusammengekrümmt und schluchzend auf dem kleinen Küchentisch.

8

Im Frühling begann die Ouvertüre des allmorgendlichen Konzerts sehr früh. Die unheimlichen Stimmen der Seetaucher tönten durch die Dämmerung, überbrückten die Stunde, in der die Nacht dem Morgen wich.

In der Stille der Blockhütte hörte Rob die Laute und fröstelte. Seine Handflächen waren feucht. Der Griff des Fleischmessers klebte an seinen Fingern, als er das Hirngewebe des toten Waschbären untersuchte, das auf dem ganzen Küchentisch verschmiert war.

Er hatte viele Fälle von Tollwut gesehen, mindestens hundert histologische Hirnuntersuchungen bei Ratten, Katzen und Hunden aus den Slums miterlebt. Er hatte hier kein Mikroskop und keine Chirurgenhandschuhe, nur ein Fleischmesser und ein Vergrößerungsglas. Die Anzeichen, nach denen er suchte, wären jedoch sogar mit bloßem Auge zu erkennen gewesen.

Was er sah, war zugleich erleichternd und rätselhaft. Was immer das für eine Krankheit sein mochte, Tollwut war es nicht. Es war etwas, das Rob noch nie gesehen hatte. Das Hirngewebe hatte seine Konsistenz verloren. Es war einfach zu Brei geworden.

Er wickelte die Überreste des Waschbären in eine Zeitung. Ein ganz kleines Stück Gewebe, nicht größer als ein Vierteldollar, hob er auf und verschloß es in einem Einmachtopf. Dann ging er mit seinem blutdurchtränkten Paket hinaus und warf es in eine Abfalltonne, die in der Nähe stand. Den Deckel beschwerte er mit Brennholzscheiten. Am Morgen würde er es vergraben. Er wußte, daß der Geruch Bären anlocken konnte.

Er schaute hinaus auf den See; der Himmel wurde heller, und man konnte schon etwas erkennen. Der Dunst stieg empor und wurde zu einem Dampfschleier, der das Ufer verdeckte. Er rieb sich die Augen, kehrte in das Blockhaus zurück, schloß leise die Tür und schaute zur Galerie hinauf.

Alles war still. In den Stunden nach dem Zwischenfall war Maggie so außer sich gewesen, daß Rob sie veranlaßt hatte, Valium einzunehmen, damit sie schlafen konnte. Er hatte bei ihr am Bett gesessen, bis sie eingenickt war. Kurz zuvor hatte sie noch gemurmelt, sie wolle fort von hier.

»Alles ist gegen uns«, hatte sie gesagt.

Rob spürte das auch. Die ganze Atmosphäre war feindselig. Die Gewalttätigkeit an der Straßensperre, der Anblick des riesenhaften Fisches, der Angriff des Waschbären. Trotzdem wehrte Rob sich dagegen, das Weite zu suchen. Er hatte hier eine Aufgabe zu erfüllen. Er wollte versuchen, sie so schnell wie möglich zu Ende zu bringen. Es mußten Bodenproben genommen und Aufnahmen gemacht werden, er mußte die Fabrik besichtigen. Wenn er sich anstrengte, konnte er in fünf oder sechs Tagen damit fertig sein.

Er ging zum Bandgerät, schob eine Leerkassette hinein, trug die Maschine zum Sofa und führte das Mikrophon nah an den Mund, um Maggie nicht zu wecken.

»Dreißigster Mai . . .« sagte er leise. Er schaute auf die Uhr. »Fünf Uhr morgens. Histologische Hirnuntersuchung. Waschbär.« Er machte eine kurze Pause, dann fuhr er fort. »Hirnrindenatrophie am Vordersporngewebe ... hineinreichend in die Tiefen der Furchen der Seitenlappen . . . betroffen Hypothalamus, Mittelhirn und Stammganglien. Gennarischer Streifen verschwunden . . . völliger Zerfall des Kleinhirns.« Er verstummte, dann fügte er hinzu: »Ursache . . . unbekannt.« Er schaltete das Gerät ab und schloß die Augen. Während er einnickte, hörte er die irren Schreie der Seetaucher.

Zur selben Zeit, als Robert Vern einschlief, wurde eine Familie von Campern wach. Ein zehnjähriger Junge und ein zwölfjähriges Mädchen regten sich in ihren Schlafsäcken, während ihr Vater schon auf den Beinen war und ein kleines Feuer anzündete, um das Frühstück zuzubereiten.

Travis Nelson fühlte sich im Wald zu Hause. Er war in New Hampshire geboren und aufgewachsen. Sein Vater war ein großer Naturliebhaber gewesen und hatte seinem Sohn alles beigebracht, was man wissen mußte, vom Erkennen eßbarer Pilze bis zur Aufstellung von Kaninchenfallen. Nelson wußte, daß er selbst unter einfachsten Bedingungen zurechtkommen konnte, und das wollte er an seine Kinder weitergeben.

Von Beruf war Nelson Lehrer für Geschichte an der Oberschule in Newton, Massachusetts. Sein Steckenpferd war die Privatfliegerei, und er hatte jahrelang gespart, um sich endlich eine eigene Maschine kaufen zu können, eine einmotorige Cherokee. Der Jungfernflug hatte sie gestern von Boston nach Manatee geführt. Es war der erste richtige Urlaub, den er mit seiner Familie verbringen konnte. Er hatte gewartet, bis er sich das leisten konnte und bis die Kinder alt genug geworden waren, um aufnehmen zu können, was er ihnen beibringen wollte. Der zehnjährige Paul war der geborene Abenteurer, die zwölfjährige Kathleen entschlossen, es ihrem Bruder nachzutun, und Nelsons Frau Jeanine machte bei allem mit. Das einzige, was sie hier gestört hatte, waren die Worte eines Forstbeamten gewesen, der sie beim Marsch in den Wald darauf hingewiesen hatte, daß sie die Wanderung auf eigene Gefahr unternahmen. Es seien Leute im Manatee-Wald vermißt, sagte er, und die Behörden untersuchten die Vorgänge.

Travis Nelson erinnerte sich an den ›fliegenden Hund‹, den sie am Flugplatz gesehen hatten. Das gehörte ganz sicher zu den ›Untersuchungen‹. Er selbst hegte keine Befürchtungen. Er fand sich in jedem Gelände zurecht, konnte mit dem Kompaß umgehen und wußte, daß ein Feuer Bären abschreckte, die nachts auf Futtersuche gingen. Nur der Ausdruck ›untersuchen‹ störte ihn. Das klang zu sehr nach Polizei.

»Papa?« Pauls Gesicht tauchte aus dem Schlafsack auf. Er hatte den Reißverschluß in der Nacht ganz zugezogen gehabt, um sich vor den Moskitos zu schützen. »Ich glaube, ich kann ihn hören, den Wasserfall«, flüsterte der Junge.

Travis lächelte.

»Es sind noch zwei Tage dorthin.«

»Was höre ich dann?«

»Den Wind in den Bäumen.«

Der Junge drehte sich mit dem ganzen Schlafsack auf den Rükken.

»Es wird regnen?« sagte er, als er zum Himmel aufsah.

»Hoffentlich nicht.«

»Machen wir das, was du gesagt hast? Schlafen wir einmal ganz allein für uns?«

»Glaubst du, du traust dich?«

»Klingt gefährlich.«

»Ist es aber nicht.«

»Macht Kathleen mit?«

»Das weiß ich nicht.«

»Wenn sie es kann, kann ich es auch.«

Kathleen schob den Kopf aus dem Schlafsack.

»Ich kann es.«

»Ich auch«, gab Paul zurück.

»Dann machen wir es auch«, sagte Nelson lächelnd.

»Und wenn wir von der Klippe fallen?« sagte Kathleen.

»Wir schlafen nicht am Abgrund.«

»Vielleicht sollten wir unten am Wasserfall schlafen, nicht oben«, meinte Kathleen.

»Vielleicht. Wir werden sehen.«

Paul schob sich im Schlafsack auf die Knie und rutschte näher an das Feuer heran.

»Ich bekomme das Ding nicht auf«, sagte er und zerrte von innen am Reißverschluß. Sein Vater griff unter dem Kinn des Jungen hinein und öffnete den Verschluß mit einem Ruck.

»Ich finde, wir sollten leben, wie es die Indianer getan haben«, meinte Paul, als er aus dem Schlafsack stieg. »Nur das essen, was wir fangen können.«

»Gute Idee«, sagte sein Vater. »Zufällig habe ich während der Nacht ein bißchen Speck gefangen.«

»Wie denn das?« sagte Kathleen.

»Das war doch Spaß, Dummerchen«, sagte Paul.

»Weiß ich, Dummerchen«, sagte sie seufzend. »Ich habe auch Spaß gemacht.«

»Ach so.«

Nelson lachte leise in sich hinein, als er die Speckstreifen briet. Er hatte den Urlaub seit über einem Jahr geplant, und es sah ganz so aus, als sollte er alle Erwartungen erfüllen.

Bis Mittag war Robert Vern wach geworden und begann ohne Zögern mit seiner Arbeit. Maggie war immer noch nervös und wollte in der Hütte nicht allein gelassen werden; sie begleitete ihn auf dem Weg durch den Wald und sah zu, als er Bodenproben entnahm und in kleinen Glasröhrchen aufbewahrte, die beim Gehen in seinen Jackentaschen klirrten. Es war das einzige Geräusch, das sie hören konnten. Der Himmel war bedeckt, der Morgennebel wollte sich nicht auflösen, und es herrschte eine hohe Luftfeuchtigkeit. Ringsum schien alles gedämpft zu sein. Der dicke Farnteppich am Waldboden war schwer vor Tau; Robs und Maggies Hosenbeine waren bis zu den Oberschenkeln naß.

»Da, schau«, sagte Rob und deutete an den Bäumen hinauf.

Maggie folgte seinem Finger und sah etwas, das wie ein Holzschindeldach über die Baumwipfel ragte, ungefähr eine halbe Meile entfernt.

»Sieht aus wie ein Baumhaus«, sagte sie.

»Eine Forststation. Von da oben könnte ich wahrscheinlich gute Aufnahmen machen.« Er hielt ihr die Hand hin, und sie griff danach; er spürte, wie sich ihre Finger verkrampften.

»Was ist denn?«

Ihr Blick glitt durch den Wald.

»Ist etwas?« fragte er noch einmal.

»Ich weiß nicht . . .«

Er lächelte sie beruhigend an und setzte sich in Bewegung. Plötzlich blieb er stehen und starrte in den Wald. Sie blieben beide regungslos.

»Hörst du etwas?« fragte er.

»Da ist etwas«, erwiderte Maggie stockend.

Vor ihnen knackte im Unterholz ein Zweig. Maggie schloß die Augen. Sie atmete tief ein, als sich das Geräusch wiederholte.

»Mach die Augen auf«, flüsterte Rob staunend.

Zwanzig Meter vor ihnen war ein Hirsch aus dem Wald getreten. Er stand da wie eine Statue, das Geweih hoch erhoben, strahlte eine Kraft und Würde aus, die überwältigend war.

»Sieh dir das an . . .« zischte Rob.

Maggie umklammerte seine Hand. Sie hatte Rotwild schon gesehen, aus der Ferne oder im Zoo, aber auf diese Nähe, ohne ein

Gitter oder irgendein anderes Hindernis dazwischen, ging ihr zum erstenmal auf, was das Wort ›wild‹ bedeutete. Sie kam sich klein und verwundbar vor, wie jemand, der unbefugt in das Reich eines Königs eingedrungen ist.

»Noch nie habe ich etwas so Schönes gesehen«, flüsterte Rob.

Das Tier drehte majestätisch den Kopf, dann entfernte es sich. Der Eindruck von Kraft und Würde verblaßte schnell. Es wankte auf den Vorderbeinen, zog das Hinterteil schlaff nach. Eines der Hinterbeine war fast abgetrennt worden und auf eine Weise verheilt, die das Tier für immer verkrüppelte.

Als der Hirsch im Unterholz verschwand, sahen Rob und Maggie ihm gequält nach. Sie gingen stumm weiter, stapften mit ernsten Mienen durch den dichten Farnwuchs.

»Nichts ist so, wie es aussieht, was?« sagte Maggie. »Nichts ist so schön, wie man es sich wünscht.«

Er packte ihre Hand fester, und sie gingen weiter. Nach einer halben Stunde hatten sie die Forststation erreicht.

Sie befand sich in einer kleinen Lichtung, auf einer Anhöhe mit Blick auf den See: eine kleine Holzhütte auf einem hohen Gerüst, zu der eine schmale Treppe hinaufführte.

Das kleine Bauwerk wirkte einsam und verlassen.

»Ist da oben jemand?« rief Rob.

Keine Antwort.

»Hallo?«

Nichts rührte sich. Rob entdeckte eine Schnur, die von der Hütte herabhing, beschwert mit einem Stein. Er zog daran und hörte eine Glocke. Sie klang ganz leise. Er läutete noch einmal und wartete.

»Offenbar keiner zu Hause«, sagte Maggie.

»Diese Türme sollen eigentlich nie unbesetzt sein«, sagte Rob. »Sie sind auch Ausguck für Waldbrände.«

»Vielleicht schläft er.«

»Ich möchte von da oben Aufnahmen machen.« Er begann hinaufzusteigen, und Maggie folgte ihm. Es war höher, als man von unten glaubte. Maggie wurde ein wenig schwindlig. Sie blieb stehen und schloß die Augen.

»Rob –?«

Der Himmel war bedeckt, der Morgennebel wollte sich nicht auflösen, und es herrschte eine hohe Luftfeuchtigkeit. Ringsum schien alles gedämpft zu sein. Der dicke Farnteppich am Waldboden war schwer vor Tau; Robs und Maggies Hosenbeine waren bis zu den Oberschenkeln naß. (Robert Foxworth als Rob und Talia Shire als Maggie.)

Er sah zu ihr hinunter.
»Mir wird schwindlig.«
Er stieg ein Stück hinunter und griff nach ihrer Hand.
»Ist das die Dame, die vor einem Jahr auf den Mount McKinley steigen wollte?«
»In diesem Jahr ist es anders.«
»Du bist bloß nicht in Form, das ist alles.«
Sie sah ihm in die Augen.
»Ich glaube, es steckt mehr dahinter.« Sie wollte noch etwas sagen, als sie plötzlich von einer Stimme unterbrochen wurden, die von oben heruntertönte.
»Steigen Sie hinab! Sie haben hier oben nichts zu suchen!« Das Gesicht des Forstbeamten schob sich aus einem kleinen Fenster. Er war ein Mann um die Sechzig, mit faltiger Haut und grimmigem Blick.
»Los, runter mit Ihnen!«
»Äh . . . entschuldigen Sie, wir sind von –«
»Ist mir egal, wo Sie herkommen. Ich sage Ihnen nicht, wo *ich* herkomme, und von Ihnen will ich es auch nicht wissen.«
Rob und Maggie sahen sich an.
»Er sieht aus wie der Schweißhund«, flüsterte Maggie.
»Los! Runter!«
»Ich komme von der Regierung«, rief Rob hinauf.
Der Forstbeamte war sichtlich betroffen.
»Von der Regierung?«
»Ja, Sir.«
»Ich arbeite auch für die Regierung.«
»Ich möchte ein paar Aufnahmen machen. Nur ein paar Minuten.«
Der Förster lächelte, und auf seinen Lippen erschien Tabakspeichel.
»Kommen Sie nur rauf, Partner!«
»Ich glaube, er ist nicht ganz bei Trost«, flüsterte Maggie.
»Schaffst du es?«
»Gib mir die Hand.«
Sie stiegen mühsam hinauf und traten auf eine schmale Plattform, wo der Forstbeamte sie an der offenen Tür erwartete.

»Freut mich, daß Sie kommen«, sagte er. »Wird langsam Zeit. Ich heiße Laiken.«

»Danke«, murmelte Rob, als er Maggie über die Schwelle zog.

»Halten die von der Regierung immer Händchen?« sagte Laiken lächelnd, als er die Tür schloß.

»Das ist meine Frau.«

»Sie ist eine Schönheit.«

»Vielen Dank«, sagte Maggie.

»Meine Frau war auch eine Schönheit. Schöner noch als Sie, Anwesende ausgenommen.«

Maggie lachte und wußte nicht, was sie sagen sollte.

»Wollen Sie ein Bild von ihr sehen?«

»Ja«, sagte Maggie.

Seine plötzliche Vertrautheit verwirrte sie. Sie spürten, daß nicht alles seine Richtigkeit hatte. Ein kurzer Blick auf seine Umgebung verriet Rob mehr. Der kleine Raum aus Glas und Holz war unaufgeräumt, überall lagen zerknitterte Kleidungsstücke und zerlesene Zeitschriften herum. In einer Ecke lagen leere Konservendosen und Schnapsflaschen am Boden. Und es stank. Es war ein Geruch, den Rob kannte. Eine Ausdünstung aus den Poren von Alkoholikern, deren Leber die Gifte nicht mehr verarbeiten konnte. Auch die Augen des Mannes waren verfärbt. Der Forstbeamte war ein schwerkranker Mann.

Als er in einem Bücherregal kramte, sahen Rob und Maggie, daß eine Hand des Mannes mit einem primitiven Verband aus Fetzen und blutdurchtränkter Watte umwickelt war. Die Farbe des Bluts verriet Rob, daß die Wunde frisch war und sich angesichts des schmutzigen Verbandes bald entzünden mußte.

»Was sagen Sie?« meinte der Mann, als er das Bild fand und es ihnen hinhielt. Es war uralt und verblichen, die Frau kaum zu erkennen.

»Das ist Ihre Frau?« sagte Maggie.

»In Frieden möge sie ruhen.«

»Sehr hübsch.«

»Jetzt nicht mehr.«

Maggie mußte unwillkürlich lachen.

»Vermutlich nicht«, sagte sie.

»Nein . . . jetzt nicht mehr«, sagte der Mann und legte traurig das Bild zurück.

Es blieb kurze Zeit still.

»Kann ich ein paar Aufnahmen machen?« sagte Rob schließlich.

»Gern. Soll ich lächeln?«

»Wie bitte?«

»Für die Aufnahmen.«

Rob lachte beinahe.

»Ach, äh . . . nein, ich möchte nur die Bäume fotografieren«, erläuterte er.

Der Forstbeamte lächelte, als teile er mit ihm ein Geheimnis.

»Ich setze mich da her und warte«, sagte er, als er sich in einem Schaukelstuhl niederließ, »bis Sie mir Fragen stellen.«

Rob sah ihn verwirrt an, dann begann er Aufnahmen zu machen, während Maggie sich den Inhalt des kleinen Bücherregals ansah, um beschäftigt zu sein.

»Sie kommen also aus Washington?« sagte der Mann.

»Mhm«, gab Rob zurück. »Ist das der Espee dort drüben?«

»Kein anderer.«

»Dann gehört der Schornstein wohl zur Papierfabrik.«

»Sind Sie vom FBI?«

»Vom FBI?« sagte Rob überrascht.

»Ja, vom FBI.«

»EPA.«

»FBI, EPA, ist alles dasselbe.«

Rob lächelte und schüttelte den Kopf, dann befestigte er ein Teleobjektiv an seiner Kamera und richtete sie auf den Schornstein, der sich am Ufer des fernen Espee-Flusses über die Bäume erhob. Die Papierfabrik war viel größer, als er angenommen hatte. Es war eine riesige Anlage. Die Metallrohre und Wassertanks schienen ganz neu zu sein.

»Hab' mir schon gedacht, daß Sie bald kommen«, sagte Laiken.

»Wirklich?« meinte Rob.

»Müssen doch die Fakten feststellen, nicht?«

»Das ist sicher richtig.«

»Ja, Sir. Wenn Leute ermordet werden, muß das sein.«

Rob drehte sich um und sah ihn an; auch Maggie hatte den Kopf gewendet.

»Nicht wahr?« sagte Laiken.

»Was meinen Sie damit?« sagte Rob.

»Die Holzfäller, die umgebracht worden sind. Ich bin unschuldig und beantworte alle Fragen, die Sie stellen wollen.«

Rob und Maggie tauschten einen Blick. Sie hatten endlich begriffen, worauf der Mann hinauswollte.

»Was Sie mich auch fragen, ich beantworte alles«, sagte Laiken. »Hab' dem Sheriff zwar schon alles gesagt, was ich weiß, aber er scheint mir nicht geglaubt zu haben.«

»Nein?«

»Hat gesagt, ich wär' betrunken. Halten Sie mich für betrunken?«

»Ich weiß nicht«, antwortete Rob. »Sind Sie's?«

»Ich trinke schon was, aber ich weiß, was ich gesehen hab'.«

Maggie ließ sich auf die Armlehne eines Stuhls nieder.

»Was haben Sie gesehen?« fragte sie.

»Ich hab' ihm gesagt, ich fürcht' mich nicht vor dem Lügendetektor, und Ihnen sag' ich dasselbe.«

»Ich glaube Ihnen«, versicherte ihm Maggie. »Was haben Sie gesehen?«

Der Mann sah sie an und lächelte.

»Klingt meine Stimme komisch?« fragte er.

»Nein.«

»Aber für mich. Sie klirrt im Kopf. Vielleicht sind es die Ohren, nicht die Stimme.«

Maggie war völlig verwirrt.

»Vielleicht ist es meine Hand«, sagte er und hob die verbundene Hand hoch.

»Was ist mit Ihrer Hand passiert?« fragte sie.

»Hab' nicht mal gemerkt, daß ich gebissen worden bin, bis das Blut kam.«

»Sie sind gebissen worden?«

Laiken nickte und zog ein zerknülltes Stück Papier aus der Tasche.

»Mögen Sie Gedichte?« fragte er. »Ich hab' eins geschrieben.«
Maggie starrte Rob an. Sie kannte sich nicht mehr aus.
»*Was* hat Sie gebissen?« fragte Rob, als er seine Kamera einpackte.
Der Mann beachtete ihn nicht.
»Los, nehmen Sie«, sagte er zu Maggie und hielt ihr das Papier hin. »Reimt sich alles. Reimt sich wirklich.« Maggie nahm es zögernd.
»Vielleicht können Sie's in den ›Playboy‹ bringen«, sagte er. Plötzlich begann er wiehernd zu lachen, schlug sich auf den Oberschenkel, hustete und ächzte. Maggie sah ihn mitfühlend an. Er hatte offenkundig den Verstand verloren.
»Darf ich mir die Hand ansehen?« sagte Rob. »Ich bin Arzt.«
»Wirklich?« sagte Laiken erstaunt.
»Mhm.«
»Na, hol mich doch der Teufel«, sagte Laiken und lachte.
Rob zog einen Stuhl heran und wickelte den Verband ab. Es war der Biß eines Tieres, und die Spur der scharfen Fangzähne konnte man in dem angeschwollenen Fleisch deutlich erkennen.
»Woher?« sagte Rob.
»Da«, gab Laiken zurück und wies in die Ecke. Inmitten von Gerümpel lag eine tote Katze. Maggie erschrak und schloß die Augen.
»Erst gestern nacht gestorben«, sagte der Mann. »Hat mich gebissen und ist dann gestorben. Wußte nicht mal, daß sie mich gebissen hatte, bis ich das Blut sah.«
Rob stand auf und trat zu dem Kadaver. Um das Maul war vertrockneter Schaum zu erkennen.
»Können wir gehen?« sagte Maggie leise.
Rob kniete nieder und hob die tote Katze auf. Sie war steif und hatte sich im Tod ein letztesmal aufgebäumt.
»Kann ich das für Sie wegschaffen?« sagte Rob zu Laiken.
»Weiß nicht, warum sie mich angesprungen hat«, sagte der Mann traurig. »Ich war immer gut zu ihr.«
»Ich möchte das Tier untersuchen.«
»Wir haben immer gemeinsam zu Abend gegessen«, fuhr der Forstbeamte fort. »Fisch mochte sie am liebsten, und zwar ge-

kocht. Eigenartig . . . nicht wahr?« Seine Augen wurden feucht, und er wandte sich hastig ab. Maggie starrte ihn stumm an.

»Sie sollten Ihre Hand in warmes Wasser legen«, sagte Rob.

Der Mann nickte und begann zu weinen. Seine Schultern zuckten.

Rob zeigte auf die Tür, und Maggie stand zögernd auf

»Wir kommen wieder, ja?« sagte sie zu Laiken. »Wir kommen wieder, bevor wir wegfahren.«

»Graben Sie sie tief ein, ja?« sagte Laiken gepreßt. »Ich will nicht, daß das Ding ihn frißt.«

Rob und Maggie sahen sich wieder bestürzt an, dann gingen sie hinaus. Draußen blieben sie kurze Zeit stehen. Wind war aufgekommen und kräuselte die Oberfläche des Sees; das Blatt Papier, das Laiken ihr gegeben hatte, flatterte in Maggies Hand, als sie es auseinanderfaltete.

»Drei . . . kleine . . . Lumpen«, las sie leise vor.

»Lampen«, verbesserte Rob, während er über ihre Schulter blickte.

»Lampen«, sagte sie, »brannten ganz hell. Nach dem furchtbaren Kampf erloschen sie schnell.« Sie verstummte und sah Rob an, dann fuhr sie fort: »Am Tag darauf sah ich ihn am See genau . . . groß wie ein Drache . . . mit Flügeln ganz grau.«

Der Wind wurde heftiger und blies Maggie die Haare ins Gesicht.

»Ist das alles?« sagte Rob.

»Den Rest hat er durchgestrichen.«

Sie starrten einander an.

»Hast du so etwas schon einmal gehört?« fragte Maggie nach einer Pause.

Rob dachte nach und zuckte die Achseln.

»Groß wie ein Drache?«

Er schüttelte langsam den Kopf.

»Der Mann hat die Aufgabe, auf den Wald hinauszustarren«, sagte Maggie. »Das hast du selbst gesagt. Er soll Tag und Nacht hier sein.«

Rob sah sie an und lächelte.

»Das Gedicht beschreibt, was er gesehen hat.«

»Er ist völlig betrunken, Maggie. Was er sieht, sind Halluzinationen.«

»Groß wie ein Drache? Das hat Isely am Flugplatz gesagt.«

»Wenn du so betrunken wärst, würdest du auch Drachen sehen.«

Sie dachte nach und nickte.

»Du gerätst hier noch ganz durcheinander«, meinte Rob, als er ihre Hand ergriff und hinunterstieg.

»Das fürchte ich auch.«

»Gehen wir fischen, ja? Kümmern wir uns eine Weile nur um uns selbst.«

Sie stiegen die schmale Treppe vorsichtig hinunter. Rob half mit der einen Hand Maggie, hinunterzusteigen, mit der anderen hielt er die tote Katze fest. Als sie durch den Wald zurückgingen, rochen sie Regen in der Luft. Von einem Wolkenzug, der tief und dunkel über den Bergen hing, grollte Donner herüber.

Travis Nelson, seine Frau und die Kinder spürten die ersten Regentropfen und beschlossen, ihre Zelte aufzustellen und das Gewitter abzuwarten. Der Anstieg zum Wasserfall würde sich verzögern, aber bei nassem Boden wurde es ohnehin zu schwierig. Sie schlugen ihr Lager am Ufer von Mary's Lake auf, in der Hoffnung, daß der Regen bis zum Morgen aufhören würde.

Das war jedoch nicht der Fall. Die Wolken hingen über dem Talbecken, als wären sie für immer hier, und entluden endlose Regenströme. Binnen zwei Tagen waren neue Pflanzen aus dem Boden gesprossen; die vorher nackten Äste der Laubbäume wurden grün. Die Waldtiere suchten Unterschlupf, nahmen den Hunger mit dem instinktiven Wissen hin, daß nach der Flut reichlich Futter zu finden sein würde.

Zwischen den von Regen und Wind gepeitschten Bäumen war als einziger Robert Vern unterwegs. Maggie war durch das Eingesperrtsein im rauschenden Regen immer nervöser geworden, und er strengte sich an, seine Arbeit so bald wie möglich zu Ende zu bringen.

Die Untersuchung des Katzengehirns hatte keine eindeutigen Schlüsse erlaubt. Es gab Schäden, die denjenigen des Waschbären nicht unähnlich waren, aber die Stunden zwischen dem Tod des Tieres und der Untersuchung hatten zu einer Atrophie der Gehirnzellen geführt. Für eine gründliche Analyse fehlte das moderne Gerät. Rob gedachte, Gewebeproben der Katze und des Waschbären nach Washington zu schicken, sobald der Regen aufhörte.

Bis dahin konnte er nicht viel mehr tun, als durch den Schlamm der Insel zu stapfen, die sich rasch in einen Sumpf verwandelt hatte, und die durch den Regen herbeigeführten Veränderungen zu studieren.

Es handelte sich um Lehmboden, der zwar sehr viel Wasser aufzunehmen vermochte. Aber wenn die Bäume gefällt wurden und dem Boden das Wurzelsystem entzogen wurde, das das überschüssige Wasser gierig aufgesaugt hatte, würde er die Wassermengen bald nicht mehr verkraften können, neue Setzlinge würden ertrinken, und im Verlauf von zehn Jahren konnte aus dem ganzen Wald eine Öde werden.

Es gab natürlich Methoden, die Neuanpflanzungen zu schützen. Man konnte sie in einer kontrollierten Umwelt getrennt kultivieren und umsetzen, sobald sie sich stabilisiert hatten. Wenn der Pitney-Konzern sich zu einer so teuren und zeitraubenden Prozedur entschloß, konnten die unmittelbaren Auswirkungen wettgemacht werden. Aber Versprechungen waren leicht zu machen und schwer zu überwachen. Das Umweltschutzamt verfügte nicht über die Mittel, eine ständige Aufsicht zu unterhalten.

Rob kannte die Unzuverlässigkeit der Holzindustrie. Das Budget eines einzigen Großunternehmens der Branche für Öffentlichkeitsarbeit war vermutlich größer als die ganze finanzielle Ausstattung des Umweltschutzamtes, und es fiel den Leuten nicht schwer, durch Broschüren und Fernsehspots der Öffentlichkeit weiszumachen, man forste so schnell auf wie man rodete. Die simpelsten Rechenkünste genügten eigentlich, um zu erkennen, daß das nicht stimmen konnte. Einen Baum zu fällen, dauert fünfzig Sekunden, bis er nachgewachsen ist, können fünfzig Jahre und mehr vergehen.

Rob stapfte bis zu den Knien durch den Schlamm und staunte

über die Kraft der Elemente ringsum. Es war kein Wunder, daß die Indianer geglaubt hatten, Blitz und Donner seien von den Göttern herabgeschickt worden. Rob fragte sich, ob seine eigenen Erklärungen besser waren. Die Perfektion des Umweltsystems, von der Atmung des kleinsten Insekts bis zur Bewegung des Planeten selbst, ließ eine Lücke, die durch wissenschaftliche Logik allein nicht auszufüllen war. Der Mensch gehörte physisch zu den schwächsten und verletzlichsten Wesen der Erde; vielleicht war sein analytischer Geist nichts anderes als ein Abwehrmechanismus.

Rob stellte sich die Frage, ob der Mensch in seinem primitivsten Zustand nicht eher die Beute gewesen war als der Jäger und Räuber. In vorgeschichtlichen Zeiten mußte der Mensch in Angst und Schrecken vor seiner Umwelt gelebt haben. Vielleicht hatte ihm das Feuer erstmals die Gelegenheit gegeben, sich von seiner Furcht zu erholen und zu träumen.

Auf jeden Fall kam Rob sich hier klein und unwichtig vor, verglichen mit der Größe und Kraft aller Dinge ringsumher. Die Cellomusik, die aus der Hütte drang, schien das Rätsel der Welt nur zu verstärken.

Maggie fand Zuflucht nur noch in ihrer Musik. Rob war fast den ganzen Tag unterwegs, durchstreifte die Insel, machte seine Beobachtungen und beugte sich abends und bis in die tiefe Nacht hinein über seine Unterlagen. Maggie hatte alle Zeitschriften ausgelesen, die im Blockhaus lagen, hatte mit sich allein Scrabble gespielt, bis es ihr zuviel wurde, und damit experimentiert, auf wieviele Arten man die Lachse zubereiten konnte, die Rob jeden Abend mühelos fing und nach Hause brachte. Ihr Vorrat an Konserven ging zur Neige, und sie ernährten sich hauptsächlich von Fisch. Der Speiseplan war so monoton wie ihr ganzes Dasein.

Am dritten Regentag wagten sie die Bootsfahrt zum Ufer, stellten aber fest, daß die Straße in die Stadt durch die schweren Güsse beschädigt worden war. Sie hatten immerhin zehn Meilen vor sich und fürchteten, in einem der großen Schlaglöcher stekkenzubleiben. Sie kehrten zur Insel zurück, in der Hoffnung, am nächsten Morgen werde die Sonne scheinen.

Für John Hawks und Romona Peters war der Regen eine willkommene Erleichterung. Sie hatten tief im Wald ihr Lager aufgeschlagen und waren sich drei Tage und Nächte in den Armen gelegen, hatten die Qual und Enttäuschung ihres Lebens draußen in der Welt vergessen. Durch die Regenflut war der Kahlschlag zum Stillstand gekommen, und Hawks brauchte sich vorerst nicht mit einer neuen Straßensperre zu befassen. Es war, als habe die Natur eingegriffen, um die Katastrophe aufzuhalten.

Romona hatte mit den zwei schwangeren Frauen im Dorf gesprochen, und sie lehnten es rundweg ab, mit ihr zu einem Arzt nach Portland zu fahren. Es blieb nichts anderes übrig als zu warten. Wenn eines der zu erwartenden Kinder mißgestaltet sein sollte, gedachte Romona mit ihm, sei es tot oder lebendig, um jeden Preis zu jemandem zu gehen, der ihr Antworten geben konnte. Aber vorerst konnte sie nichts anderes tun, als die belastenden Gedanken zu verdrängen und sich vom polternden Donner einlullen zu lassen.

Die einzige beunruhigende Begleiterscheinung des Regens war, daß er auf irgendeine Art eine neue Epidemie der *Katahnas* ausgelöst zu haben schien. Die indianischen Dorfbewohner hatten den ersten Regentag genützt, um ihre vollen Lachsnetze zu leeren und die Fische in ihrem Räucherhaus zu räuchern. Zwei Wochen lang hatten sie vorher von Konserven gelebt, weil sie aus Furcht vor Zusammenstößen mit Stadtbewohnern oder Holzfällern nicht gewagt hatten, zum Fluß zu gehen.

Nun wurden drei Männer von den Anfällen erfaßt und zuckten im Fieber, während der kalte Wind durch die indianische Siedlung fegte.

In der dritten Regennacht erfuhren Hawks und Romona von den neuen *Katahnas*, und sie gingen ins Dorf, um nachzuforschen. Sie besuchten der Reihe nach alle drei Betroffenen, die angsterfüllt waren und an Wahnvorstellungen litten. Hawks war zutiefst erschüttert und begriff zum erstenmal den Ernst der Lage. Die *Katahnas* kamen ohne jede Vorwarnung, und es schien keine Erklärung dafür zu geben, warum oder wann sie auftraten.

Als er und Romona zu ihrem Lager zurückgingen, übermannte

sie ein Gefühl der Niederlage. Es war, als hätte der Wald selbst sich gegen sie gewendet.

In der Stille der Nacht schrie eine Eule über ihnen und flatterte davon; sie blieben stehen und sahen ihr nach, als sie dem leuchtenden Mond entgegenflog. Die Wolken waren aufgerissen, der Regen hatte aufgehört. Die Bäume glänzten im Mondschein, und Hawks und Romona wußten, daß ihr Kampf am Morgen von neuem beginnen würde.

Aber es dauerte nicht bis zum Sonnenaufgang. Sie wurden in der Nacht von Motorengeräusch geweckt. Ein Fahrzeug holperte mit brummendem Motor auf sie zu, quer durch den Wald, und Hawks trat aus dem Zelt. Grelles Licht erfaßte ihn. Er sah die Silhouetten von drei Männern auf sich zukommen. Sie trugen Flinten.

»John Hawks?«

»Ja.«

Hawks beschattete die Augen und sah, daß sie Holzfällerkleidung trugen. Der Mann in der Mitte schien das Kommando zu führen. Er hielt einen Plastik-Trinkbecher in der Hand.

»Ist da jemand im Zelt?« fragte er.

»Nein.«

»Dann macht es ja nichts, wenn wir eine Schrotladung hineinjagen.«

Einer der Männer legte an.

»Halt.«

»Sagen Sie ihm, er soll herauskommen.«

Romona kam aus dem Zelt, und drei Stablampen richteten sich auf ihre erschrockenen Augen.

»So, so . . .« murmelte einer der Männer.

»Ich bin Romona Peters, die Enkelin von Hector M'rai.« Sie blieb steif stehen, hoch aufgerichtet, nur ihr Kinn zitterte ein wenig.

»Was wollt ihr?« fragte Hawks scharf.

»Umdrehen.«

Hawks rührte sich nicht.

»Umdrehen, hab' ich gesagt.«

»Warum?«

»Ich will nach versteckten Waffen suchen. Ich höre, daß Sie mit der Axt gut umzugehen verstehen.«

»Ich drehe mich nicht um.«

Eine der Flinten richtete sich auf ihn.

»*Um*drehen.«

»Tu, was er sagt«, drängte Romona.

»Hör lieber auf deine Squaw.«

»Ich drehe mich nicht um.«

»Aber ich«, sagte Romona schnell. Sie drehte sich um, und einer der Männer trat auf sie zu. Hawks machte eine Bewegung, und ein Flintenlauf fuhr an seinem Gesicht vorbei; er hörte, wie der Hahn gespannt wurde.

»Sind Sie hergekommen, um uns umzubringen?« stieß Hawks hervor.

»Warte nur erst mal ab.«

Der Mann hinter Romona streckte die Arme aus und faßte nach ihren Brüsten. Hawks spannte die Muskeln an, und zwei Flintenläufe stießen gegen seinen Kopf.

»Laß sie, John«, flüsterte sie.

»Siehst du? Es gefällt ihr.«

»Schafft ihn weg von ihr«, zischte Hawks.

»Wir suchen nur nach Waffen.«

»Schafft ihn weg!« schrie Hawks.

Romona wimmerte, und Hawks stürzte sich auf den Mann, der ihn beim Kragen packte und an einen Baum schleuderte. Zwei Mündungen bohrten sich in seinen Hals.

»Sie müssen mich umbringen«, keuchte Hawks.

»Es ist uns lieber, du siehst zu.«

»Bitte, lassen Sie uns in Frieden«, flehte Romona. »Wir haben Ihnen nichts getan.«

»Ihr habt hier nichts zu suchen.«

»Wir gehen!« rief sie.

»Wir sind auf unserem Grund und Boden«, fauchte Hawks.

»Das Land gehört dem Pitney-Konzern.«

»Das Land gehört meinem Volk.«

»Nein, das stimmt nicht, Indianer.«

»Was wollen Sie von uns?« stöhnte Romona.

»Wir wollen, daß ihr verschwindet.«

»Wir gehen nicht.«

»Ich glaube doch.« Der Anführer hob den Plastikbecher, den er in der Hand hielt, als wolle er Hawks zuprosten, dann schüttete er den Inhalt plötzlich über Hawks' Hose. Hawks stieg Benzingeruch in die Nase. Er versuchte davonzulaufen, aber die beiden anderen Männer hielten ihn fest und preßten ihn an den Baum.

Der Anführer trat langsam vor, steckte eine Pfeife in den Mund und zündete sie mit einem Gasfeuerzeug an. Seine Augen starrten Hawks an, als er die Flamme hochdrehte. Dann ließ er die Hand mit dem brennenden Feuerzeug langsam sinken, bis die Flammenzunge ganz nah an Hawks' benzindurchtränkter Hose war.

»Ihr habt vierundzwanzig Stunden Zeit, den Wald zu verlassen«, sagte der Mann mit dem Feuerzeug. »Wenn ihr bis morgen abend nicht fort seid, kommen wir wieder.«

Er ließ sein Feuerzeug zuschnappen, und die drei gingen zurück. Hawks blieb regungslos stehen und sah ihnen nach, bis ihr Wagen wendete und in die Nacht davonholperte.

9

Rob und Maggie reagierten auf den Anblick der Morgensonne wie Gefangene, die in Dunkelhaft gesessen hatten und nach langer Zeit das Tageslicht wiedersahen. Sie war wie ein Aufputschmittel, erfüllte sie mit Energie und erfrischte ihren Geist. Sie beschlossen, sofort in die Stadt zu fahren.

Der See glitzerte in der Sonne, als sie mit dem kleinen Boot hinüberfuhren. Am Ufer sahen sie, daß die Straße zur Stadt schon zu trocknen begann. Sie öffneten das Verdeck des Wagens, den Isely zur Verfügung gestellt hatte, und ließen sich die frische Luft um die Nase wehen, als sie durch den schimmernd grünen Wald fuhren. Rob befürchtete vorübergehend, sie könnten wieder von

Indianern angehalten werden, weil sie in einem Fahrzeug des Pitney-Konzerns saßen, aber als sie die Stelle erreichten, wo die Straße gesperrt gewesen war, hielt sich dort niemand auf.

»Glaubst du, sie haben aufgegeben?« sagte Maggie.

»Das bezweifle ich. Ich möchte den Wagen loswerden.«

Sie erreichten die Fernstraße und fuhren in die Stadt, wo sie vor der Bibliothek hielten. Maggie wollte sich Bücher besorgen und dann Einkäufe machen, während Rob zur Bank ging und Reiseschecks einlöste. Sie verabredeten, sich am Postamt zu treffen, wo Rob noch die Boden- und Gewebeproben nach Washington schicken wollte.

Sie waren so froh, der engen Hütte entronnen zu sein, auf Beton statt im Schlamm zu gehen, andere Menschen zu sehen, die nickten und grüßten, daß sie nicht bemerkten, wie sie beobachtet wurden. John Hawks und Romona waren ebenfalls in die Stadt gefahren und hatten das Fahrzeug erkannt. In der kleinen Stadt mit ihrer einen Hauptstraße warteten sie geduldig auf eine Gelegenheit der Begegnung.

Hawks war hergekommen, um vom Sheriff Schutz gegen die Männer zu verlangen, von denen sie in der Nacht zuvor bedroht worden waren. Der Sheriff hatte ohne große Sympathie zugehört und nicht einmal die Notlüge gebraucht, er werde der Sache nachgehen. Das war seine gewohnte Art, mit den Indianern umzugehen; er nickte einfach so lange, bis ihnen das Reden verging. Romona hatte vergeblich versucht, Hawks von dieser Zeitvergeudung abzuhalten, denn sie kannte den Sheriff gut. Es war derselbe, bei dem sie Anzeige wegen der Vergewaltigung erstattet hatte. Jetzt, sechzehn Jahre später, sah sie in seinen Augen dasselbe belustigte Funkeln.

Der Sheriff hieß Bartholomew Pilgrim; ein beleibter Mann um die Fünfzig, durfte seinen Posten behalten, weil die Leute in der Stadt zu träge waren, sich einen anderen Sheriff zu suchen. Es gab nur wenige Straftaten im Ort und kaum Bedarf an tüchtigen Leuten in der Stadt. Er, der Präsident der Lokalbank, der Bürgermeister, die Pastoren der drei Kirchen, der Leiter der Handelskammer, gehörten alle zu einer Generation, waren miteinander aufgewachsen, unterstützten einander und klebten an ihren Sesseln. In der letzten Zeit hatte Bethel Isely, der geschäftsführende Direktor der Papierfabrik, sich ihren Reihen angeschlossen.

Bartholomew Pilgrim war darauf hingewiesen worden, daß John Hawks zurückgekehrt sei, und Isely hatte ihn über den Zwischenfall an der Straßensperre informiert. Pilgrim konnte mit Hawks zu seinem Bedauern nicht so umgehen, wie er das gerne getan hätte. Seine Vorgesetzten in Portland hatten betont, daß der indianische Sprecher der O.P. in Washington bekannt sei und man vorsichtig mit ihm sein müsse.

Auf nichtamtlicher Ebene sah es ein wenig anders aus. Solange man keinem Gesetzeshüter Verstöße gegen Bürgerrechte vorwerfen konnte, war es Pilgrim unbenommen, seine Augen vor Vorgängen zu verschließen, wie sie sich in der vergangenen Nacht zugetragen hatten.

Hawks merkte dem Sheriff an, daß er wußte, was mit ihnen geschehen war, und daß er es im Grunde billigte.

»Tja, ich würde Ihnen ja gerne helfen, lieber Freund –«

»Nennen Sie mich nicht Ihren lieben Freund.«

»Ich möchte Ihnen gerne helfen, Mann, aber es gibt nicht viel, was ich tun kann.«

»Es ist Ihre Aufgabe, mich zu schützen.«

»Es ist meine Aufgabe, die Bürger dieses Bezirks zu schützen.«

»Ich *bin* Bürger dieses Bezirks.«

»Nein, Sie sind von außerhalb.«

»Ich bin hier geboren und lebe hier.«

»Das würde ich Ihnen nicht raten. An Ihrer Stelle würde ich ein Stück weiterziehen.«

»Ich bleibe hier.«

Der korpulente Sheriff lehnte sich zurück. Sein Sessel knarrte.

»Ich will Ihnen was sagen, alter Freund«, sagte er. »Ich bin nicht gegen euch, und Mr. Isely ist es auch nicht. Er ist sogar ein sehr großzügiger Mann. Ich wollte euch alle einsperren, als ich von der Straßenbarrikade erfuhr. Ich wäre vollkommen im Recht gewesen, wenn ich euch alle festgenommen hätte. Aber Mr. Isely war dagegen. Er sagte, John Hawks ist ein prima Kerl, und wir müssen ihm nur ein bißchen Zeit lassen, damit er weiterzieht.«

»Ich bleibe hier.«
»Das tut mir leid.«
»Wenn mir etwas zustößt, werden die Leute davon hören.«
»Da bin ich sicher.«
»Und Sie werden die Verantwortung tragen.«
»Dann hoffe ich nur, daß Sie gut auf sich aufpassen.«

Nach diesem Gespräch waren Hawks und Romona aus dem Polizeigebäude getreten und hatten vor der Bücherei das Fahrzeug der Papierfabrik entdeckt. Hawks wußte, daß ihm nichts anderes übrigblieb, als sich an den Mann aus Washington zu wenden.

»Feiner Urlaub, in den Sie mich da geschickt haben, Victor«, sagte Rob. Er preßte den Hörer ans Ohr und sprach laut in die Muschel. »Ich suche das Weite vor den Ratten, und die Waschbären überfallen mich. Die Indianer sind auf dem Kriegspfad, und die Holzfäller mischen tüchtig mit. Ich will Ihnen nur sagen, dagegen geht es im Ghetto ruhig zu.« Rob drehte sich in der Zelle halb um. Er nickte. »Ich schließe das ab, so schnell ich kann. Den Bericht schreibe ich in Washington fertig.«

Victor Shusette saß in seinem Büro in Washington und machte eine sorgenvolle Miene. Der Schuß war nach hinten losgegangen, das wußte er jetzt. Die Holz-Lobby hatte erfahren, daß Robert Vern kein Fachmann als Umweltschützer war, und seine sonstigen Qualifikationen wurden mit einem Achselzucken abgetan. Es gab jetzt einen Weg für die Leute, sein Gutachten als einseitig zu brandmarken. Das Letzte, was Shusette hören wollte, war, daß Vern seine Arbeit so schnell wie möglich abzuschließen gedachte. Es war zu spät, Vern abzulösen; wenn er das tat, würde die Glaubwürdigkeit des Büros weiter leiden, und sie war das einzige, worauf sie sich stützen konnten. Ein kleiner Fehler würde schon genügen, um vieles von dem zu zerstören, was Shusette und seine Leute aufgebaut hatten. Der Bericht, den Vern mitbrachte, mußte lückenlos sein, mit einem Übermaß an Nachweisen, der alle Zweifel an seinen Fähigkeiten und seiner Erfahrung ausschloß.

»Ich sage das ungern, Rob, aber ich möchte, daß Sie dort so

lange wie möglich bleiben.«

Robs Gesicht verfinsterte sich, als Shusette ihm über eine Entfernung von achthundert Meilen hinweg die Lage erläuterte.

»Victor«, unterbrach ihn Rob, »ich muß etwas erklären. Ich habe vorhin ein wenig leichthin geredet. Die Indianer sind wirklich aufgestört. Es heißt hier, sie hätten zwei Leute umgebracht.«

»Wovon reden Sie?«

»Das wird hier behauptet. Und nach allem, was ich gesehen habe, kann ich verstehen, warum man sich das erzählt. Ich habe echte Gewalttätigkeit erlebt.«

»Soll das heißen, daß Sie sich in Gefahr sehen?«

»Es soll heißen, daß ich mich hier nicht gerade sicher fühle. Und Maggie auch nicht.«

»Wollen Sie Schutz? Dafür kann ich sorgen.«

»Nein, das ist es nicht, was ich will.«

»Sagen Sie mir, was Sie wollen. Was kann ich tun?«

»Ich will hier weg, Victor. Ich möchte die Arbeit tun, zu der ich hergekommen bin, und so schnell wie möglich wieder fort.«

»Wenn Sie zu früh zurückkommen, sieht das nicht gut aus. Falls Sie nicht wirklich in ernsthafter Gefahr sind, möchte ich, daß Sie dort bleiben, solange Sie können.«

Rob antwortete nicht.

»Rob?«

»Ich bin hier.«

»Hören Sie, wenn Sie zurückkommen *müssen*, dann kommen Sie zurück. Ich erkläre Ihnen nur, daß der äußere Anschein jetzt überaus wichtig ist. Wenn Sie wollen, löse ich Sie ab.«

»Nein«, sagte Rob müde.

»Wenn es geht, dann bleiben Sie noch zehn Tage. Das genügt mir.«

»Ja.«

»Melden Sie sich, ja?«

»Gut.« Rob hängte ein und lehnte sich resigniert an die Glaswand der Zelle. Mehr als alles andere haßte er den Mißerfolg, und nie zuvor hatte er einen Weg beschritten, der so unvermittelt darauf zuzuführen schien. Er verfluchte sich dafür, daß er sich von

Shusette hatte einreden lassen, die Aufgabe zu übernehmen.

Er hatte Maggie versprochen, daß sie so schnell wie möglich heimfahren würden, aber wenn er das tat, konnte er die ganze Sache ebenso gut gleich hinwerfen.

Er schaute auf die Straße hinaus und sah Maggie in den Lebensmittelladen gehen. Sie trug Stiefel und eine Reitjacke, und der Wind wühlte in ihren Haaren. Sie war mit Büchern beladen und bewegte sich mit energischen Schritten. Er sah sie selten auf diese Entfernung; das erinnerte ihn an die Zeit, als er sie jeden Morgen vom Fenster ihres New Yorker Apartments beim Fortgehen beobachtet hatte. Es erfüllte ihn mit Traurigkeit, wenn er daran dachte, wie kompliziert ihr Leben geworden war.

»Mr. Vern?« Rob fuhr herum und sah John Hawks vor der Zelle stehen. Die Indianerin war bei ihm, wie hieß sie, Romona. Sie wirkten angespannt.

Rob trat auf die Straße.

»Mein Name ist John Hawks.«

»Ich erinnere mich.«

»Wir möchten, daß Sie mitkommen.«

»Wozu?«

»Wir müssen mit Ihnen reden.«

»Das geht doch auch hier.«

Hawks sah den Anflug von Angst in Verns Augen und wunderte sich. Es kam selten vor, daß ein Weißer so auf ihn reagierte.

»Haben Sie etwa Angst vor uns?«

»Ja«, sagte Rob nach einer Pause.

»Der Dinge wegen, die Sie gehört haben?«

»Ich habe gar nichts gehört.«

Hawks wußte, daß das gelogen war.

»Sie haben nicht gehört, daß wir Säufer sind, gewalttätig, Mörder?«

Rob sah Hawks prüfend an. Er wußte nicht, ob der andere ihn beschwichtigen oder erschrecken wollte.

»Das wird von uns behauptet, Mr. Vern. Man verbreitet Lügen über uns und beraubt uns dadurch unserer Rechte.« Er trat näher heran. Rob stieg der feuchte Geruch seiner Lederjacke in die Nase. »Wir sind keine Trinker, und wir sind nicht gewalttätig.

Meine Leute sind Fischer, und sie führen ein anständiges Leben.«

Rob wußte nicht, wie er reagieren sollte. Hawks mißverstand das Schweigen als Abweisung und erstarrte.

»Ich sage Ihnen das nicht aus freier Wahl, sondern aus Notwendigkeit.«

»Weshalb das?«

»Man will mich umbringen.«

»Wer?«

»Die Leute von der Papierfabrik.«

»Weshalb sollten sie das tun wollen?«

»Liegt das nicht nahe?«

»Sie haben ein Recht, den Wald zu betreten –«

»Ich spreche nicht von der Sperre.« Hawks' Stimme klang scharf.

»Bitte«, sagte Romona leise. »Wir möchten, daß Sie mitkommen.«

»Warum?«

»Es war noch nie jemand aus Washington hier. Wir möchten Ihnen zeigen, wie unsere Leute leben, damit Sie zurückkehren und das schildern können.«

»Hören Sie«, sagte Rob, »ich kann verstehen, wie Ihnen zumute ist, aber meine Arbeit hier hat nichts zu tun mit –«

»Sind Sie taub wie alle anderen?« unterbrach ihn Hawks zornig. »Ich bin in Ihren Schulen ausgebildet worden, Mr. Vern. Ich habe die Bildung eines Weißen genossen. Ich habe Ihre Gesetze studiert und beherrsche Ihre Sprache, aber es hat mir nichts genützt. Ihre Gesetze gelten nicht für Indianer, und Ihre Sprache ist im Munde eines Indianers vergeudet, weil Sie sich weigern zuzuhören!« Er trat ganz nah an Rob heran, das Gesicht wutverzerrt. »Warum weigert ihr euch zuzuhören?«

Für Rob war es der falsche Zeitpunkt. Er hatte genug von alledem.

»Vielleicht hören Sie nicht einmal, was ich *jetzt* sage«, stichelte Hawks.

»Oh, ich höre sehr gut«, gab Rob zurück. »Aber ich kann auch sehen. Sie wundern sich, daß die Leute Sie gewalttätig nennen . . .«

»Was Sie gesehen haben, war provoziert.«

»Von wem?«

»Es war notwendig.«

»Es war *selbstmörderisch.*«

Hawks starrte Rob durchdringend an.

»Sagen Sie mir nur eines: Sind Sie bereit, für das, woran Sie glauben, zu sterben?«

Rob schüttelte den Kopf.

»Hören Sie, ich bin hier, um die Umweltbedingungen zu studieren.«

»Und was verstehen Sie unter Umwelt? Das will ich wissen. Erde? Bäume? Felsen?«

»Also wissen Sie, das ist –«

»Die Umwelt sind *wir!*« sagte Hawks. »Wir bestehen aus ihr. Sie wird zerstört und zertreten, und wir mit ihr!«

»Meine Leute sind krank, Mr. Vern«, sagte Romona. »Sie sind geistig verwirrt. Sie zittern und stürzen hin, und es hat nichts mit Alkohol zu tun, wie man in der Stadt behauptet.«

»Sag es ihm«, fauchte Hawks.

»Ich habe mich als Hebamme betätigt, Mr. Vern. Ich habe die Folgen dieses Chaos gesehen.«

Rob blickte von einem zum anderen, ohne zu begreifen, worum es ging.

»Sag ihm alles«, drängte Hawks.

»Kinder, die tot auf die Welt kommen, Mr. Vern. Mißgestaltet. So grauenhaft . . .« Sie stockte. »Sie müssen getötet werden.«

»Was?«

»Kinder, die eher Tieren als Menschen gleichen.«

Rob war wie vor den Kopf geschlagen. Es gab keinen Zweifel daran, daß diese Frau die Wahrheit sagte. Aber er vermochte keinen Sinn darin zu finden.

»Wir brauchen Hilfe, Mr. Vern. Wir sind verzweifelt. Und niemand will uns helfen.«

»Das Ende unseres Waldes ist das Ende unseres Volkes«, sagte Hawks. »Also sprechen Sie nicht von ›Umwelt‹, so als hätte das mit uns nichts zu tun!«

Es wurde still. Rob sah Maggie herankommen. Sie zögerte, als sie die Spannung spürte. Rob streckte die Hand nach ihr aus.

»Diese Leute wollen, daß wir mitgehen, Maggie. Sie wollen uns etwas zeigen.«

Als sie durch den Wald fuhren, beschrieb Romona Geschichte und Einzelheiten der Anfälle, der Totgeburten und der mißgestalteten Neugeborenen. Sie erzählte von ihren fruchtlosen Besuchen in der Bibliothek. Maggie hörte stumm zu und wurde von einer Welle des Mitgefühls überflutet.

Rob befragte sie mit der Gründlichkeit seiner Erfahrung, dann gab er zu erkennen, daß er Arzt sei. Romona preßte die Hände auf die Augen, um Tränen der Dankbarkeit zurückzuhalten.

»Haben Sie Tierversuche gemacht?« fragte Hawks.

»Zeitweise.«

»Welcher Art?«

»Das Übliche. Drogenauswirkungen.«

»Ich habe gesehen, wie eingesperrte Tiere krank wurden und starben. Ich habe gesehen, wie sie tote Junge zur Welt brachten. Ich habe gesehen, wie sie toll wurden und ihre Jungen fraßen. Das geschieht mit einem Naturwesen, wenn es entdeckt, daß es eingesperrt ist«, sagte Hawks.

»Das habe ich auch beobachtet, aber es erklärt nicht, was Sie beschreiben. Streß kann eine große Rolle spielen, aber nicht alle diese Dinge hervorrufen.«

»Mein Großvater sagt, wenn die Menschen sich gegen den Wald wenden, dann wendet der Wald sich gegen die Menschen. Er sagt, wir werden alle diese Gottlosigkeit büßen.«

Sie erreichten eine Gabelung, und Hawks berührte Robs Arm.

»Halten Sie hier.«

»Warum?« fragte Romona.

»Sie werden nie wiederkommen. Ich möchte, daß sie alles sehen.«

Rob hielt am Straßenrand, und sie stiegen alle aus und gingen auf einem schmalen Fußweg zum Lager Hector M'rais.

Der Pfad wand sich zwischen Dorngestrüpp dahin, dessen

Zweige in der Kleidung hängenblieben und ihnen die Gesichter zerkratzten. Eine Wolke von Kriebelmücken umsurrte ihre Augen und Ohren; Hawks, der voranging, zerriß Spinnennetze.

»Wohin gehen wir?« sagte Rob plötzlich argwöhnisch.

»Sie sehen es gleich«, erwiderte Hawks und deutete nach vorn.

Maggie griff nach Robs Arm, und sie traten zögernd in die Oase der Schönheit, die bei den Indianern *M'ay-an-dan'ta* hieß. Der Garten Eden. In einer runden Lichtung standen drei große Wigwams um eine große Feuergrube. An einer Leine hingen trocknende Felle, ein Bogen lehnte an einem Baum. Hier schien die Zeit stillzustehen.

»Es ist . . . wunderbar«, flüsterte Maggie.

»Was ist das?« fragte Rob. »Das Dorf?«

»Nein«, sagte Hawks. »Es ist der Überrest dessen, was wir einmal gewesen sind. Ich wollte Ihnen das zeigen, bevor Sie sehen, was aus uns geworden ist.«

»Mein Großvater lebt hier«, sagte Romona. »Er läßt keinen hierher.«

Rob trat in die Mitte des Lagers und blickte zu den Bäumen hinauf. Er spürte den Frieden, der hier alles durchdrang.

»Ich kann verstehen, wofür Sie kämpfen«, sagte er.

»Wir kämpfen nicht darum, in der Vergangenheit leben zu können«, erwiderte Hawks. »Wir kämpfen um unseren Anteil an der Gegenwart.«

Rob begriff, daß Hawks ihm selbst in vieler Hinsicht glich, nur wollte man ihm das Recht bestreiten, zornig zu sein.

Romona wandte sich einem der Zelte zu.

»*A'hns-pahni'-tah*, M'rai?« rief sie. »Meinem Großvater geht es nicht gut«, sagte sie zu Rob. »Auch er leidet unter den *Katahnas*.«

»*Y'ahn'ta'tha?*« rief eine Stimme.

»*A-han-pahni'tah Ki'ythi.*«

Eine Zeltklappe wurde geöffnet, und M'rai trat heraus. Er trug Wildlederkleidung, aber auch eine Krawatte, und seine Haare waren glatt nach hinten gekämmt.

»*N'iyhn-tah?*« fragte Romona.

»*N'ahn-mohn'i'ka*«, erwiderte der alte Mann lächelnd. »*A'yah'almah'nitah*.« Er richtete sich mühsam auf, und sein Kopf zitterte ein wenig. Er sah Maggie an, und sie erwiderte sein Lächeln.

»Er sagt, er hat gewußt, daß Besuch kommt«, erklärte Romona.

»Woher?« fragte Maggie.

»M'rai weiß so etwas.« Romona sah ihren Großvater liebevoll an.

»Würden Sie ihm sagen, daß wir uns freuen, hier zu sein?« sagte Maggie.

»Er spricht etwas Englisch«, antwortete Romona. »Ich habe es ihm selbst beigebracht.«

»Willkommen«, sagte der alte Mann.

Rob war von der Ausstrahlung des Alten ebenfalls bezaubert, sah ihn aber auch mit den Augen des Arztes. M'rai schien am grauen Star zu leiden, und die Fingerknöchel waren angesengt, vielleicht vom Rauchen.

»Diese Leute sind von der Regierung«, sagte Romona zu dem Alten. »Wir hoffen, daß sie uns helfen.«

»Wie viele?« fragte M'rai.

»Wir sind zu zweit, Sir«, erwiderte Rob.

»Ist das genug?«

Rob lachte leise.

»Wir strengen uns an.«

»Das ist gut.«

M'rai streckte Maggie die Hand entgegen, und sie trat vor.

»Eine sanfte Frau«, sagte er, als er ihre Hand ergriff.

»Zu sanft«, meinte Maggie.

»Genau richtig.«

»Es ist sehr schön bei Ihnen«, sagte Rob.

»Danke.«

»Zu Hause ist er im ganzen Wald«, fügte Hawks hinzu.

»Wissen Sie«, sagte Rob zu Hawks, »ich war vorige Woche bei Leuten, die zu acht in einem einzigen Raum leben mußten –«

»Sie wollen sagen, daß wir zuviel fordern?«

»Daß manche Menschen um Quadratzentimeter kämpfen

müssen.«

»Weil sie sich zu spät gewehrt haben!« sagte Hawks. Er griff zornig nach dem Bogen.

»Das Lager ist genauso angelegt, wie man es früher gemacht hat«, berichtete Romona, um für Frieden zu sorgen. »M'rai bringt es uns bei, damit dieses Wissen nicht verlorengeht. Unterhalb der Frostmarke gibt es unterirdische Gänge, wo man verderbliche Dinge lagern kann . . . und man kann von einem Zelt zum anderen gelangen, ohne gesehen zu werden.«

Hawks legte einen Pfeil in die Kerbe und feuerte ihn ab. Mit dumpfem Aufschlag blieb er in einem Baum stecken.

»Das hat er mir auch beigebracht.«

Romona wurde unruhig und sprach weiter, um Hawks' Zorn zu entschärfen.

»Als er noch gut sah, war M'rai ein großer Bogenschütze«, sagte sie. »Es heißt, er konnte im Mondlicht einen Kolibri treffen.«

»Ist das wahr?« sagte Rob.

»Wir haben große Kolibris«, sagte der alte Mann.

Rob lachte, begriff dann aber, daß der Alte es nicht im Spaß gesagt hatte.

»Es ist wahr«, sagte M'rai. »Hier wird alles groß. Sehr groß. Größer, als man sich das vorstellen kann.«

»Nun«, sagte Rob, »ich habe einen Lachs gesehen, bei dem mir der Atem wegblieb.«

»Es ist der Garten Eden«, sagte M'rai. »Möchtet ihr es sehen?«

»Ja.«

»Dann kommt.«

»Wohin?« sagte Romona.

»Zum Teich.«

»Du führst sie zum Teich?« sagte Romona ungläubig.

»Ja.«

»Was ist das für ein Teich?« fragte Rob.

»Niemand darf dort hin«, erwiderte Romona. »Nicht einmal die anderen Indianer. Er ist die private Freistätte des ältesten Mannes im Stamm.«

»Ich kann tun, wie mir beliebt«, sagte M'rai.

»Erwarte nicht, daß sie sehen, was du siehst«, warnte Hawks.

M'rai lächelte.

»Ich erwarte nichts. Deshalb sehe ich alles.«

Er schritt in den Wald, und die anderen folgten ihm auf einem ausgetretenen Weg, der zur geheimen Lagune führte.

»Noch niemand ist hier gewesen«, sagte M'rai. »Niemand, der es gesehen hat, ist am Leben. Außer mir.«

Hawks lächelte vor sich hin und erinnerte sich an seinen heimlichen Besuch in der Kindheit, an seine Enttäuschung, als er nichts Besonderes vorgefunden hatte.

»Einmal sind Hippies gekommen, um schlechten Samen einzusetzen«, sagte der alte Mann.

»Marihuana«, erläuterte Hawks.

»Aber sie sind vertrieben worden, bevor sie etwas gesehen haben«, fügte M'rai hinzu.

»Was gibt es zu sehen?« fragte Maggie.

Der alte Mann wies in eine Lichtung. Sie blieben stehen und ließen den Zauber auf sich wirken.

Inmitten hochragender Bäume lag ein stiller Teich, ein schimmernder Kreis hellblauen Wassers, umgeben von üppigem Laub und dichtem Rankenwerk. Die Bäume waren leicht vorgeneigt, als wollten sie ihren Respekt bekunden, und das Laubwerk der Büsche war hier größer und grüner als sonst im Wald. Es schien, als herrsche an dieser einen Stelle Hochsommer, statt Frühling. Rob entdeckte an den Baumstämmen eine Überfülle von Schwämmen und pilzartigen Gewächsen. Er trat an das Wasser und sah durch die blauglänzende Oberfläche undeutliche Schemen. Sie sahen aus wie dicke Bündel Holzstämme, die man zusammengebunden und im Teich versenkt hatte.

Auch Hawks schaute sich verwundert um. Die Umgebung wirkte anders als damals, rätselhafter, beunruhigend.

»Es ist wirklich wie im Paradies«, flüsterte Maggie. »Wie in einem Zauberland.«

»Wir haben einmal vom Zauber viel verstanden«, sagte M'rai.

»Und das war der Ort mit der mächtigsten Magie«, sagte Romona leise und sah Maggie an. »Hier sind viele indianische Legenden angesiedelt.«

»Wir haben von einer gehört«, meinte Maggie.

»Ja?«

»Katyd . . . dadin . . . oder so ähnlich.«

»Katahdin«, verbesserte Romona.

»Katahdin ist keine Legende«, sagte der alte Mann.

Rob zog die Brauen zusammen und sah M'rai an.

»Mein Großvater ist die älteste Person in unserem Stamm«, sagte Romona verlegen. »Es ist seine Pflicht, diesen Glauben wachzuhalten.«

»Ich habe ihn ge*sehen*«, erklärte der alte Mann. »Hier an dieser Stelle.«

Hawks trat vor.

»Das ist der Grund, warum die Leute die Indianer für betrunken halten, Alter«, sagte er. »Unsere Legenden behalten wir am besten für uns.«

»Es gibt ihn wirklich«, gab M'rai beharrlich zurück.

»Wie sieht er aus?« fragte Maggie.

Der alte Mann wandte sich ihr zu und lächelte.

»Er ist Teil von allem, was erschaffen wurde«, sagte er leise. »Vom Lehm bis zum Menschen. Und er trägt das Zeichen aller Geschöpfe Gottes. Wenn er schläft, sieht er aus wie ein Berg. Wenn er steht, ist er so hoch wie ein Baum.«

»Sie scheinen ihn zu verehren«, meinte Maggie halblaut.

»Er ist erwacht, um uns zu beschützen.«

»Nichts wird uns beschützen«, sagte Hawks scharf. »Sie behaupten, wir hätten die Männer umgebracht, damit sie uns dann dafür töten können.«

»Mr. M'rai?« sagte Rob am Ufer. »Sind das Baumstämme im Wasser?«

M'rai trat an den Teich, um zu sehen, wohin Rob deutete.

»Sie kommen zweimal im Jahr«, erklärte der Alte. »Ganz von selbst. Dann gelangen sie in den See.«

»Von dem Teich gibt es eine Verbindung zum See?«

»Hinter den Bäumen dort. Das Wasser kommt vom Fluß und führt in den See.«

Rob schaute hinüber und sah ein glitzerndes Wasserband sich

zwischen den fernen Bäumen dahinschlängeln. Der Teich war kein abgeschlossenes Gewässer, wie es geschienen hatte, sondern eine kleine Ausbuchtung in einem Nebenlauf des Flusses.

»Hat das Wasser dort dieselbe Farbe, dasselbe Hellblau?« fragte Rob.

»Beim Zufluß nicht, nur beim Abfluß.«

»Die Farbe beginnt also hier im Teich und fließt dann in den See.«

»Sie verschwindet im See. Sie wird wieder dunkelblau. Die Farbe kommt vom Zauber im Wasser. Es gibt sie nur hier.«

Rob tauschte einen Blick mit Hawks.

»Da!« rief Maggie. Sie wandten sich alle dem Wasser zu und sahen eine keilförmige Kräuselung, hervorgerufen durch etwas, das unter der Oberfläche schwamm.

»Was ist das?« sagte Rob.

Der Alte wandte sich Hawks zu und sagte mit einer Geste: *»A'han'tka'Prodai th'ay'andan'tah.«* Er griff nach einem kleinen, aus dünnen Zweigen geflochtenen Stielnetz, das an einem Baum lehnte. *»N'hoan'thaiy'do'e«*, sagte M'rai.

»Er sagt, er wird Ihnen zeigen, warum er vom Garten Eden spricht«, erläuterte Romona.

Hawks nahm das Netz und watete ins Wasser, versuchte das schwimmende Wesen zu fangen und verfehlte.

»Bleib«, sagte M'rai. »Er muß wieder heraufkommen.«

Rob entdeckte ein freigelegtes Wurzelwerk an der Unterseite eines Baumes. Die Wurzeln waren aus dem Boden gestiegen, als suchten sie Nahrung in der Luft.

»Was ist?« sagte Maggie, als sie seinen Ausdruck bemerkte.

»Das sind Wurzeln, die eigentlich unter dem Boden sein müßten.«

Neben ihnen klatschte es. Hawks brummte befriedigt und watete an Land mit dem Netz, in dem sich etwas Großes umherwarf. Er kam heran und kippte es auf den Boden. Sie starrten es alle betroffen an.

»Ist das ein Fisch?« stieß Maggie hervor.

»Nein.«

Am Boden wälzte sich eine riesenhafte Kaulquappe. Der Kopf

war klumpig und verformt, und die Länge betrug volle fünfundzwanzig Zentimeter. Es stimmte noch mehr daran nicht. Eines der Augen quoll glotzend aus der Höhle, wie durch einen Druck herausgepreßt, und eines der halb entwickelten Beine war viel länger als das andere, fast so lang wie der Schwanz.

Der alte Mann betrachtete ihre Gesichter.

»Hier wird alles sehr groß«, sagte er.

Rob hob den Kopf und starrte Hawks an.

»Haben Sie das schon einmal gesehen?« fragte er.

»Nein.«

»Niemand hat sie gesehen«, sagte M'rai. »Es gibt sie nur in diesem Teich.«

Rob war bestürzt. Es fügte sich alles zusammen. Die versunkenen Baumstämme, die Farbe des Wassers, die Schwammwucherungen ... »Der Teich führt Wasser in den See?«

»Ja.«

»Und es kommt vom Espee-Fluß?«

»Ja.«

»Wo die Papierfabrik ist.« Rob ballte die Fäuste. Er trat auf den alten Mann zu. »Eßt nichts, was aus diesem Wasser kommt. Eßt nichts aus diesem Boden.« Seine Stimme schwankte. »Eßt überhaupt nichts von hier.«

»Warum?« sagte der Alte.

»Der Boden ist vergiftet. Das Wasser ist vergiftet.«

Der alte Mann starrte ihn an.

»Wie weit ist die Fabrik entfernt?« fragte Rob.

»Drei Meilen flußaufwärts«, erwiderte Hawks. »Mit dem Boot am besten zu erreichen.«

»Wartet hier auf uns«, sagte Rob.

»Und das Dorf?« fragte Romona.

»Zuerst muß ich zur Fabrik«, sagte Rob gepreßt. Er drehte sich auf dem Absatz um.

»Mr. Vern«, rief ihm Hawks nach. »Ich kann heute nacht nicht im Wald bleiben. Es ist zu gefährlich.«

»Wo kann ich Sie finden?« schrie Rob zurück.

»Bei Sonnenaufgang an Ihrem Blockhaus.«

Die Stelle, wo der Espee-Fluß in Mary's Lake mündete, war leicht zu finden. Es war ein breites Band schäumenden Wassers, eingesäumt von Lachsnetzen, die an Stangen aufgespannt waren.

Rob saß am Ruder und starrte finster vor sich hin. Er wußte aus seiner Lektüre, daß es Lebensformen gab, die auf chemische Veränderungen besonders empfindlich reagierten. Die empfindlichsten waren Arten, die zwei oder mehr Phasen durchliefen, bevor sie die Reifeform erlangten, wie Salamander und Frösche. Er erinnerte sich besonders deutlich, von einem Teich in New Jersey gelesen zu haben, der sechsbeinige Frösche hervorgebracht hatte, nachdem die Bäume ringsum mit einem Schädlingsbekämpfungsmittel mit dem Namen Deldrin besprüht worden waren. Hier im Manatee-Wald wurden keine Mittel gespritzt; es war nur allzu offenkundig, daß die Papierfabrik giftige Substanzen verwendete. Die Laubverfärbung um M'rais Teich, das freigelegte Wurzelwerk und die mißgestaltete Kaulquappe zeigten nur zu deutlich eine vergiftete Umwelt an.

Während ihr kleines Boot vom Außenbordmotor durch das brodelnde Wasser getrieben wurde, begann Industrielärm die Luft zu erfüllen. Der Fluß teilte sich in zwei Kanäle; Rob folgte dem schmaleren, geleitet von den Geräuschen, die immer lauter wurden. Er führte zu einer Biegung, wo die Landschaft sich plötzlich veränderte. Die Wasseroberfläche wurde ölglatt, überall schwammen Coladosen und tote Fische; das riesige Gebäude der Papierfabrik ragte empor, und aus dem Schornstein quoll brauner Rauch, dessen Schwaden die Sonne trübten. Die Ufer säumten Baumstümpfe; große Traktoren schleppten Baumstämme über schlammigen Boden. Und in der Luft hing ein durchdringender Gestank.

Rob und Maggie starrten einander stumm an. Der Außenbordmotor begann zu kreischen, und Rob entdeckte, daß das Wasser plötzlich seicht geworden war. Der Wasserweg hatte sich zu einer schmalen Rinne in der Mitte des Flußbetts verengt, flankiert von Schlickbergen auf beiden Seiten. Es gab nirgends eine Stelle, wo er mit dem Boot anlegen konnte.

»*Hier* herüber!« rief eine Stimme am Ufer. Rob hob den Kopf und sah eine Gruppe von Holzarbeitern flußaufwärts in Richtung der Fabrik deuten. Es war aber schon zu spät. Das Heck geriet in Triebsand, und der Motor erstarb. Er saß fünf Meter vor dem Ufer fest.

»Habt ihr ein Seil?« schrie einer der Arbeiter.

Rob hatte die Leine zum Festmachen des Bootes, aber sie war zu kurz.

»Reicht nicht!« schrie er hinüber.

»Wartet!« Der Mann lief zu einem Lastwagen und holte ein zusammengerolltes Seil, dessen Ende er ihnen zuwarf. Rob verknotete es am Bug, und vier Männer am Ufer zogen das Boot über den Treibsand, bis es nicht mehr weiterging.

»Ich suche Mr. Isely«, sagte Rob.

»Sein Büro ist oben.«

»Könnt ihr mich noch näher hinziehen?«

»Sie müssen waten. Aber aufpassen, man versinkt da sehr leicht.«

Rob griff nach Maggies Hand. Sie stiegen vorsichtig über die Bordwand und versanken fast bis zu den Knien im Schlick. Zwei der Arbeiter wateten hinein, um ihnen zu helfen, und einer davon trug Maggie ans Ufer.

»Zu Mr. Isely?«

»Ja«, sagte Rob, als er trockenes Land erreichte.

»Hier entlang.«

Rob und Maggie folgten den Männern zur Fabrik. Der Lärm wurde immer lauter. Vor dem Tor hielt sie ein uniformierter Wachmann auf, telefonierte, damit sie passieren durften.

»Name?«

»Robert Vern.«

Der Wachmann wiederholte den Namen am Telefon, dann nickte er und gab ihnen je ein paar Schallschützer und zwei Schutzhelme.

»Gleich hinter der Tür ist der Aufzug. Dritter Stock.«

Als Rob und Maggie das Gebäude betraten, überfiel sie ein Schwall von Hitze und ohrenbetäubendem Lärm. Das Ganze glich einem riesigen Lagerhaus, gefüllt mit gigantischen, brüllenden Maschinen, neben denen die Menschen zwergenhaft erschienen. In dem Gewirr gewundener Rohre und glänzender Tanks, aus denen Dampf schoß, und die vor Hitze glühten, als sie Rohholz verarbeiteten, waren die Männer kaum zu sehen. Die Temperatur mußte über 36 Grad liegen; Maggie verspürte Übelkeit, als sie auf den Lift warteten.

»Alles in Ordnung?«

Sie nickte.

»Wie können die Leute hier nur arbeiten?«

Der Aufzug kam, und sie stiegen ein. Es war ein Frachtaufzug mit Gittern. Als sie hinauffuhren, fiel ihr Blick auf eine Reihe von Gasmasken. Auf einem Schild stand: ›Bei Alarmzeichen aufsetzen. Sofort das Freie aufsuchen.‹

Der Lift hielt, und die Türen gingen auf. Vor ihnen stand Bethel Isely. Er trug Anzug und Krawatte und auf dem Kopf einen Schutzhelm. Er lächelte breit.

»Sie können die Ohrschützer abnehmen!« rief er, als er ihnen die Hand entgegenstreckte. »Hier oben ist es schön ruhig!« Er führte sie zu seinem Büro, wo ihnen eine Sekretärin Kaffee anbot. Rob und Maggie lehnten dankend ab.

»Ich will sehen, wie hier alles abläuft«, sagte Rob. »Von Anfang bis Schluß. Ich will das ganze Verfahren kennenlernen.«

»Kein Problem. Es ist in Wirklichkeit ganz einfach. Kommen Sie mit.«

Der Rundgang begann auf dem Dach der Fabrik, wo sie an einem Geländer standen und auf riesige Holzstapel hinunterstarrten. Die Arbeiter trugen die Hölzer auf ein Förderband, das an der Wand emporlief und die kurzen, entrindeten Stämme auf das Dach beförderte, wo sie in einen Wassertank klatschten und in einem künstlichen Wasserlauf die ganze Dachlänge entlangschwammen.

»Das ist der Kanal«, erklärte Isely, als sie daneben hergingen. »Das ganze Holz, das für Nutzzwecke unbrauchbar ist, wird in kurze Stücke geschnitten und durch den Kanal in die Schleifmaschinen befördert. Wir verwenden Schleifsteine, um das Holz in Faserbrei zu verwandeln. Dann bleichen wir ihn, damit aus der braunen weiße Farbe wird. Danach wird der Faserbrei zu Papier gepreßt. Das ist eigentlich alles. Es ist ein sehr einfaches Verfahren und eine ganz konventionelle Verarbeitung. Mit Ausnahme der Mengen hat sich seit sechzig Jahren nichts Wesentliches verändert.«

»Welche Mengen?« sagte Rob.

»Im Augenblick?«

»Spitzenleistung. Wieviel Holz können Sie am Tag verarbeiten?«

»Etwa fünf Morgen.«

Rob sah ihn bestürzt an.

»Aber nur, wenn wir mit Hochdruck arbeiten. Wir haben es nicht so eilig.«

»Wie lange dauert es bei einem einzelnen Baum? Wie schnell wird er in Papier verwandelt?«

Isely konnte sehen, daß Rob zutiefst betroffen war.

»Das habe ich noch nie ausgerechnet.«

»Eine Schätzung.«

»Wissen Sie, ein Industrieunternehmen stellt auf Leistung ab –«

»Dann wissen Sie es doch.«

»Ich versuche nur klarzumachen, daß wir stolz auf unsere Arbeit sind.«

»Ich habe Ihnen eine einfache Frage gestellt.«

»Zehn Minuten.«

Rob nickte dumpf. Die Bäume, die hier den Schleifsteinen entgegenschwammen, hatten Jahrhunderte im Wald gestanden. Binnen zehn Minuten wurden sie in etwas verwandelt, das man beschriften oder um etwas herumwickeln oder an die Nase halten und hineinschneuzen konnte.

»Ich will auch das Übrige sehen«, sagte Rob. »Alles.«

»Sie können sich alles ansehen. Wir haben nichts zu verbergen.«

Rob griff nach Maggies Hand, und sie stiegen eine schmale Metalltreppe zum zweiten Stock hinunter, wo massive Schleifmaschinen die Stämme zu Holzschliff und dann zu Faserbrei verwandelten. Der Lärm drohte die Trommelfelle zu sprengen. Isely mußte Rob ins Ohr brüllen, um sich verständlich zu machen.

»Die Stämme werden mechanisch zerkleinert! Keine Chemikalien! Das sind riesige Schleifsteine!«

»Dann wird gebleicht?«

»Was?«

»Anschließend wird gebleicht?«

»Gebleicht, ja!«

»Ich will das sehen.«

Sie stiegen die nächste Eisentreppe zum ersten Stock hinunter, wo der dunkelbraune Papierfaserbrei in dampfende Behälter rann und auf einem Förderband weißgebleicht herauskam. Der scharfe Geruch entstand hier; man konnte die Luft kaum atmen. Maggie hielt sich die Nase zu.

»Sie können sich da drüben hinsetzen, Mrs. Vern, wenn Sie sich nicht wohl fühlen.«

Maggie nickte und ging zu einem Notausgang, wo sie sich auf die Feuertreppe setzte und tief einatmete.

»Warum wird der Brei gebleicht?« schrie Rob.

»Papier muß weiß sein, wenn es nicht gerade für Einkaufstüten verwendet wird. Das ist nun einmal so. Wir könnten uns eine Menge Geld sparen, wenn braunes Papier zu verkaufen wäre.«

»Wo*mit* wird es gebleicht?«

»Mit Chlor. Aber das bleibt hier im Betrieb. Für uns ist das eine Gefahr, weil das Chlor sich in Gas verwandeln kann. Es wäre für uns viel sicherer, wenn wir es ins Wasser ableiten könnten, aber das würde die Umwelt schädigen, was wir nicht wollen.«

»Es gelangt nicht ins Wasser?«

»Kein Tropfen. Es ist leicht festzustellen. Sie können das Wasser jederzeit untersuchen. Wir tun hier nichts, was vom Umweltschutzamt nicht empfohlen wird.«

»Ich möchte noch mehr sehen.«

»Hier entlang.«

Maggie folgte ihnen, als sie die letzte Treppe zum Erdgeschoß hinunterstiegen, wo sie hereingekommen waren. Die Hitze war hier stärker als überall sonst. Der weiße Faserbrei wurde in Pressen gelenkt, die wie Dampfwalzmaschinen aussahen, und kam als riesige, fortlaufende Papierfläche heraus.

»Das ist alles!« sagte Isely. »Wenn der Brei herunterkommt, wird er gepreßt und getrocknet.«

»Und wie wird Papier daraus?«

»Die Fasern werden durch die Pressen zusammengequetscht und miteinander verwoben.«

»Und der einzige chemische Stoff, den Sie hier verwenden, ist Chlor?«

»Ja. Nein, entschuldigen Sie. In das Chlor kommt ein Ätzmittel. Es zerfällt später wieder, wie EPA es verlangt, und bleibt beim Chlor. Es gelangt nicht ins Wasser.«

»Alles piksauber, wie?«

Isely starrte ihn an.

»Stimmt etwas nicht?«

»Was geschieht mit den Stämmen, bevor sie hierherkommen?«

Robs Ton ließ Isely aufmerken.

»Sie werden den Fluß heruntergeflößt zur Fabrik.«

»Direkt hierher, ja?«

»Richtig.«

»Sie werden nirgends angehalten?«

»Manchmal. Wenn sich ein Stau ergibt . . .«

»Wo werden sie aufgehalten?«

»In der Regel überhaupt nicht.«

»Aber manchmal eben doch. Das sagten Sie gerade.«

»Ja.«

»Wo also?«

»An verschiedenen Stellen.«

»In Teichen? Werden sie in Teichen gelagert?«

»Vermutlich. Es ist gut, wenn sie gewässert werden.«

»Das gehört also zum Verfahren.«

»Sie werden beim Flößen gewässert.«

»Aber zusätzliches Wässern ist noch besser.«

Isely sah ihn gereizt an.

»Um genau zu sein, eben nicht. Wenn sie zu lange gewässert werden, gehen sie unter und bekommen Algenbewuchs, und die Algen gelangen in den Faserbrei.«

»Also gut, gehen wir ein Stück zurück.«

»Was soll das sein? Der dritte Grad?«

»Ich stelle nur ein paar Fragen.«

»Die ich gern beantworte.«

»Freut mich. Ich habe nämlich noch ein paar auf Lager.«

Maggie sah Rob besorgt an. Sein Zorn schien sich eher noch zu steigern.

»Sie sagen, daß die Stämme ›manchmal‹ in Teichen gelagert werden.«

»Ja. Wenn sich ein Stau ergibt.«

»Ich habe da Berge von Stämmen gesehen. Würden Sie sagen, daß derzeit ein Stau besteht?«

»Ja.«

»Und wie oft ist das der Fall?«

Isely schwieg.

»Ich erfahre es ja doch«, sagte Rob.

»Worauf wollen Sie hinaus?«

»Wie oft gibt es einen Stau?«

»Ziemlich oft.«

»Vielleicht die ganze Zeit?«

»Das weiß ich nicht.«

»Aber jedenfalls sehr oft.«

»Ich weiß es nicht«, wiederholte Isely scharf.

»Leiten Sie hier nicht den Betrieb?«

»Gewiß, aber alles kann ich nicht wissen.«

»Das ist aber Ihre Aufgabe!«

Isely starrte Rob in die Augen.

»Ich bin auf dem Gebiet noch ein Neuling, Mr. Vern. Genau wie *Sie*.«

Rob zog zornig die Brauen zusammen, und Maggie legte die Hand auf seinen Arm.

»Wässern Sie die Stämme in Chemikalien?« fragte Rob scharf.

»Meines Wissens nicht.«

»Was heißt das?«

»Ich bin da nicht direkt betroffen. Der Transport ist Sache eines Subunternehmers. Wir haben keinen Einfluß auf seine Maßnahmen.«

»Ich habe Sie etwas gefragt!«

»Und ich habe Ihnen die Antwort gegeben!«

»Sie sind verantwortlich dafür, was hier vorgeht!« schrie Rob.

»Sie beschäftigen den Subunternehmer, Sie verkaufen das Produkt, Sie tragen die Verantwortung für alles.« Er trat näher an Isely heran. »Ich will jetzt wissen, welche chemischen Stoffe Sie verwenden.«

»Ich möchte *Sie* etwas fragen!« sagte Isely laut. »Wie viele Seiten des Gutachtens schreiben Sie?«

»Beantworten Sie meine Frage!«

»Wie viele Seiten? Hundert? Tausend? Und wie viele Exemplare? Fünfhundert, vielleicht?«

»Ich will wissen, welche Chemikalien Sie verwenden.«

»Wir sprechen von fünfhunderttausend Blatt allein für Ihr Gutachten. Liege ich weit daneben?«

»Ich –«

»Und wie viele Blatt in den anderen Archiven und Registraturen von Washington?«

»Sie antworten mir nicht auf –«

»Doch. Ich bin für das Angebot zuständig, Sie für die Nachfrage! Es sei denn, Sie legen Steinplatten in Ihre Archive und wischen sich die Nase mit Kakteen –«

»In welchen Chemikalien werden die Stämme gewässert?« schrie Rob.

»In keinen!«

»Das glaube ich Ihnen nicht.«

»Dann untersuchen Sie doch das Wasser!« brauste Isely auf. »Das machen *wir* nämlich! Wenn das Holz in Chemikalien gewässert werden würde, kämen sie bei der Verarbeitung hier wieder heraus und würden ins Wasser laufen!« Sein Gesicht war zornrot geworden. »Wir entnehmen alle zehn Tage Proben, und in dem Wasser ist nichts, worüber wir nicht genau Bescheid wüßten, nichts, was für die Umwelt gefährlich wäre!«

»Weshalb schwimmen draußen tote Fische?«

»Wenn Sie mehr von Ihrer Arbeit verstünden, wäre Ihnen die Antwort klar, Mr. Vern! Das Wasser ist in diesem Teil des Flußlaufs verbraucht. Es enthält nicht genug Sauerstoff, um in einem Umkreis von einer halben Meile Leben im Wasser zu ermöglichen, und das Umweltschutzamt hat dagegen nichts einzuwenden. Im übrigen ist das Wasser sonst sauber. Mit Chemikalien hat das nichts zu tun.«

Rob verstummte. Isely wußte ganz offenkundig, wovon er sprach.

»Können Sie Wasserproben untersuchen, Mr. Vern?«

»Allerdings.«

»Dann tun Sie es! Wir haben nichts zu verbergen!« Isely drehte sich um und trat in den Frachtaufzug, dessen Türen sich polternd schlossen. Rob ließ die Schultern hängen, ergriff Maggies Hand und trat mit ihr hinaus in die kühle, frische Luft.

Die trübe Sonne stand tief am Horizont. Rob und Maggie gingen stumm zu ihrem Boot, wateten durch den tiefen Schlamm und kletterten mühsam an Bord. Mit einem Ruderblatt stieß Rob das Boot in die schmale Fahrrinne, dann ließ er den Motor an und fuhr flußabwärts. Binnen Minuten hatten sie die Mündung in den See erreicht. Rob sah in einem der Netze einen toten Biber hängen.

Die Sonne ging langsam unter; die Fledermäuse waren herausgekommen, um sich von den vielen Insekten zu nähren, die der Regen hervorgebracht hatte. Sie segelten vor einem orangerot gestreiften Himmel, lautlos wie Falter auf einer Blumenwiese.

Während ihr kleines Boot die stille Wasserfläche durchschneidend der Insel entgegenfuhr, saßen sie stumm da und sogen den Duft der Tannen in sich hinein. In der Hitze und dem Lärm der Fabrik hatte Maggie im Bauch eine Regung gespürt, die anders war als alles, was sie je gekannt hatte. Wie eine Bewegung war ihr das vorgekommen, aber nicht von der angenehmen Art, wie andere schwangere Frauen das schilderten, sondern hart und auflehnend, so als fände in ihrem Inneren ein Kampf statt. Das beruhigte sich jetzt wieder, und die frische Luft und die Stille beschwichtigten ihre Nerven.

Sie drehte sich im Heck herum und sah Rob an, bemerkte die Verzweiflung in seinen Augen. Sie wußte, daß er Niederlagen nur schwer zu verdauen vermochte.

»Ist es nicht möglich, daß Kaulquappen manchmal so groß werden?« meinte sie leise.

»Die Wurzeln sind aus dem Boden herausgekommen, Maggie. Das Laub sah anders aus als sonst im Wald. Die Farbe des Wassers war nicht normal.«

»Muß das von der Papierfabrik kommen, von der Holzfällerei? Kann es nicht etwas anderes sein?«

»Ich weiß es nicht«, sagte er kopfschüttelnd.

Maggie sah, daß ihre Stiefel mit einer dicken Schicht graubraunem Schlamm bedeckt waren. Das Zeug war über den Stiefelrand gequollen und zu ihren Zehen hinabgelaufen. Sie berührte den Schlamm, verzog das Gesicht und wusch sich die Hand im Wasser, kratzte Schlamm ab, wusch sich wieder die Hand, wie in Trance.

»Ich glaube ihm«, sagte sie, als sie ihre Hand ins Wasser tauchte. »Isely, meine ich.«

»Warum?«

»Ich weiß nicht recht. Er macht zu viele Fehler, um ein Lügner zu sein.«

»Zu viele Fehler, um ein *guter* Lügner zu sein.«

»Ich glaube nicht, daß er gelogen hat.«

Rob sah ihr zu, wie sie den Schlamm von ihren Stiefeln kratzte, und wurde aufmerksam. Wenn das graubraune Zeug ins Wasser glitt, funkelte es darin wie von winzigen Metallteilchen.

»Außerdem hätte er dich doch nicht aufgefordert, das Wasser zu untersuchen, wenn er lügen würde. Findest du nicht?«

Robs Augen richteten sich auf Maggies Stiefel, als sie wieder Schlamm abkratzte, und er sah in der Spur, die ihre Finger hinterließen, einen silbrigen Streifen. Sein Gesicht erstarrte.

»Vielleicht war es nicht im Wasser«, sagte er langsam.

Sie hob den Kopf und starrte ihn an.

»Vielleicht war es schwerer«, sagte er.

Sein Gesichtsausdruck erschreckte sie.

»Was meinst du?«

»Sieh dir deine Stiefel an.«

Sie tat es und sah, was er gesehen hatte. Sie zog einen großen Klumpen vom Stiefelrist, zerteilte ihn mit den Händen und legte ein winziges Körnchen einer weichen, metallischen Substanz frei.

»Sieht aus wie Silber«, sagte sie. »Wie eine Zahnfüllung.«

»Ist es weich?«

Sie quetschte es.
»Ja.«
»Silber ist hart.«
»Was ist es dann?«
»Wisch dir die Hände ab und berühr es.«
Sie trocknete die freie Hand an ihrem Wollschal, dann berührte sie vorsichtig das kittartige Klümpchen.
»Ist es trocken?«
»Ja«, sagte sie erstaunt.
Robs Gesicht verhärtete sich, aber in seinen Augen leuchtete Triumph auf.
»Was ist es?« sagte Maggie.
»Beim Medizinstudium hat man uns eine Fangfrage gestellt. Ich entsinne mich, weil ich darauf hereingefallen bin.«
»Nämlich?«
»Welche Flüssigkeit ist als einzige nicht naß?«
»Und die Antwort?«
Robs Gesicht hatte sich gerötet. Er hatte endlich einen Anhaltspunkt.
»*Quecksilber.*«

10

Während die nächtlichen Wesen im Manatee-Wald im sanften Mondlicht auf Nahrungssuche gingen, arbeitete Robert Vern in dem kleinen Blockhaus, das Gesicht vom Schein einer Petroleumlampe erhellt, die auf dem Küchentisch stand. Der dicke Stapel Bücher, den er von Victor Shusette bekommen hatte, lieferte endlich die gesuchten Antworten. Fünf Stunden lang hatte Rob ununterbrochen die Bände gewälzt, sich fieberhaft Notizen gemacht und Querverweisungen nachgeschlagen, bis jetzt, um ein Uhr morgens, die Ungeheuerlichkeit seiner Entdeckung Gestalt anzunehmen begann.

Maggie lag oben und schlief; in der Hütte war es so still, daß man Tannennadeln hätte herabrieseln hören können.

Ein Index in einem Band über Industriegifte hatte über hundert Symbole für chemische Verbindungen geliefert, die in der Industrie Verwendung fanden und Quecksilber enthielten. Rob hatte sich methodisch darangemacht, den fraglichen Stoff einzukreisen. Seine Chemiekenntnisse waren dabei gleichzeitig von Vorteil und eine Belastung. Er verstand zwar die Sprache, aber sie hinderte ihn auch daran, den direkten Weg einzuschlagen, den eine naivere Person gewählt hätte.

Er wußte, daß es sich um biochemische Stoffe handeln mußte, aber nach zweistündiger Arbeit hatte er nicht gefunden, was für die Holz- und Papierindustrie in Frage gekommen wäre. Er mußte von neuem beginnen und die synthetischen Stoffe durchgehen, die anorganischen Verbindungen, wie sie in der Industrie häufiger Verwendung fanden. Ein Stoff begann sich herauszuschälen, der die Bezeichnung PMT trug. Er wurde eingesetzt, um zu verhindern, daß sich an Ölbohrtürmen und Abwasserpumpen, die unter Wasser arbeiten mußten, Algen festsetzten. Rob erinnerte sich, daß Isely erwähnt hatte, durch zu lange Wässerung könnten sich an den Stämmen Algen bilden, was nicht erwünscht sei. Es war möglich, daß diese oder eine ähnliche Verbindung in den Teichen dazu benützt wurde, die gewässerten Stämme sauberzuhalten.

Aber ganz logisch erschien ihm das nicht. PMT war nicht organisch, sondern ein synthetisches Produkt. Anorganisch. Anorganische Stoffe konnten nur äußerliche Schäden anrichten, Verschmutzungsschäden. Was Rob suchte, war ein Stoff, der ein inneres, biologisches Chaos hervorrief. Es mußte sich um eine organische Substanz handeln.

Er griff nach einem Band über chemische Analysen, um die Zusammensetzung von PMT festzustellen, und stieß dabei auf den Schlüssel. PMT war die Bezeichnung für anorganisches Methylquecksilber. Das ›Methyl‹ stand für Methylnitrat. Methylnitrat konnte, wenn von einem Lebewesen aufgenommen, *organisch lebensfähig* werden. Mit anderen Worten, anorganisches Methylquecksilber konnte sich in einen *organischen* Stoff von der

Art verwandeln, wie er ihn suchte.

Rob machte eine grobe Skizze, um sich die chemische Kettenreaktion vor Augen zu führen. PMT gelangt ins Wasser. Die mikroskopisch kleinen Quecksilberkügelchen darin wirken aufeinander wie Magnete, streben zusammen und verklumpen sich. Dieselbe magnetische Anziehungskraft, die das Quecksilber zusammenführt, sammelt auch Plankton, die mikroskopisch kleinen Pflanzenbestandteile der Algen. Statt sich an den versenkten Stämmen festzusetzen, wachsen die Algen an den kleinen Quecksilberkugeln, die durch das Wachstum schwerer werden und in den Grundschlamm absinken. Die Kaulquappen, die Pfrillen, die Wasserinsekten, die sich von Algen ernähren, nehmen die grünen, bewachsenen Quecksilberkügelchen in sich auf, und in ihren Körpern wird der Stoff *organisch*. Die kleineren Wesen werden von größeren gefressen. Die Konzentration an Methylquecksilber nimmt beim Fortgang durch die Nahrungskette zu. Eine einzelne Pfrille birgt im Körper eine winzige Menge an Giftstoff, ein Lachs frißt tausend winzige Fischchen. Ein Bär frißt tausend Lachse. Bis das Quecksilber auf der obersten Sprosse der Leiter angekommen ist, sind die Wesen, die es in sich aufgenommen haben, durch und durch vergiftet. Ihre Abfallstoffe gelangen in den Boden und düngen das Laub, das von den Pflanzenfressern abgeäst wird: vom Rotwild, den Kaninchen, den Mäusen, dem Raubzeug. Die ganze Umwelt wird vergiftet.

Aber das war nicht alles, was Robert Vern in dieser Nacht entdecken sollte. Er befaßte sich schließlich mit einem Buch, das den Titel trug ›Juristische Präzedenzfälle und industrielle Entscheidungen‹. Es führte Fallgeschichten der schwersten Industrie-Katastrophen im technologischen Zeitalter auf. Im Inhaltsverzeichnis stieß Rob auf ›MMT‹. Er schlug nach und stellte fest, daß es sich nur um einen Unterschied in der Bezeichnung handelte, MMT und PMT waren ein und derselbe Stoff. Anorganisches Methylquecksilber.

Was Rob in dem Buch las, erschreckte ihn zutiefst. Das Kapitel über MMT schilderte in allen Einzelheiten und mit Fotografien den verheerendsten industriellen Unglücksfall in der Geschichte der Menschheit. Die Bilder schienen aus einem Kriegsgebiet zu stammen: Aufnahmen aus Krankenhäusern von verunstalteten und verkrüppelten Menschen, mißgeformten Kindern, alten Männern mit trüben Augen und schwachsinnigem Lächeln. Es waren Aufnahmen, die 1956 in Minamata in Japan gemacht worden waren. Damals war eine Gemeinschaft von hunderttausend Menschen durch Vergiftung mit Methylquecksilber von Krankheit, Verstümmelung und Tod befallen worden. Eine Papierfabrik am Ufer des Minamata-Sees hatte fünfzig Jahre lang Methylquecksilber in ein Wassereinzugsgebiet gepumpt, das Trinkwasser für die gesamte Bevölkerung lieferte. Nicht ein Mann, eine Frau, ein Kind war den katastrophalen Auswirkungen entgangen. Als die Symptome auftauchten, hatte man von ›Trunkenheitskrankheit‹, von ›Grinskrankheit‹ oder ›Katzenkrankheit‹ gesprochen, weil die Hauskatzen in der Gegend, die nur von Fischen aus dem See ernährt wurden, als erste Tierart befallen worden waren und starben.

Man entdeckte, daß anorganisches Methylquecksilber durch die Umwandlung im Rahmen des Verdauungsprozesses zu *organischem* Methylquecksilber ein Nervengift wurde, das Genänderungen hervorrief. Als Nervengift griff es die Hirnzellen an und rief Wahrnehmungsstörungen, Lähmungen und schließlich den Tod hervor. Als genändernde Substanz wirkte es auf den sich entwickelnden Fötus. Im Gegensatz zu allen anderen genändernden Stoffen, den sogenannten Mutagenen, besaß es die Fähigkeit, die Plazentaschranke zu überspringen und *durch* das blutreinigende Organ zu gelangen, das normalerweise den wachsenden Fötus vor Unreinheiten und Giften schützt, die in den Körper der Mutter gelangen. PMT *konzentrierte* sich in den Blutzellen des Fötus sogar; man hatte eine um dreißig Prozent höhere Konzentration als in den Blutkörperchen der Mütter festgestellt. Nach ausführlichen Laboruntersuchungen wurde Methylquecksilber von Wissenschaftlern als das stärkste Gift bezeichnet, das aus der Zeit nach dem Zweiten Weltkrieg bekanntgeworden sei. Die weitverbreitete Verwendung in der Industrie wurde durch den Haager Gerichtshof verboten.

Die letzte Seite des Kapitels bezeugte eindringlich, welche

Auswirkungen PMT haben konnte. Es war die ganzseitige Fotografie einer Frau, verkrüppelt und gebückt, die auf den Armen ein mißgestaltetes Kind trug.

Robert Vern klappte das Buch zu und starrte vor sich hin. Er vermochte sich nicht zu bewegen, war wie betäubt vom Ausmaß dessen, was er herausgefunden hatte. Das Gift in Minamata hatte sich fünfzig Jahre lang angesammelt. Hier im Manatee-Wald arbeitete die Papierfabrik erst seit zwanzig Jahren.

Vielleicht konnte man das Ganze noch aufhalten, bevor es zu spät war. Unbekannt blieb noch die Stärke des Stoffes, wie er hier verwendet wurde, im Vergleich zu der Konzentration in Minamata. Es war möglich, daß fünfzig Jahre um die Hälfte verkürzt werden konnten, wenn die Konzentration sich verdoppelt hatte.

Rob fragte sich dumpf, wie man dazu gekommen war, den Stoff hier zu verwenden. Wie konnte das geschehen? Konnte es denn sein, daß man von den Auswirkungen nichts wußte? War es möglich, daß die neue Benennung, MMT statt PMT, zu der Ansicht geführt hatte, das sei nicht mehr derselbe Stoff? Oder sollte das nur ein Vorwand sein, ein Grund, die Verantwortung abzuschieben?

Rob hieb plötzlich mit der Faust auf den Tisch, stand auf, riß die Tür auf und lief hinaus in die Nacht, blieb stehen, starrte zu den Sternen hinauf.

»Rob . . .?« Er drehte sich um und sah Maggie im Nachthemd die Treppe herunterkommen. Sie sah ihn mit großen, erschrockenen Augen an.

»Was ist es?«

»Anorganisches Methylquecksilber«, sagte Rob rauh. »PMT. Ein Entschlammungsmittel. Es zieht die Algen an und verhindert dadurch, daß sie sich an den Stämmen festsetzen, die darin gewässert werden.« Er konnte sehen, daß sie nicht begriff. »Es ist ein Nervengift. 1956 hat es in Japan hunderttausend Opfer gegeben.«

»Warum wird es dann hier verwendet?« sagte Maggie stokkend.

»Weil es billig und wirksam ist. Darauf sind sie doch so stolz, nicht wahr?« Rob begann vor Zorn zu zittern.

»Bist du sicher?«

»Die Indianer essen die Fische und benehmen sich wie Betrunkene, obwohl sie keinen Tropfen Alkohol getrunken haben. Du erinnerst dich an Hawks' Worte. Die Leute halten die Indianer für betrunken. Sie sind Fischer. In Minamata nannte man das die Krankheit der Betrunkenen.« Rob begann hin- und herzugehen. »Ein Waschbär wird tollwütig und stirbt, sein Gehirn ist zu Matsch geworden! Eine Katze. Die Katze des Försters, die immer Fisch gefressen hat. Und der alte Mann. Der Indianer. Hast du die Brandflecken an seinen Händen gesehen?«

»Vom Quecksilber?«

»Nein, von den Zigaretten. Er spürt nichts an den Händen! Er ißt, was aus dem Teich kommt. Sie wässern ihre Baumstämme dort. Deshalb die riesengroße Kaulquappe.«

»Von dem Quecksilber?«

»Vom Quecksilber! Es ist ein Mutagen! Und seit zwanzig Jahren läuft es hier ins Wasser!«

»Ein Mutagen . . .«

»Das ist eine Katastrophe, Maggie!«

Sie trat auf die Veranda hinaus und starrte Rob furchtsam an.

»Du meinst . . . es mutiert . . .«

»Und wie. Es ist das einzige Mutagen, das die Plazentaschranke überspringt. Es sammelt sich in den Blutkörperchen des Kindes in dreißig Prozent höherer Konzentration –«

»Rob«, sagte sie leise. »Ich will das verstehen . . .«

»*Du* willst es verstehen? *Ich* will es verstehen! Ich will wissen, warum um alles in der Welt es hier verwendet worden ist!«

»Es ist im Fisch, nicht wahr?«

»In allem, was Plankton frißt, was Algen frißt. In allem, was die Wesen frißt, die Algen gefressen haben! Also überall!«

Maggie bemühte sich, mit ruhiger Stimme zu sprechen und ihre Angst zu unterdrücken.

»Was heißt das . . . es überspringt die Plazentaschranke?«

»Es setzt sich genauso an die Chromosomen wie an die Algen –«

»Ich verstehe dich nicht. Was *heißt* das?«

»Mißbildungen!« schrie er. »Mißbildungen!«

Maggie zuckte zurück, als hätte er sie geschlagen.

»Das geht da draußen vor!« tobte Rob. »Deshalb gibt es einen eineinhalb Meter langen Lachs! Du hast gedacht, ich hätte ihn nicht gesehen. Ich *habe* ihn gesehen! Warum bin ich nicht darauf gekommen?«

Maggie spürte, wie die Übelkeit in ihr hochstieg, und schloß die Augen.

»Und *Totgeburten*!«

»Was?« stieß Maggie hervor.

»Das hat die Indianerin gesagt. Totgeburten. Und mißgebildete Kinder. Auf groteske Weise verunstaltete Kinder. Kinder, die eher wie Tiere aussehen, hat sie gesagt! Und weiß der Himmel, was da noch alles geschieht.«

Maggie spürte, wie ihr schwindlig wurde. Sie nahm ihre ganze Kraft zusammen.

»Wenn eine schwangere . . . ein Tier, das Nachwuchs erwartet, den Fisch verzehrt, könnte also . . .«

»Ja.«

Sie schauderte, und Rob drehte sich um, sah die Angst in ihren Augen.

»Mein Gott«, sagte er plötzlich.

»Rob?«

»Ist das möglich?«

»Ja.«

Sie starrten einander entsetzt an, aber jeder hatte seinen eigenen Grund dafür.

»Groß wie ein Drache«, flüsterte Rob.

»Was?«

»Das Gedicht. Von dem Förster. Groß wie ein Drache. Hieß es nicht so?«

Maggie war wie gelähmt. Rob bemerkte nichts von ihrer Qual, weil die seinige ihn beherrschte.

»Und der alte Mann, der Indianer. Hat er nicht gesagt, das Wesen hätte von allen Geschöpfen etwas?«

Maggies Beine zitterten. Sie setzte sich vorsichtig auf die Veranda.

»Die Augen einer Katze«, zischte Rob. »Das hat Isely am

Flugplatz gesagt.«

Maggie senkte den Kopf und schlug die Hände vors Gesicht. Sie konnte Robs Worte nicht aufhalten.

»Hör mir zu, Maggie«, sagte er drängend. »Hör mir zu.«

Aber sie versuchte die Ohren zu verschließen.

»Ein Fötus durchläuft ganz bestimmte Phasen. Jede entspricht einer bestimmten Entwicklungsstufe. Fisch, mit Flossen und Kiemen. Dann raubkatzenartig. Das Gesicht sieht aus wie das einer Katze. Die Entwicklung verläuft wie die ganze Evolution.«

Maggies Augen waren verschleiert. Die Worte schienen wie aus weiter Ferne herüberzuhallen.

»Der Stoff heftet sich an die DNA. DNA ist die Grundlage der Entwicklung. Gewisse Teile könnten in einer Entwicklungsstufe festgehalten werden, während das andere weiterwächst.« Er sah sie an. »Hörst du zu?«

»Ja«, sagte sie dumpf.

»Ein trächtiges Tier – eine Bärin, vielleicht – frißt Fische ... und der Fötus wird so verunstaltet, daß sie ein Monstrum –« Er sah Maggie an, die nicht reagierte. »Maggie?«

»Ja?« flüsterte sie.

Rob starrte in die Nacht hinaus und konnte selbst kaum glauben, was er aussprechen wollte.

»Dort draußen könnte ein Monstrum unterwegs sein. Ein *Ungeheuer.*«

In der Stille danach begann ein Seetaucher zu schreien. Der Laut hallte über den dunklen See.

»Wieviel Fisch müßte man ... verzehren, Rob«, sagte Maggie stockend, »um etwas zur Welt zu bringen, das ...?«

»Es sammelt sich in den Blutkörperchen des Fötus.«

»Wie ... viel?«

»Sehr wenig.«

Maggie wußte, daß sie sich übergeben mußte. Sie raffte sich auf und wankte zur Tür.

»Ich werde Beweise brauchen«, sagte Rob tonlos.

»Du bist deiner Sache nicht sicher?«

»Ich muß Blutproben nehmen. Als erstes geht es um die Menschen.«

Sie wandte sich ihm zu, kämpfte die Übelkeit nieder, um die Frage stellen zu können.

»Wie lange? Bis du es genau weißt?«

»Wenn es hier im Krankenhaus ein Labor gibt . . . morgen.«

Maggie ging hinein und schloß die Tür hinter sich. Rob blieb stehen und lauschte dem Schrei des Seetauchers.

Travis Nelson lag am Lagerfeuer und las und hörte den Seetaucher rufen. Er schaute auf die Uhr und stellte fest, daß es zu früh war für diese Rufe. Er lächelte vor sich hin, während er lauschte, und fragte sich, warum der Seetaucher so früh wach geworden war. Vielleicht hatte er eine Aufgabe zu erfüllen, wie er, Nelson, auch.

Der dreitägige Regen hatte den Marsch zum Wasserfall erheblich behindert. Sie warteten, bis der Boden trocknete, bevor sie den Anstieg in Angriff nahmen. In der Zwischenzeit beschäftigte Nelson die Kinder damit, daß sie das Seeufer erkundeten und dabei lernten, wie man sich in der Natur behauptete. Nachdem sie den ganzen Tag gelaufen waren, hatten sie einen abgelegenen Nebenlauf des Espee erreicht, einen von drei Wasserläufen, wo das Wasser von den Bergen herabrauschte und in den See floß. Es war eine geschützte Stelle, umgeben von hohen Felswänden, eine natürliche Bucht, auf der Forstkarte als Mary's Bend eingezeichnet. Sie waren eine Viertelmeile flußaufwärts gegangen und hatten ihr Lager unter den Bäumen aufgeschlagen, wo sie das Rauschen des Wassers hören konnten. Travis Nelson hatte einige Biberfallen und Lachsnetze bemerkt und die meisten davon entfernt, denn auf der Karte war das Gebiet als geschützt bezeichnet. Es war Laichgrund. Hier durfte nicht gejagt oder gefischt werden. Die Netze stammten von Wilderern, vermutlich Indianern, die nicht anerkennen wollten, was Weiße als Gesetze festlegten.

Die Netze und Fallen gaben Nelson jedoch Gelegenheit, seinen Kindern eine Lehrstunde über primitive Jagdmethoden zu halten. Sie hatte zu einem Gespräch darüber geführt, wie man in einer unzivilisierten Umwelt überleben konnte, wenn man nicht viel mehr hatte als seinen Mut. Die Kinder hatten einander herausgefordert, sich der Nacht allein zu stellen, bis sie glaubten, nicht mehr zurückzukönnen. Während Travis und seine Frau belustigt zusahen, hatten sie ihre Schlafsäcke und eine Taschenlampe mitgenommen und waren tiefer in den Wald hineingegangen, um sich selbst zu beweisen, daß sie tapfer genug waren.

Travis Nelson hatte damit gerechnet, daß sie bald wieder zurückkehren würden. Als sie ausblieben, hatte er sie gesucht und sie zu seiner Erleichterung nur gute hundert Meter entfernt gefunden, und sie waren übereingekommen, daß sie im Freien schlafen durften. Nelson hatte ein Feuer für sie angezündet, und sie hatten versprochen, es während der Nacht nicht ausgehen zu lassen.

Travis Nelson war zu seinem eigenen Lager zurückgekehrt und hatte gegen Mitternacht auf Drängen seiner Frau noch einmal nach den Kindern gesehen. Sie schliefen friedlich, und Kathleen hatte ihren Wecker auf 2 Uhr früh gestellt, um nach dem Feuer zu sehen.

Er war langsam zurückgegangen. Jeanine war inzwischen eingeschlafen. Er war in seinen Schlafsack geschlüpft und hatte gelesen.

Um zwei Uhr hörte er Kathleens Wecker läuten. Als er abgelaufen war, vernahm er Geräusche zwischen den Bäumen. Kathleen legte offenbar Holz für das Feuer nach.

Er klappte sein Buch zu und drehte sich auf den Rücken, um zum Himmel hinaufzublicken. Er hatte in seinem ganzen Leben noch nie so viele Sterne gesehen. Er begann zu zählen, während er Kathleen im Wald herumhuschen und Reisig sammeln hörte. Er freute sich über das Verantwortungsbewußtsein seiner 12jährigen Tochter.

Kathleen, die in ihrem Schlafsack lag, hörte das Geräusch auch. Aber sie fühlte sich so behaglich, daß sie nicht aufstehen wollte. Sie sah zu Paul hinüber. Auf seiner Nase saß eine Mücke. Sie streckte die Hand aus und scheuchte sie weg. Er drehte sich herum und begann zu schnarchen. Als sie ihn wecken wollte, hörte sie das Geräusch wieder. Es war ein lautes Knirschen, so, als bewege sich etwas Großes auf sie zu.

»Papi?«

Das Geräusch verstummte. Auch die Grillen stellten ihr Konzert ein. Es blieb kurze Zeit ganz still, dann kam das Geräusch wieder. Es war diesmal kaum hörbar, ein Rascheln, so, als hätte irgend etwas im Unterholz hinter dem Lagerfeuer das Gewicht verlagert.

»Papi?« flüsterte sie.

Wieder wurde es totenstill. Kathleen sah zu den Bäumen hinüber, die eine dunkle Wand bildeten. Sie konnte dort etwas atmen hören. Und sie konnte es riechen. Es roch feucht, wie ein Keller nach langem Regen. Sie begann zu zittern und warf einen Blick auf das Feuer. Es war so niedergebrannt, daß es Bären nicht mehr verscheuchen konnte. Sie wollte ihren Vater rufen, aber als sie den Mund öffnete, drang kein Laut heraus. Sie mühte sich mit aller Kraft, konnte aber nur flüstern.

»Papi . . .?«

Dann kam das Geräusch näher. Sie konnte es jetzt nicht nur hören, sondern auch spüren; der Boden begann unter ihr zu vibrieren, als die Erscheinung in die Lichtung trat und dort verharrte.

Kathleen begann zu wimmern und schloß die Augen. Unter den Lidern tropften Tränen hervor.

»Bitte tu mir nichts, Bär . . .«

Paul hörte ihre Stimme und öffnete langsam die Augen. Als nächstes hörte er einen dumpfen Aufprall, dann ein Stöhnen. Er rollte sich zu Kathleen hinüber. Da war nichts. Der Platz, wo sie mit ihrem Schlafsack gelegen hatte, war leer. Von oben troff etwas herunter, das wie starker Regen auf den Boden klatschte. Aber die Tropfen waren rot.

Paul lag regungslos, wie in einem Traum. Den roten Regentropfen folgten Schneeflocken; eine Wolke weicher Daunen schwebte aus Kathleens Schlafsack herab und blieben in der sich ausdehnenden Pfütze kleben. Über Paul knirschte es, als zerknacke ein Hund Hühnerknochen. Pauls Augen glitten langsam hinauf und erstarrten vor Entsetzen. Der riesenhafte Schatten, der vor ihm emporragte, aß langsam, beinahe träge. Der blutige Regen und die Schneeflocken wurden dichter, und die Tropfen fielen auf Pauls Stirn, während er durch die winzige Öffnung im Schlafsack wie in Trance hinaufstarrte. Dann sah er die Augen von oben herunterglotzen. Sie waren tellerartig. Flach und spiegelnd. Und sie blickten in seine Augen.

Paul fuhr hoch und versuchte zu fliehen, aber er konnte nicht. Er war in seinem Schlafsack-Kokon eingesperrt. Er zerrte am Reißverschluß, aber dieser klemmte. Er hörte, wie Kathleens Schlafsack zu Boden fiel; ihr ausgestreckter Arm lag vor ihm auf der Erde. Er kreischte und begann auf die Bäume zuzuhüpfen, schrie vor Verzweiflung, als der tappende Schatten auf ihn zuschoß.

Travis Nelson hörte die Schreie und sprang auf, raste durch den Wald und brüllte: »Paul! Paulie!«

Die Schreie wurden schriller und verstummten plötzlich.

Nelson hetzte in die Lichtung und sah die Silhouette seines Sohnes hochgerissen wie eine Stoffpuppe, verschlungen in einer aufquellenden Wolke weißer Gänsefedern, vor dem Licht des vollen Mondes. Dann sah er die Riesengestalt zwischen den Bäumen heraustreten.

»O Gott!« schluchzte er auf.

Es waren seine letzten Worte.

John Hawks verbrachte die Nacht in der Sicherheit der tunnelartigen Vorratskammern unter M'rais Zelten. Die Holzfäller hielten ihr Versprechen und suchten ihn. Sie hatten M'rai und Romona befragt und waren wieder abgezogen, überzeugt davon, daß Hawks das Weite gesucht hatte. Der alte Mann war durch die Eindringlinge verstört und hatte sich zurückgezogen. Hawks konnte ihn von seinem Versteck unter dem Boden aus klagend und monoton vor sich hin murmeln hören.

Als es hell wurde, schlichen Romona und Hawks durch den Wald zum Seeufer und fuhren mit einem Floß zur Insel, wo Rob und Maggie schon auf waren und sie erwarteten. Im Blockhaus berichtete Rob von seinen Entdeckungen in der vergangenen Nacht. Sie hörten fassungslos zu. Rob zeigte ihnen die Bilder aus Minamata, um zu dokumentieren, womit sie es zu tun hatten. Wenn die Blutproben, die Rob bei den Indianern im Dorf zu nehmen gedachte, positiv ausfallen sollten, mußten sie vor einer Katastrophe ähnlichen Ausmaßes stehen.

Maggie zwang sich diesmal, konzentriert zuzuhören und jede Einzelheit aufzunehmen. Sie war der Hysterie nahe und wußte, daß sie mit Logik alles erfassen mußte, wenn sie nicht zusammenbrechen wollte.

Rob hatte seine Bodenproben aus den Glasröhrchen entfernt und die Gläser sterilisiert. Er hoffte, daß die Blutproben von zehn Männern, zehn Frauen und zehn Kindern vorerst als Querschnitt ausreichen würden. Hawks konnte ihm nicht sagen, ob es im Krankenhaus von Manatee Untersuchungslabors gab. Rob und Maggie packten hastig ein paar Sachen zusammen, für den Fall, daß sie die Blutproben in die Klinik in Portland bringen mußten.

Um acht Uhr machten sie sich auf den Weg zum Dorf. Der Himmel war wolkenverhangen, die Luft wieder schwül. Die Moskitos, Mücken und Fliegen schwärmten um ihre Gesichter, als sie mit dem kleinen Boot hinüberfuhren; die Luftfeuchtigkeit stachelte die Insekten zur Aggressivität an. Während sie den See überquerten, berichtete Rob von seiner Überlegung, daß die Mutationswirkungen der Chemikalie die höheren Tiergattungen erreicht haben könnten. Im Licht des Tages fiel es nicht so ganz leicht, von ›Monstren‹ und ›Ungeheuern‹ zu sprechen, und Rob bediente sich einer gemäßigten Sprache, aber Romona und Hawks schienen ihm zu glauben.

Sie zogen das Boot ans Ufer, stiegen in Robs Auto und fuhren auf der schmalen Forststraße zur Indianersiedlung. Der Weg war überwachsen und steinig; sie brauchten für die zehn Meilen mehr als eine Stunde.

Als sie den Ort erreichten, flirrte das Laub an den Bäumen in einem leichten Wind, der Regengeruch von den Bergen mitbrachte. Rob packte seine medizinischen Geräte aus und ließ Romona und Hawks in das Dorf vorangehen, damit sie den Leuten erklären konnten, was sie mit ihnen beabsichtigten. Rob konnte nicht verstehen, was gesprochen wurde, aber die Gesten und Reaktionen der Menschen zeigten, daß es nicht leichtfallen würde, sie zu überzeugen. Hawks kam zurück und holte Rob.

»Zuerst gehen wir zu den kranken Männern. Sie werden sich nicht weigern.«

Rob und Maggie packten hastig ein paar Sachen zusammen, für den Fall, daß sie Blutproben in die Klinik in Portland bringen mußten. (Robert Foxworth als Rob und Talia Shire als Maggie.)

»Haben sie Angst?«

»Sie kennen nur einen Arzt. Er behandelt sie, als wären sie Tiere.«

Rob und Maggie folgten den beiden in die Dorfmitte. Von einem Indianerdorf konnte eigentlich nicht die Rede sein. Das Ganze sah aus wie eine Slumgegend am Rand einer Großstadt; schiefe, baufällige Hütten aus Abfallmaterial, umgeben von rostigen Maschinen- und Autowrackteilen. Auf Leinwandbahnen lagen aufgeschlitzte Lachse zum Trocknen, umschwirrt von Fliegenschwärmen. Zwischen den Bäumen stand über ein Dutzend abgewrackter Autos.

Rob kam das alles vertraut vor. Die Leute folgten ihm auf dem Fuße und umdrängten ihn, als er die erste Hütte betrat und einen Mann untersuchte, den eine der sogenannten *Katahnas* niedergeworfen hatte.

Rob ließ sich von Maggie aus der Arzttasche reichen, was er brauchte. Der Mann, den er untersuchte, hatte hohes Fieber und Schüttelfrost. Seine Pupillen waren vergrößert, Reflexe ließen sich kaum feststellen. Und sein Gesicht wies eine Muskelverkrampfung auf, die einem Grinsen ähnelte wie auf den Fotos der Methylquecksilber-Opfer in Minamata.

Rob gab ihm eine Spritze, um das Fieber zu senken, dann wikkelte er einen Gummischlauch um seinen Oberarm und entnahm die erste Blutprobe. Die Indianer beobachteten ihn mit stoischer Ruhe. Selbst die Kinder blieben stumm.

Sie besuchten anschließend die beiden anderen Erkrankten. Rob nahm ihnen Blut ab, dann trat er ins Freie und ersuchte Romona und Hawks, einen Tisch in die Mitte der Lichtung zu stellen und zehn Männer, zehn Frauen und zehn Kinder auszuwählen, denen er Blut abnehmen wollte. Vor allem kam es ihm auf die beiden schwangeren Frauen an. Wenn ihr Blutgiftspiegel niedriger war als der nicht schwangeren Frauen, würde das ein weiterer Beweis dafür sein, daß hier Methylquecksilber am Werk war, denn das Gift konzentrierte sich im Blut der Fötusse.

Die Dorfbewohner zeigten sich noch immer widerstrebend. Hawks und Romona mußten sich zuerst Blut abzapfen lassen, bevor die anderen bereit waren, sich der Prozedur zu unterziehen. Ein alter Mann kam als erster herangehumpelt, dann erschien eine Mutter mit ihrem Kleinkind auf den Armen. Schließlich traten sie alle vor und hielten Rob ihre eigenen und die Arme ihrer Kinder hin. Sie schienen begriffen zu haben, daß dieser weiße Mann hier war, um ihnen zu helfen. Nicht einer zuckte, wenn er in die Vene stach, nicht einer gab einen Laut von sich.

Hawks ließ sich Namen und Alter geben, Romona notierte und beschrieb die Etiketten für die Glasröhrchen. Maggie sterilisierte die Kanülen und verpackte die Reagenzgläser. Ein etwa zwölfjähriges Indianermädchen stand neben Maggie und beobachtete sie mit unverhohlener Bewunderung. Die beiden lächelten sich immer wieder an, und einmal griff Maggie nach der Hand des Mädchens, um sie festzuhalten.

»Sie werden eine gute Mutter sein«, sagte Romona plötzlich.

Maggie hatte alle Mühe, um nicht in Tränen auszubrechen.

Binnen einer halben Stunde hatte Rob seine Röhrchen gefüllt, aber noch immer wartete eine lange Reihe.

»Bring die Objektträger«, sagte Rob zu Maggie. »Wir stechen in die Fingerkuppen.«

Sie wollte sich zur Tasche herumdrehen, aber Rob sagte: »Sie sind im Wagen.«

Maggie machte sich auf den Weg und hörte plötzlich Motorengeräusch. Aus dem Wald kamen Autos auf sie zu, von allen Seiten, quer durch das Gelände.

Romona tauschte mit Hawks einen angstvollen Blick. Rob stellte sich unwillkürlich schützend vor sie. Es waren Polizeifahrzeuge. Die uniformierten Beamten des Sheriffs sprangen heraus, mit Gewehren in den Händen umstellten sie die ganze Siedlung.

»Was ist los?« sagte Rob betroffen.

»Sie wollen uns umbringen«, erwiderte Hawks.

Der Sheriff trat vor. Er hielt ein Blatt Papier in der Hand, das im aufkommenden Wind flatterte.

»Ich möchte, daß alle aus den Häusern kommen!« rief er. »Alles herauskommen!«

»Was geht hier vor?« fragte Rob scharf.

Der Sheriff schien verblüfft zu sein, einen Weißen hier vorzufinden.

»Wer sind Sie?« fragte er.

»Ich habe Sie gefragt, was hier vorgeht!«

»Treten Sie zurück –«

»Ich verlange eine Erklärung –«

»Zurücktreten!«

Wieder fuhr ein Auto heran. Es trug das Emblem des Pitney-Konzerns. Bethel Isely stieg aus und trat zum Sheriff in die Mitte der Lichtung. Er bemerkte Rob und machte ein gequältes Gesicht.

»Die Frauen nach rechts, die Männer nach links!« befahl der Sheriff.

»Ich will wissen, was hier vorgeht!« schrie Rob.

Isely ging mit schnellen Schritten auf ihn zu.

»Sie sind zur falschen Zeit am falschen Ort, Mr. Vern«, sagte er leise. »Ich empfehle Ihnen, Ihre Sachen zusammenzupacken und zu verschwinden.«

»Ich will wissen, was hier gespielt wird.«

»Gestern nacht hat es im Wald wieder Tote gegeben. Wir warten nicht auf noch mehr Fälle.«

Hawks hatte mitgehört und erstarrte.

»Ich habe eine Namenliste, und wer aufgerufen wird, tritt vor«, rief der Sheriff.

»Wer ist getötet worden?« fragte Rob.

»Eine Familie oben bei Mary's Bend.«

»Sie haben Grund zu der Vermutung, daß die Leute hier damit etwas zu tun hatten?«

»Sie sind es gewesen, Vern!«

»Haben Sie Beweise?«

»Die Beweise sind ins Krankenhaus gebracht worden. In *Kisten.*«

»Russell Windraven, vortreten«, rief der Sheriff.

Die Indianer blieben regungslos stehen, mit starren Gesichtern.

»*Vor*treten, habe ich gesagt!«

Ein Mann trat langsam aus der Menge; Rob erkannte ihn als einen der Leute, die mit Hawks an der Sperre gewesen waren. Rob wollte sich Hawks zuwenden und sah, daß er nicht mehr neben ihm stand. Er wich unauffällig in Richtung der Bäume zurück.

»Chester Pinot!« rief der Sheriff, und ein anderer Mann trat vor.

Vier Hilfssheriffs traten auf die zwei Männer zu und legten ihnen Handschellen an.

»Raphael Nightwalker!« schrie der Sheriff. »Mr. John Hawks! Mr. Steven Sky!«

Als Rob Hawks' Namen hörte, eilte er in die Mitte der Lichtung, um die Polizisten abzulenken.

»Ich möchte Ihre Haftbefehle sehen! Auf der Stelle!«

Der Sheriff drehte sich nach ihm um.

»Ich habe gesagt, Sie sollen zurücktreten.«

»Ich will wissen, mit welchem Recht –«

»Schafft den Mann weg.«

Die Uniformierten gingen auf Rob zu, und Hawks nützte den Augenblick, um herumzufahren und zu den Bäumen zu hetzen.

»Aufhalten!« schrie der Sheriff, und drei seiner Untergebenen stürmten zum Wald, um Hawks den Weg abzuschneiden. Hawks schlug einen Haken und stürzte in eine der Hütten. Das Splittern und Bersten von Glas verriet, daß er durch das Fenster auf der anderen Seite hinausgesprungen war. Die Polizisten kamen um einen Augenblick zu spät. Hawks war im Unterholz verschwunden.

»Zu Fuß entkommt er euch!« schrie der Sheriff. »Nehmt die Fahrzeuge!«

Drei Beamte liefen an Maggie vorbei und sprangen in ein Auto; der Motor heulte auf, als sie zwischen den Bäumen davonholperten. Maggie konnte von ihrem Platz aus sehen, daß Hawks nicht in den Wald gerannt war, sondern sich in einen tiefen Graben hinter der Hütte hatte fallen lassen.

»Alle bleiben, wo sie sind!« sagte der Sheriff warnend. »Wenn ihr euren Freund Hawks wiederseht, werdet ihr alle sehr froh sein, das getan zu haben.«

Rob wandte sich Romona zu, die vor Schrecken erstarrt war.

»Mary's Bend«, sagte er halblaut. »Wissen Sie, wo das ist?«

Sie nickte.

»Gehen Sie mit mir zum Wagen«, sagte Rob, als er seine Sachen hastig zusammenpackte. »Nicht nach links oder rechts sehen. Einfach bei mir bleiben.«

»Sie werden die Männer töten«, sagte Romona dumpf.

»Maggie?«

Maggie lief auf ihn zu, und Rob gab ihr das Gestell mit den Röhrchen.

»Steig mit Romona ins Auto.«

»Ich habe zwei Männer hier. Ich brauche fünf!«

Rob ging auf den Sheriff zu.

»Ich möchte Ihnen etwas sagen«, erklärte er laut. »Sie sind nicht allein hier. Ich bin Zeuge. Wenn Sie die Leute anschuldigen, lassen Sie eine Kaution festsetzen. Ich bringe sie auf. Und wenn sie nicht genau in derselben Verfassung aus dem Gefängnis kommen, wie sie hineingegangen sind, wird Ihnen das sehr leid tun. Wenn auch nur einer von ihnen angerührt wird, verstehen Sie!« Er drehte sich auf dem Absatz um und ging zum Wagen. Das Getriebe kreischte, als er den Gang einlegte und davonfuhr.

Auf der Straße war Mary's Bend nicht zu erreichen; man mußte auf verschlungenen, überwachsenen Pfaden zehn Meilen zu Fuß zurücklegen.

Rob fuhr kochend vor Wut und Enttäuschung zum Flugplatz, in der Hoffnung, den Hubschrauber des Forstdienstes requirieren zu können, der den Schweißhund zurückgebracht hatte. Er wollte Mary's Bend unbedingt erreichen, bevor es dunkel wurde. Es sah wieder nach Regen aus, der alle Spuren verwischen könnte. Wenn er Hinweise auf das Tier finden konnte, von dem er glaubte, es habe die Familie getötet, hätte er die Handhabe, schnell und entscheidend zu handeln. Aber ohne solche Nachweise würden seine Theorien nicht mehr als übertriebene Spekulationen darstellen. Im Wortschatz eines vernünftigen Menschen kam ›Ungeheuer‹ nicht vor.

»Wo ist das Krankenhaus?« fragte Rob, als sie durch die Stadt zum Flugplatz fuhren.

»Am Ende der Hauptstraße«, erwiderte Romona.

Rob unterbrach dort kurz die Fahrt, um sich anzusehen, was

Isely als ›Beweis‹ bezeichnet hatte: die Leichen der Familie, die bei Mary's Bend umgekommen war. Er wollte dafür sorgen, daß sie nicht beiseite geschafft werden konnten, bevor er Gelegenheit gehabt hatte, sie in Augenschein zu nehmen.

Das Krankenhaus war keines. Es handelte sich um eine kleine Notfallstation am Rand der Stadt, ein einstöckiges, grünes Haus mit sieben Räumen. Es gab eine Art Operationsraum, ein Büro, vier Zimmer mit Betten, einen Raum für Lagerzwecke. Dort hatte man die sterblichen Überreste der Nelsons untergebracht. Die größeren Teile waren in einem Tiefkühlschrank untergebracht, die kleineren eingepackt, um sie zu verbrennen. Rob war noch gerade rechtzeitig gekommen.

Es tat kein Arzt Dienst, nur eine Schwester. Sie holte Dr. Pope, der zwei Häuser entfernt wohnte.

Pope war ein hochgewachsener, hagerer Mann Ende Sechzig. Er war glatzköpfig und sah schwächlich aus. Robs herrische Art schüchterte ihn sofort ein. Er öffnete den Lagerraum und breitete die Überreste auf zwei langen Holztischen aus. Sie sahen aus wie ein Riesenpuzzlespiel, das völlig durcheinandergeraten war. In all den Jahren, seit Rob Medizin praktizierte, war er noch nie von solchem Ekel befallen worden. Die Leiber waren zermalmt und zerfetzt.

»Sonst noch etwas?« sagte Pope.

»Wie kommen Sie auf die Idee, daß das menschliche Hände getan haben könnten?« fragte Rob scharf.

»Ich weiß nicht, was sonst in Frage käme.«

»Warum nicht ein Tier?«

»Bären, meinen Sie?«

»Könnte ein Bär das bewerkstelligen?«

»Ein Bär würde so etwas nie tun. Nicht mit vier Menschen auf einmal. Ich habe mindestens ein Dutzend Verletzungen durch Bären gesehen. Wenn ein Bär eine Gruppe von Menschen angreift, begnügt er sich mit einem Opfer.«

»Die Körper sind völlig zerfetzt! Kein Mensch würde so etwas tun!«

»Es sei denn, er wollte den Eindruck erwecken, es stecke ein Tier dahinter.«

»Das glauben Sie?«

»Tiere töten, um sich zu schützen. Oder um ihre Jungen zu schützen. Sobald das gelungen ist, haben sie kein Interesse mehr am Töten. Das hier war ein Racheakt, die Tat eines kranken Gehirns.«

»Man wird Menschen für das anklagen, was Sie sagen. Überlegen Sie sich genau, was Sie tun.«

Pope antwortete nicht.

»Ich verlange, daß alles eingefroren wird«, sagte Rob scharf. »Alles, was man gefunden hat. Ich veranlasse eine Obduktion. Ich habe auch Blutproben, die tiefgekühlt werden müssen. Ich komme heute abend wieder, um sie abzuholen.«

Pope begleitete Rob zum Auto und ließ sich die Blutproben geben, dann fuhren Rob, Romona und Maggie auf dem schnellsten Weg zum Flugplatz. Als sie ankamen, regnete es leicht, und die Bäume um den Landestreifen begannen im Wind zu schwanken. Zwei Hubschrauber standen auf dem Platz, beide mit dem Symbol des Forstdienstes. Robs Ausweise genügten, um einen Piloten herbeizuschaffen, der zehn Meilen entfernt wohnte.

Der Mann hieß Huntoon. Er war groß und muskulös, von barscher Art und offenbar verärgert, daß man ihn an einem solchen Tag aus seiner Wohnung geholt hatte. Er erklärte, der Flug zu Mary's Bend dauere nur eine halbe Stunde, aber wenn der Wind stärker werde, könne er nicht landen.

Bevor sie einstiegen, drängte Rob Maggie zurückzubleiben, aber sie lehnte ab. Sie wollte sehen, was immer es zu sehen gab, und äußerte sich mit einer Heftigkeit, die Rob an ihr nicht kannte. Der Hubschrauber hob ab und flog den Bergen entgegen.

Bis sie den See erreichten, hatte der Wind umgeschlagen, und sie flogen ihm entgegen. Der Regen prasselte auf die Kanzel, und sie konnten nur zu den Seitenfenstern hinaussehen.

»Wenn da unten ein großes Tier wäre, würden wir es sehen?« sagte Rob zu dem Piloten. Er mußte schreien, um gehört zu werden.

»Wie groß?«

»Sehr groß.«

»Wie ein Elch, meinen Sie?«

»Größer.«

»Es gibt hier nichts Größeres als Elche.«

»Könnten wir ihn von hier oben sehen?«

»O ja. Elche, Hirsche, Bären. Sie fangen an zu laufen, wenn sie hören, daß der Hubschrauber kommt. Man kann sie ganz leicht erkennen.«

»Halten Sie die Augen offen! Ich will nicht landen, wenn da unten etwas Großes ist.«

»Das werden wir gleich sehen. Da ist Mary's Bend. Ich fliege im Kreis, drei Meilen ungefähr.

Der Hubschrauber legte sich auf die Seite und flog tief über den Bäumen dahin, während Rob, Maggie und Romona hinunterstarrten.

»Komisch«, sagte der Pilot. »Weit und breit nichts. Nicht einmal Rehwild.«

»Das ist Naturschutzgebiet«, sagte Romona, die ebenfalls verwirrt war. »Hier wimmelt es sonst von Wild.«

»Naturschutzgebiet?« sagte der Pilot. »Daß ich nicht lache. Die Indianer wildern da unten nach Herzenslust. Sie stellen Bärenfallen, Biberfallen ... Es kann nicht mehr viel Tiere geben.«

»Das ist nicht wahr«, protestierte Romona. »Unsere Leute jagen da unten, gewiß, aber nur, *weil* es soviel Wild gibt.«

»Na schön, aber jetzt ist da unten gar nichts, oder?«

»Wo ist die Stelle?« fragte Rob.

»Unmittelbar unter uns. Sehen Sie die Felsenkluft? Da kommt der Fluß heraus.«

»Können wir hinuntergehen?«

»Ich bin nicht gerade scharf darauf.«

»Ist der Wind zu stark?«

»Bis jetzt noch nicht, aber das kann schnell gehen.«

»Wenn es irgendwie möglich ist, möchte ich landen.«

Der Pilot prüfte seine Instrumente, sprach über Funk mit dem Flugplatz und ließ sich eine Wettervorhersage geben. Er lauschte und nickte.

»Es soll nicht schlimmer werden, sagen sie.«

»Können wir landen?«

»Ja.« Er sprach ins Mikrophon. »XJ23Y. Unterbreche Funkverbindung.« Er sah Rob an. »Man muß über den Bergen bleiben, sonst ist der Funkkontakt weg.«

Sie sanken hinab und wurden plötzlich von starken Abwinden erfaßt. Der Hubschrauber torkelte so stark, daß Maggie erschrocken aufschrie, drehte sich herum und setzte hart auf.

»Scheiße«, sagte der Pilot. »Das war aber gar nicht gut.«

»Ist noch alles in Ordnung?«

»Ja, aber auf den Start freue ich mich nicht. Lassen Sie sich ruhig Zeit. Wir warten lieber ab, bis es etwas ruhiger wird.«

Maggie war von der gefährlichen Landung schlecht geworden, und sie blieb bei dem Piloten sitzen, während Rob und Romona flußaufwärts zu der Kluft gingen, wo Rob die Reste des Zelts entdeckt hatte. Der Regen rauschte herunter, und der Wind wehte hier doppelt so stark wie während des Fluges. Maggie stieg aus der Maschine, um frische Luft zu tanken. Sie zog die Kapuze ihres Anoraks über den Kopf und wickelte sich den Wollschal um den Hals, dann atmete sie tief ein, während sie zu den Bergen hinaufstarrte. Die Gipfel steckten in schwarzen Wolken, und sie sah Blitze zucken, denen der Donner nachgrollte.

»XJ23Y ... hört mich jemand?« sagte der Pilot ins Mikrophon. »XJ23Y ...« Er schaltete das Gerät ab und sah Maggie an. »Hoffentlich haben wir uns hier nicht in die Nesseln gesetzt.«

Eine Viertelmeile flußaufwärts, wo der Fluß von Bäumen flankiert ganz schmal wurde, blickten Rob und Romona stumm auf den Schauplatz der Morde. Es sah erschreckend aus. Sträucher waren herausgerissen worden, Äste geknickt, an Büschen und Bäumen hingen Fetzen von Kleidungsstücken. Der Boden vor dem zerfetzten Zelt war von Blut dunkel verfärbt. An einem Zweig baumelte der Segeltuchschuh eines Kindes. Große Grasstücke waren aus dem Boden gefetzt worden. Romona bemerkte einen hohen Erdhügel, ging darauf zu und begann zu graben.

»Was ist das?« fragte Rob, als sie die Erde wegscharrte.

Sie sah ihn verwirrt an.

»Kot.« Der Regen prasselte auf ihr Gesicht, als sie fassungslos zu Rob hinaufsah. »Verscharrt, wie die Katzen das tun.«

Rob wandte sich ab und ging flußaufwärts unter die Bäume.

Der Regen rauschte herunter, und der Wind wehte hier doppelt so stark wie während des Fluges. Maggie stieg aus der Maschine, um frische Luft zu tanken. (Talia Shire als Maggie.)

Der Donner krachte, und als er verklang, schien es ihnen, als hätten sie einen Schrei gehört. Er hallte von den Felswänden und verklang im aufheulenden Wind. Die drei rührten sich nicht. (Von oben nach unten: Armand Assante als John Hawks, Victoria Racimo als Romona und Robert Foxworth als Rob.)

Romona blieb einen Augenblick stehen, dann folgte sie ihm.

Am Hubschrauber war der Pilot ebenfalls ausgestiegen und starrte neben Maggie besorgt zu den dahinjagenden Wolken hinauf.

»Es kommt schnell, das Wetter. Vielleicht zieht es auch schnell wieder ab.« Er nickte, wie um sich selbst zu beruhigen. »Ja, das wird wahrscheinlich schnell vorbei sein.« Er sah zum sumpfigen Ufer hinüber. Teichkolben und hohe Gräser wurden vom Wind hin- und hergepeitscht. »Sehen Sie die Stangen da?« sagte er und deutete hinüber. »Das ist eine Biberfalle. Wahrscheinlich liegen tote Biber drinnen. Sie bleiben mit dem Hals hängen und ertrinken.«

Maggie folgte mit dem Blick seiner Handbewegung und sah die Stangen zwischen den wippenden Teichkolben emporragen.

»Ich will Ihnen was sagen«, fuhr der Pilot fort, »ich bin ein vernünftiger Mensch, aber irgendwann muß man diesen Indianern eine ordentliche Lektion erteilen. Früher sind die Kerle einfach an den Fersen aufgehängt worden, wenn man sie beim Wildern erwischt hat, aber das geht ja nicht mehr. Wie bei den Negern. Wenn man einen Indianer anrührt . . .«

Maggie wandte sich ab und ging auf das Sumpfufer zu. Der Pilot lachte in sich hinein.

Flußaufwärts, wo die Kluft enger wurde, fanden Rob und Romona eine weitere Stelle der Gewalttat. Die zerfetzten Überreste von zwei Schlafsäcken waren im Unterholz verstreut, ein Wecker lag zertreten am Boden. Über ihnen polterte Donner, und Rob hob den Kopf. Sein Blick richtete sich auf einen klaffenden Bruch an einem Baumstamm, fast zwei Meter über seinem Kopf. Als er nähertrat, sah er in dem weißlichen Spalt die Spuren von drei riesigen Klauen.

»Romona?«

Sie eilte zu ihm.

»Woher kann das kommen?«

»Vielleicht von einem Bären.«

»So hoch oben?«

»Er kann hinaufgeklettert sein.«

»Schauen Sie höher hinauf.«

Über dem Spalt, in der aufgerissenen Rinde verhakt, hing ein großes Knäuel von dickem, schwarzem Pelz. Romona brach schnell einen etwa drei Meter langen, vertrockneten Schößling ab und stieß das Pelzbündel herab, das in ihre Hände hinunterschwebte. Sie untersuchte das Knäuel, und ihr Ausdruck verriet Rob, daß sie so etwas noch nie gesehen hatte.

»Was ist das?« fragte er.

Sie gab es ihm, und er zog es auseinander, legte harte Fasern frei, die fast wie Federkiele aussahen. Der Donner krachte lauter, und Rob spürte, wie es ihm kalt über den Rücken lief.

»Kein Bär, nicht wahr?« sagte er leise.

»Nein.«

»Was dann?«

Sie starrte ins Leere.

»Das ist Katahdin, Mr. Vern«, sagte sie tonlos. »Er ist nicht länger eine Legende.«

Das Laub hinter ihnen wurde plötzlich auseinandergerissen. Romona schrie auf. Eine Gestalt hetzte auf sie zu.

Es war John Hawks. Sein Gesicht war blutverkrustet, von einer Platzwunde an seiner Stirn, seine Augen waren vor Entsetzen starr. Er blieb plötzlich stehen und hob einen Bausch aus dichtem, schwarzem Pelz hoch.

»Habt ihr das gesehen?« rief er.

»Ja«, sagte Rob.

»Es ist *hier*. Was Sie gesagt haben, ist *hier*!«

Romona lief auf ihn zu, und sie klammerten sich aneinander.

»Ich will es finden«, sagte Rob mit klarer Stimme. »Ich will, daß die Wahrheit an den Tag kommt.«

»Wahrheit?« schrie Hawks. »Hier gibt es keine Wahrheit! Hier ist die Lüge verkörpert!«

Der Donner krachte, und als er verklang, schien es ihnen, als hätten sie einen Schrei gehört. Er hallte von den Felswänden und verklang im aufheulenden Wind. Die drei rührten sich nicht. Der Schrei wiederholte sich. Es war Maggie. Rob fuhr herum, hetzte davon, über Felsbrocken stolpernd. Hawks überholte ihn, Romona lief hinterher. Als sie um eine Biegung kamen, blieben sie wie angewurzelt stehen. Maggie stand inmitten der wirbelnden

Teichkolben, die Hände an den Kopf gepreßt, die Augen weit aufgerissen. Der Pilot stand in ihrer Nähe, einer Statue gleich, als wäre er mitten im Lauf gelähmt worden. Beide starrten in den Sumpf. Der Himmel zuckte gleißend in einem Blitzschlag auf, der Donner fetzte hinterher. Maggies Blick richtete sich auf Rob, und er sah, daß sie einen schweren Schock davongetragen hatte. Er lief auf sie zu, gefolgt von Hawks und Romona; als sie zu ihr stürzten, hob sie zitternd die Hand und zeigte auf den Boden.

Sie zuckten alle vor Entsetzen zurück.

Dort im Sumpf, am Wasser, hingen zwei grotesk mißgestaltete Geschöpfe. Ihre Körper waren rosarot und schwarz gefleckt; sie waren etwa einen halben Meter lang. Das eine Wesen war tot und hing an den gekrümmten Krallen seiner verkümmerten Hinterbeine mit dem Kopf nach unten. Sein Leib war lang und dünn und besaß den Umriß eines Vierbeiners, aber zwischen Klauenhand und Flanken besaß es Hautfalten wie eine Fledermaus. Es war ein Spottbild der Entwicklungsgeschichte. Der Kopf war lang und ohne Pelzbewuchs, mit einem aus dem Schädel getriebenen Gehirn, das in rosigen Furchen herausquoll; die Schnauze war schmal, mit scharfen Zähnen, die von einem fliehenden Unterkiefer hinaufragten. Und die Augen waren riesengroß, ohne Ausdruck, wie Fischaugen, das ganze Gesicht beherrschend.

Der Regen peitschte heftiger, der Wind wurde stürmisch, während die Gruppe in betäubtem Schweigen verharrte. Hawks' Mund war zu einer bitteren Linie zusammengepreßt. Romonas Haltung war starr, und sie blickte aus den Augenwinkeln hinunter. »Was, zum Teufel, ist das?« stieß der Pilot hervor.

»Mein Volk hat immer mit dieser Legende gelebt«, sagte Hawks mit zusammengebissenen Zähnen. »Nun wird ihm auch das genommen.«

»Eines lebt«, sagte Romona.

Das zweite der Wesen schwamm auf der leichten Dünung, mit dem Bauch nach oben, das Gebiß im Netz verfangen. Seine Augen standen halb offen, und der kleine Brustkorb hob und senkte sich keuchend.

»Wir müssen es wärmen«, sagte Rob. »Es geht sonst zugrunde.«

Der Regen peitschte heftiger, der Wind wurde stürmisch, während die Gruppe in betäubtem Schweigen verharrte. (Links: Robert Foxworth als Rob und Talia Shire als Maggie; rechts: Victoria Racimo als Romona und Armand Assante als John Hawks.)

»Lassen Sie es«, zischte Hawks. »Lassen Sie es sterben.«
Rob starrte ihn an.

»Ich soll es hierlassen? Wissen Sie denn, was das ist? Das ist Beweismaterial! Das ist es, was Ihren Wald retten wird!«

Hawks sah Rob lange an, dann wandte er sich an den Piloten.

»Ihr Messer.«

»Nein!« schrie Rob.

»Ich schneide es los.«

Hawks nahm das Messer des Piloten und watete ins Wasser, Rob neben sich. Im Nu war das Geschöpf befreit. Rob hob es hoch.

»Nehmen Sie das andere auch mit«, sagte er.

Hawks zertrennte das Netz, rührte das Tier aber nicht an.

»Sie sollen es nehmen.«

»Warum?«

»Ich brauche sie beide.«

»Wozu?«

»Ich kann es aufschneiden und feststellen, wie es aufgebaut ist! Ich kann herausfinden, wovon es sich ernährt hat! Ich kann in Erfahrung bringen, warum es existiert!«

»Sie haben doch das da!«

»Das bleibt am Leben«, sagte Rob. »Ich sorge dafür. Wenn ich es am Leben halten kann, wird es keinen geben, der darüber hinwegzusehen vermag!«

Hawks packte das tote Tier am Hinterbein; Schleim troff aus Nase und Maul, als er es aus dem Wasser zog.

Maggie sah mit starrem Blick zu.

»Es muß eingewickelt werden«, sagte Rob, als er an Land watete.

»Maggie, gib mir deinen Schal.«

»Was?« sagte sie tonlos.

»Deinen Schal.«

Maggie gab ihn mit ausdrucksloser Miene her, und Rob wikkelte das kleine Tier hinein.

»Dann los«, sagte Rob.

»Sehen Sie sich die Bäume an!« rief der Pilot. »Der Wind hat mindestens sechzig Stundenkilometer! Ich kann nicht starten.«

Rob schnitt eine Grimasse. Die Bäume wurden von dem heulenden Wind hin- und hergepeitscht.

»Wir müssen von hier weg!« sagte er.

»Wir werden an die Felswände gedrückt! Sie haben gesehen, was bei der Landung passiert ist. Jetzt ist es noch schlimmer.«

»Ich brauche Wärme für das Tier, sonst geht es ein!«

»Stellen Sie sich irgendwo unter. Es wird vorbeigehen.«

»Wie lange?«

»Ein paar Stunden, vielleicht weniger.«

»Das ist zu lang!«

»Ich kann aber nicht fliegen!«

Rob sah Hawks verzweifelt an.

»Wie weit ist Ihr Dorf entfernt?«

»Zu weit.«

»Zehn Meilen«, sagte Romona.

»Gibt es nichts Näheres?«

»Nichts«, sagte Hawks.

»Meinen *Großvater*!« entfuhr es Romona.

»Das sind nur Zelte.«

»Wir können in zwei Stunden dort sein. Wenn wir uns an den Fluß halten . . .«

»In zwei Stunden kann der Sturm vorbei sein«, wandte Rob ein.

»Oder auch nicht«, sagte der Pilot.

Rob starrte in den Himmel hinauf.

»M'rais Lager«, drängte Hawks.

»Die Zelte sind aber nicht warm genug.«

»Wir können sie erwärmen. Ein Feuer machen.«

»Bitte, können wir da hingehen?« sagte Maggie gequält.

»Ich halte das auch für besser«, rief der Pilot.

»Es bleibt keine andere Wahl«, erklärte Hawks.

»Wir könnten uns in den Hubschrauber setzen und abwarten«, sagte Rob.

»Ich will hier nicht warten«, sagte Hawks dumpf. Rob stutzte. Sie waren hier verwundbar, ob im Hubschrauber oder im Freien. Sie standen vielleicht gerade dort, wo das Tier zu Hause war, das die Verwüstungen angerichtet hatte. Den Klauenspuren nach, die

Rob an dem Baum gefunden hatte, mußte es mindestens fünf Meter groß sein. Er wußte nicht, ob es hinauf- oder hinuntergegriffen hatte. Wenn sie im Hubschrauber blieben, mochten sie in der Falle sitzen.

»Also, gehen wir zu Ihrem Großvater«, sagte Rob zu Romona.

Die Entscheidung wurde von einem ungeheuren Donnerschlag untermalt, und der Regen stürzte wie ein Sturzbach herab, als sie zur Kluft gingen. Rob hetzte zum Hubschrauber zurück, um seine Arzttasche mitzunehmen, der Pilot holte seinen Rucksack. Dann stemmten sie sich gegen Regen und Wind, traten in die schmale Öffnung zwischen den Felswänden und stiegen mühsam über glitschiges Gestein zu dem tobenden Fluß hinauf. Der Pilot keuchte neben Rob her und starrte auf das Bündel in dessen Armen.

»Was *ist* das bloß?« fragte er.

Rob schüttelte den Kopf und stapfte weiter. Er wußte, daß es sinnlos war, eine Erklärung geben zu wollen.

Tief in der Schlucht gingen sie auf die Bäume zu und entfernten sich an einem Hang, der ins Waldinnere führte, schräg vom Fluß.

Romona ging voraus, gefolgt von Hawks, der das tote Tier an einem Hinterbein festhielt, und der erschlaffte Körper schwankte vor Maggies Augen hin und her.

Sie stieg unbeirrt voran, die Arme um ihren Körper geschlungen, als wolle sie schützen, was darin verborgen war, verhindern, daß es sehen konnte, was sie sah. Sie begann ihre Schritte zu zählen, um sich abzulenken, aber das groteske Wesen drängte sich ihrem Bewußtsein immer wieder auf. Sie versteckte das Gesicht in ihrer Jacke und kämpfte gegen die Tränen.

Als es dunkel wurde, knipste der Pilot eine große Stablampe an und stützte Maggie. Rob hatte seine Jacke geöffnet und das Bündel hineingestopft. Er spürte eine plötzliche, ruckartige Bewegung, als das Tier auf seine Körperwärme reagierte. Ein gutes Zeichen. Er war fest entschlossen, es am Leben zu erhalten.

Über ihren Köpfen zischte das Walddach, als der Wind hineinfuhr; der Regen ließ nach, aber der Wind wurde immer heftiger.

Sie waren den ganzen Weg stumm gegangen, und Hawks' Blick glitt zwischen den Bäumen umher, während er Romona folgte. Rob sah immer wieder zu Maggie hinüber, deren Gesicht einer Totenmaske glich. Hoffentlich ahnt sie nicht, wonach Hawks Ausschau hielt, dachte er.

Nach drei Stunden erreichten sie ein seichtes Flußbett. Sie wateten hinüber ans andere Ufer. Das Wasser ging ihnen bis zu den Fußknöcheln.

Sie marschierten nun bergab, und ihre Schritte wurden schneller, als sie sich ihrem Ziel näherten.

»Pssst!« zischte Romona plötzlich. »Da!«

Sie blieben abrupt stehen und starrten durch die Bäume zu einem fernen, flackernden Lagerfeuer, das M'rais Zelte beleuchtete.

»Da sind Leute«, flüsterte Romona.

Hawks und Romona schlichen nach vorn, bis sie die Gestalten von zwei Männern am Feuer sitzen sahen, mit dem Rücken zu ihnen.

»Was ist los?« rief der Pilot.

Rob brachte ihn mit einer Geste zum Schweigen. Er wußte, daß Hawks und Romona fürchteten, der Sheriff könnte bei M'rai sein.

»Was geht denn hier vor?« fragte der Pilot.

Romona sprang auf und lief in das Lager. Die beiden Männer standen auf und drehten sich um. Es waren Indianer. Sie wechselte einige Worte mit ihnen und rief in den Wald: »John! Alles in Ordnung! Sonst ist niemand hier!«

Rob ergriff Maggies Arm und lief mit ihr zu den Zelten. Vor dem lodernden Feuer und geschützt vor dem Regen kamen sie sich richtig geborgen vor.

»Der alte Mann ist fort«, sagte Romona. »Sie wissen nicht, wo er ist.«

»Können sie uns helfen?« sagte Rob.

»Sie können ins Dorf gehen und jemand in die Stadt schikken.«

»Sie sollen jemand holen, der uns hier wegbringt.«

Romona wandte sich an die Indianer und sprach mit ihnen.

Nach drei Stunden erreichten sie ein seichtes Flußbett. Sie wateten hinüber ans andere Ufer. Das Wasser ging ihnen bis zu den Fußknöcheln. (Von links nach rechts: Armand Assante als John Hawks, Victoria Racimo als Romona, Robert Foxworth als Rob, Talia Shire als Maggie und Tom McFadden als Pilot.)

»Augenblick«, sagte Rob. »Nicht eine einzelne Person. Alle. Ich will, daß die Leute das sehen. Die Indianer. Die Menschen in der Stadt. Ich möchte, daß sie alle holen, die mitkommen können.«

Romona sprach wieder mit den Indianern.

»Gibt es in der Stadt eine Zeitung?« fragte Rob.

»Ja.«

»Es soll jemand herkommen. Mit einer Kamera. Und Leute von der Papierfabrik. Und der Sheriff, und ich –«

»Nicht der Sheriff«, warf Hawks ein.

»Die Leute müssen das sehen!« schrie Rob. »Solange wir es noch haben! Solange es noch lebt! Euer Einsatz ist größer als der meine!«

Die beiden Indianer bemerkten erst jetzt, was Rob in den Armen hielt. Ihre Gesichter erstarrten.

»Bitte, helft uns«, flehte Rob sie an. »Bitte, beeilt euch.« Dann lief er zu einem der Zelte. »Ihr habt gesagt, ihr könnt hier Feuer machen!«

»Wir bringen Glut«, sagte Romona.

»Tut das. Maggie, meine Tasche. Ich brauche Licht im Zelt, und warme Tücher. Einen Tisch.«

Maggie und Romona machten sich an die Arbeit. Hawks schaute ihnen einen Augenblick zu, dann nickte er resigniert und bat die beiden Männer, alles zu tun, was der Mann von der Regierung verlangt habe. Er sagte, die Tiere, die sie bei sich hatten, seien mit demselben Stoff vergiftet worden, der die *Katahnas* hervorgerufen habe; sie brauchten jetzt viele Leute im Wald, damit ihre eigenen Leute geheilt werden konnten.

Die Indianer erklärten, im Dorf gäbe es nur ein einziges Auto, das fahrbereit sei; wenn es nicht da sei, müsse man zu Fuß in die Stadt. In diesem Fall könnten sie vor Mitternacht nicht zurück sein. Hawks nickte, und sie verschwanden im Wald, tauchten kurz als Silhouetten auf, als der Horizont wetterleuchtete.

Hawks ging zu dem toten Tier, das er am Waldrand hingeworfen hatte. Es lag auf dem Rücken und war steif geworden. Hawks hob es auf und trug es zum Feuer, dann starrte er in den Wald hinein.

11

Der Gewittersturm war abgezogen und hing nun über den Berggipfeln, hieb mit Blitzdolchen auf sie ein, feuerte Donnerschläge ab, die wie Kanonenfeuer klangen und über den See zurückhallten. Der Wald um M'rais Lager war still geworden, und nur von Zeit zu Zeit fegte noch ein Windstoß Regentropfen von den Bäumen. Die Grillen versuchten ihr Nachtkonzert anzustimmen, verstummten aber bei jedem Donnergrollen.

In den zwei Stunden, seitdem die Indianer sich auf den Weg gemacht hatten, war Hawks unterwegs gewesen, um Brennholz zu sammeln, hatte die feuchte Rinde abgelöst und das Feuer in M'rais Grube hoch auflodern lassen. Er wußte, daß nichts dieses riesenhafte Untier würde abschrecken können, das er sich jetzt als Katahdin vorstellte.

Er hatte M'rais Bogen und einen Köcher mit vier Pfeilen gefunden. Er schoß sie alle ab und sah, daß er nichts verlernt hatte. Einer der Pfeile blieb in einem Astloch stecken, und die Spitze brach ab, als er ihn herausziehen wollte. Nun hatte er nur noch drei Pfeile. Er durfte nicht mehr üben.

Hinter Hawks war eines der drei Zelte von innen hell beleuchtet. Das Licht warf scharf umrissene Schatten auf die dünnen Zeltwände, so daß er sehen konnte, was vorging. Die Gestalten Rob und Maggie beugten sich über einen Tisch; Romona kniete am Boden und fachte Glut an. Der Pilot war nirgends zu sehen. Hawks vermutete, daß er die unterirdischen Gänge erforschte.

Im Zelt war es still. Die Rauchschwaden der Glut hingen in der Luft, und Romona trocknete feuchte Tücher über der Hitze. Robs Augen brannten, während er auf das geschwächte Tierjunge hinabsah. Es lag auf einem Holzblock, schlaff und wie tot, die Augen geschlossen, während die schmächtige Brust zuckte. Seit die Haut getrocknet war, konnte Rob sehen, daß die schwarzen Stellen weicher, daunenartiger Pelz waren. Die Hautfalten von den Flanken bis zu den winzigen Krallenhänden waren überaus dünn, wie eine Ei-Membran. Die Lider waren durchsichtig, so daß die Pupillen auch bei geschlossenen Augen hinauszustarren schienen. Die Nase bestand nur aus zwei Löchern am Ende eines kleinen Vorsprungs. Die Zähne waren nadelspitz und schnappten ab und zu nach Rob, wenn er mit den Händen zu nah herankam, obwohl das Wesen nicht bei Bewußtsein war.

Trotz seines grotesken Aussehens war das Tier auf irgendeine Weise einnehmend. Vielleicht, weil es krank und verwundbar war. Vielleicht, weil es klein war.

Rob hatte dem Tier eine Adrenalinspritze gegeben, und der Herzschlag hatte sich gekräftigt, war beinahe zu schnell geworden.

»Wird es sterben?« flüsterte Maggie.

»Ich glaube nicht.«

Maggie verspürte Erleichterung. In den Stunden der Krankenwache hatte sich ihre Einstellung zu dem Tier verändert. Der mißgestaltete Körper war nicht mehr häßlich, sondern auf seine ganz eigene Art zierlich und beinahe schön. Es war ein lebendes, atmendes, leidendes Wesen, das man beschützen mußte.

Aber tief in ihrem Inneren wandelte sie auf einem dünnen Grat. Der Sturz auf die eine Seite war der in die unerträgliche Wirklichkeit, auf die andere in den Abgrund des Wahnsinns. Davon auszugehen, daß dieses Geschöpf vielleicht Ähnlichkeit mit dem besaß, was in ihr heranreifte, hätte den Zusammenbruch bedeutet. Es zu bestreiten, hieß, die Realität zu verachten.

Rob hatte bemerkt, daß sie in qualvollster Weise mit sich rang, aber er ahnte nicht, wie tief das reichte. Mit der Zeit wurde seine Sorge jedoch immer größer, weil sie sich von allem außer dem kranken Tier zurückzuziehen schien.

»Noch ein Tuch?« sagte Romona.

»Nein, sonst wird es zu warm. Können wir etwas von dem Rauch wegbringen?«

»Ich kann die Klappen weiter öffnen.«

Der Pilot kam staubbedeckt aus einer schmalen Öffnung im Boden herauf.

»Nichts als Erde da drunten.«

»Keine Vorräte?« sagte Rob.

»Hab' nichts gefunden. Nur Gänge zum Herumkriechen.«

»Ich brauche ein steriles Glas.«

»Ich sehe in den anderen Zelten nach«, sagte Romona.

»Irgendein Glas, einen Einmachtopf, den man fest verschließen kann.«

»Ich habe ein großes Glas Vitamintabletten«, sagte der Pilot.

»Holen Sie es.«

»Es ist in meinem Rucksack.«

»Schau!« stieß Maggie plötzlich hervor. Das kleine Tier verkrampfte sich plötzlich. Die Lider waren aufgerissen, die Pupillen nach oben verdreht. Der Körper wurde starr und begann zu beben, während ihm Schaum vor das Maul trat.

»Schnell! Das Glas!« fauchte Rob.

Maggie wollte das Tier berühren, aber Rob hielt sie zurück.

»Nicht!«

»Kannst du denn nichts tun?«

»Ich wage ihm kein Beruhigungsmittel zu geben.«

»So tu doch irgend etwas!« Maggie preßte die Hand auf den Mund. Der Körper des kleinen Wesens bäumte sich auf.

»O Gott . . . mein Gott . . .« stöhnte Maggie auf und schlug die Hände vors Gesicht.

»Hier ist Ihr Glas«, sagte der Pilot.

Rob packte es, schüttete den Inhalt heraus, und hielt es Romona hin.

»Kochen! Dampf! Ich brauche etwas, um den Verschluß zu durchstoßen!«

»Mein Messer«, sagte der Pilot.

»In meiner Tasche, Maggie. Den Schlauch.«

Maggie reagierte nicht. Ihre Augen waren weit aufgerissen und starrten auf das Wesen, das plötzlich erschlafft war.

»Maggie!«

»Ja?«

»Der Schlauch. In meiner Tasche.«

»Ja.«

Sie kramte und fand den Schlauch mit dem Anschlußstutzen, den Rob in das kleine Loch des Deckels schob.

»Ich habe es mit Dampf gesäubert, so gut ich konnte«, sagte Romona, als sie ihm das Glas gab.

Maggie sah dumpf zu, als Rob eine Hängelaterne durch das

Glas ersetzte und nach einer Spritze griff. Er starrte unsicher auf das Tier. Die Körpertemperatur war auf jeden Fall zu hoch, das wußte er. Vielleicht rührten daher die Krämpfe.

»Bitte hilf ihm«, flehte Maggie.

Rob nickte und montierte die Infusion. Nach fünf Minuten war sie am kleinen Arm des Wesens befestigt, und als Rob mit dem Stethoskop den Herzschlag abhörte, nickte er befriedigt. Die Atmung normalisierte sich, und die Temperatur ging zurück.

Von draußen hatte Hawks betroffen zugesehen. Die Grillen waren wieder verstummt, der ganze Wald schien zu lauschen. Hawks starrte in die Dunkelheit, sah in jedem schwarzen Umriß eine Bedrohung, im Rauschen der Bäume einen Angriff. Ein Geräusch ließ ihn zusammenzucken. Eine kleine Kröte war aus einem Gebüsch gesprungen und setzte sich auf einen Ameisenhaufen; die Ameisen strömten sofort herbei und fielen über die Kröte her.

Hawks hörte hinter sich etwas und drehte sich schnell um. Der Pilot trat aus dem Zelt und leuchtete Hawks mit der Lampe an.

»Hat aufgehört zu regnen«, sagte der Pilot leise.

Hawks nickte.

»Glauben Sie, daß Ihre Freunde wiederkommen?«

»Sie haben es gesagt.«

»Glauben Sie daran?«

Hawks schwieg verbissen.

»Wenn sie nicht bald kommen, laufe ich zum Hubschrauber zurück und fliege heim.«

Hawks blieb stumm.

»Sind Sie von hier?«

»Ja.«

»Hört sich nicht so an.«

»Nein?«

»Sie reden nicht wie ein Indianer.«

Hawks sah ihn an.

»Sie auch nicht.«

»Bin auch keiner.«

»Heißt das, daß Sie nicht von hier sind?«

Der Pilot wirkte verwirrt. Hawks entfernte sich ein paar

Schritte.

»Die Frau im Zelt, ist das Ihre Squaw?« sagte der Pilot.

Hawks funkelte ihn an.

»Welche?«

Der Pilot schnaubte vor Überraschung und schüttelte den Kopf, dann ging er davon. Hawks konnte hören, wie er den Reißverschluß öffnete und den Gürtel löste, als er in den Wald ging.

Im Zelt war das letzte aus der hängenden Flasche herausgetropft, und Rob füllte sie diesmal mit reiner Salzlösung, ohne den Aminophleinzusatz wie beim erstenmal. Das Mittel hatte gewirkt. Das Wesen bewegte sich und wedelte mit einem seiner winzigen Arme.

Maggie starrte auf das Geschöpf hinunter und streckte wie in Trance die Hand danach aus.

Rob sah sie sorgenvoll an. Sie war leichenblaß. Er sah, daß sie dem Zusammenbruch nahe war.

»Maggie . . .?«

Sie sah ihn an, als kehre ihr Blick aus weiter Ferne zurück.

»Berühr es«, flüsterte sie. »Zeig ihm, daß jemand da ist.«

Er griff nach ihrer zitternden Hand. Sie war eiskalt.

»Komm, setz dich«, sagte er leise.

»Wie alt ist es?« flüsterte sie.

»Ich weiß es nicht.«

»Ist es neugeboren?«

»Ich weiß es nicht.«

»Es ist ein Baby«, sagte sie so leise, daß er sie kaum verstehen konnte. »Es ist eben erst auf die Welt gekommen.«

Ihr Tonfall erschreckte Rob. Er wollte in seiner Tasche nach einem Beruhigungsmittel suchen, als der Pilot hereinkam und nach seinem Rucksack griff.

»Es hat aufgehört. Regen, Wind, alles vorbei«, sagte der Mann. »Ich bin dafür, wir gehen zur Maschine und fliegen zurück.«

»Das können wir nicht.«

»Die Indianer kommen nicht wieder.«

»Sie werden kommen«, sagte Romona.

»Wenn man wartet, bis ein Indianer wiederkommt, kann man drei Tage warten.«

»Sie werden hier sein«, sagte Rob.

»Sie vergeuden Ihre Zeit.«

»Wir warten.«

»Aber ich nicht.« Er wandte sich ab.

»Warten Sie«, sagte Rob scharf.

»Wenn Sie mitkommen wollen, einverstanden.«

Rob warf einen Blick auf Maggie und zögerte, dann sagte er. »Sehen Sie, was hier auf dem Tisch liegt?«

»Eine Mißgeburt.«

»Eine Mutation.«

»Wenn ich so etwas finde, schlage ich es tot und vergrabe es.«

»Es ist auf die Welt gebracht worden von einem Wesen, das vermutlich ganz genauso aussieht. Nur viel, viel größer. Und es treibt sich wahrscheinlich in der Nähe Ihres Hubschraubers herum.«

Der Pilot starrte ihn betroffen an und warf einen angewiderten Blick auf das Geschöpf, das vor Rob lag.

»Ich versuche es am Leben zu erhalten, damit von seiner Art nichts mehr auf die Welt kommt«, sagte Rob.

Maggie ballte die Fäuste, obwohl sie geistig abwesend zu sein schien.

»Wir *brauchen* Sie hier«, fuhr Rob fort. »Wenn wir heute nacht hier nicht wegkommen, müssen wir morgen versuchen, den Hubschrauber zu erreichen.«

»Ich denke, das ist zu gefährlich.«

»Ich vermute, daß das Tier nur nachts herumstreift. Man kann das an der Augengröße ablesen.«

Der Pilot wirkte nicht überzeugt.

»Sie wissen doch von den Vermißten im Wald?« sagte Rob. »Sie sind alle nachts verschwunden. Wenn es ein muß, können wir es am frühen Morgen riskieren, zum Hubschrauber zu gehen.«

Der Pilot dachte eine Weile nach, dann sah er Rob an.

»Ich habe eine Frau zu Hause und ein Kind«, sagte er leise. »Sie werden denken, ich sei irgendwo abgestürzt.«

»Wenn Sie im Dunkeln zum Hubschrauber gehen, kommen Sie vielleicht *nie* mehr nach Hause.«

Der Pilot schluckte krampfhaft, dann nickte er.

»Ich warte«, sagte er und trat aus dem Zelt.

Rob sah Maggie an. Sie schien das Gespräch kaum mitbekommen zu haben.

»Maggie, komm, wir gehen hinaus. Wir brauchen frische Luft.«

Sie zögerte.

»Romona paßt auf.« Er griff nach Maggies Arm und führte sie hinaus in die Nacht. Die Luft war klar und kalt; das Feuer loderte hoch hinauf und erhellte im Umkreis die Bäume. Rob konnte Hawks und den Piloten getrennt in den Wald hineinstarren sehen. Neben Hawks lehnte der Bogen an einem Baumstamm.

Maggie fröstelte, und Rob führte sie zum Feuer und wickelte den Schal fester um ihren Hals. Sie schien sich ganz in sich selbst zurückgezogen zu haben.

Er flüsterte ihren Namen.

Sie reagierte nicht.

»Ich weiß, es ist ein Alptraum, aber es wird bald vorbei sein.«

Sie blieb regungslos.

»Morgen früh sind wir fort von hier«, sagte er leise. »Wir fahren nach Hause. Du brauchst nie mehr darüber nachzudenken.«

Sie richtete sich steif auf, antwortete aber nicht.

»Maggie?«

Sie drehte den Kopf zur Seite. Er trat vor sie hin, aber sie starrte einfach durch ihn hindurch.

»Weißt du noch, was der alte Mann gesagt hat?« fragte Rob. »Von dem Wesen, das erwacht, um sie zu beschützen? In gewisser Weise ist das wahr. Was wir gefunden haben, wird dem ein Ende machen, was hier vorgeht. Niemand kann mehr darüber hinwegsehen.« Er wartete vergeblich auf eine Antwort. »Hörst du, was ich sage? Es gibt einen Grund, warum das alles geschehen ist.« Er griff nach ihr, und sie wurde starr. »Ich weiß, daß es häßlich ist, Maggie. Es ist häßlich, weil es nicht *existieren* sollte.«

Sie sah ihn endlich an. Ihr Blick war hart und zornig.

»Woher weißt du das, Rob?«

Rob schüttelte verwirrt den Kopf.

»Daß es nicht existieren sollte«, ergänzte sie.

»Es ist krank und – mißgebildet.«

»Es *lebt*. Woher nimmst du das Recht, zu sagen, daß es nicht existieren sollte?« Ihre Gesichtsmuskeln waren angespannt. »Gottes Wege sind unerforschlich . . . heißt es.« Sie schauderte, und ihr Gesicht verzerrte sich plötzlich.

»Maggie?« Er streckte wieder die Hand nach ihr aus, und sie hob beide Arme, um ihn abzuwehren. Er stand wie gelähmt, während sie ihn anfunkelte.

»Was ist denn?«

»Ich bin schwanger!« stieß sie hervor. »Ich bin *schwanger*!«

Robs Gesicht wurde kreideweiß. Er riß entsetzt die Augen auf.

»Ich bin schwanger!« kreischte sie. »Und ich habe gegessen . . . was *sie* gegessen haben! Was die Mutter dieser *Kreaturen* gegessen hat!«

»O Gott . . .« flüsterte Rob.

»Die Fische!« sagte sie schluchzend. »Sechs Tage lang! Ist das *genug*? Bringe ich auch ein *Ungeheuer* zur Welt?«

Romona hatte sie schreien gehört und stürzte aus dem Zelt. Auch Hawks und der Pilot liefen auf sie zu.

»Ich bin *schwanger*!« schrie sie mit gellender Stimme. »Ich bin auch befallen! Ich habe eines in mir! Ich auch!«

Rob griff nach ihr, und sie fuhr herum, versuchte in panischer Angst zu fliehen.

»Nein!« kreischte sie, aber er hielt sie am Ärmel fest und versuchte sie an sich zu ziehen. »Laß mich!«

»Maggie!«

»Rühr mich nicht an!« schrie sie verzweifelt. »Laß mich los!« Sie befreite sich mit einem Ruck aus seinem Griff und wich mit weit aufgerissenen Augen zurück.

»Habt ihr Angst vor mir?« schrie sie. »Ich bin die Mutter eines Monstrums! Ich bin auch die Mutter eines Monstrums!«

»Maggie . . .«

»Komm mir nicht zu nah!«

»Bitte, Maggie . . .«

»Du wirst es nicht *töten*! Das lasse ich nicht zu!«

»Maggie . . .«

»Das warst *du*! Du bist schuld!«

»Nein, ich . . .«

»Du wolltest nichts wissen, du wolltest nichts *hören*!«

»Bitte . . .«

»Du hast es gehaßt! Du hast es *gehaßt*!«

»Maggie!«

»Jetzt ist es eine Mißgeburt! Ein Ungeheuer!«

Rob blieb stehen und starrte sie mit gepeinigten Augen an.

»Es will geboren werden!« schrie sie. »Es will geboren werden!« Plötzlich stöhnte sie und preßte die Hand auf den Mund. Zwischen ihren Fingern quoll Erbrochenes hervor. Rob stürzte zu ihr, hielt sie, sank mit ihr zu Boden, wo sie sich wand und stöhnte und sich endlich an ihn klammerte, während sie vor Kälte zu schnattern begann.

»Halt mich fest . . .« ächzte sie.

»Ich bin da.«

»Laß mich nicht los. Laß nicht zu, daß es getötet wird. Ich kann es nicht töten.«

»Nein, nein«, sagte er beruhigend und strich über ihre Haare. Plötzlich atmete sie scharf ein und preßte die Hände auf den Bauch.

»Es tut mir weh!« schrie sie auf.

»Leg dich hin.«

»Es verschlingt mich!«

»Das kommt vom Erbrechen, leg dich zurück . . .«

»Laßt nicht zu, daß es mir *weh* tut!«

»Meine Tasche«, sagte Rob. Romona fuhr herum, rannte ins Zelt und brachte die Arzttasche.

»Tu ihm nicht weh«, flehte Maggie, als Rob ihr die Jacke auszog und den Pulloverärmel hinaufschob. »Tu meinem Baby nicht weh . . .«

Mit zitternden Händen zog Rob eine Spritze auf. Er hatte nichts anderes mehr als Morphium. Er nahm eine winzige Menge und spritzte sie Maggie in die Vene.

»O Gott!« schrie sie auf, um sich Augenblicke später zu beruhigen.

»Maggie.«

»Ja.«

»Es wird alles gut werden ...«

»Nein.«

»Wir schaffen das.«

»Nein. Ich kann es nicht umbringen.«

»Entspann dich ... sei ganz ruhig ...«

Sie schloß die Augen und sank zurück.

»Laß mich nicht im Stich ...« flüsterte sie, dann wurde sie stumm.

Hawks, Romona und der Pilot gingen langsam davon. Rob hielt Maggie in den Armen. Sein Gesicht verzerrte sich, und ein trockenes Schluchzen schüttelte ihn, während er Maggie hin- und herwiegte.

Nach einer Weile beruhigte er sich und lauschte in die Stille des Waldes hinein. Es war, als hielte alles den Atem an.

Dann hörte er Knacken und Rascheln, weit entfernt. Zuerst fast unhörbar, dann lauter.

Er versuchte Maggie zu wecken, sie hochzuziehen. Der Pilot kam heran, um ihm zu helfen, während er weiter in die Dunkelheit hineinstarrte. Hawks trat ein paar Schritte unter die Bäume und lauschte.

Romona kam aus dem Zelt und lauschte ebenfalls.

»Es sind Leute«, sagte sie erleichtert.

»Schaut«, rief Hawks.

Ihre Blicke folgten seiner Geste zu einer Reihe winziger Lichter, die zwischen den Bäumen langsam auf sie zukamen. Es waren Laternen und Taschenlampen, nebeneinander aufgereiht wie eine leuchtende Perlenkette.

»Sie kommen aus dem Dorf«, sagte Romona.

»Was soll uns das nützen?« fragte der Pilot grimmig. »Wir brauchen Fahrzeuge.«

Rob führte Maggie ins Zelt und raffte Sackleinen zusammen, damit sie sich an die Glut setzen konnte. Als er sie langsam niedergleiten ließ, sah er, daß ihre Augen klarer geworden waren.

»Laß nicht zu, daß sie ihm weh tun, Rob«, flüsterte sie.

Er schüttelte den Kopf.

»Warte hier.« Als er hinaustrat, kamen die Indianer mit den Laternen in die Lichtung. Einige von ihnen waren jung, die meisten aber alt, mit faltigen, ernsten Gesichtern. Sie versammelten sich stumm, und der Feuerschein warf ihre Schatten hoch an die Bäume.

Dann war in der Stille ein Automotor zu hören. Scheinwerferstrahlen zuckten durch die Dunkelheit, und ein kleines Fahrzeug holperte auf sie zu.

»Endlich!« sagte der Pilot.

»Es ist der Sheriff«, sagte Hawks. Er wandte sich ab und ging zum Zelt. »Ich bleibe in den Tunnels, bis ihr fort seid.«

Der Wagen hielt am Rand des Lagers, und vier Männer stiegen aus – der Sheriff und ein Deputy, beide mit Gewehren bewaffnet, Bethel Isely und Kelso, der Holzfäller, der an der Straßensperre mit Hawks gekämpft hatte.

»Waffen weg«, sagte Rob, als sie auf ihn zukamen.

»Was ist los, Vern?« fragte Isely.

»Lassen Sie die Gewehre draußen.«

»Ich habe Sie gefragt, was hier vorgeht.«

»Weg mit den Waffen.«

Isely warf dem Sheriff einen Blick zu und nickte. Der Sheriff gab dem Deputy seine Waffe.

»Nur Sie beide«, sagte Rob zu Isely und dem Sheriff. »Die anderen können später kommen.«

Im Zelt raffte Maggie sich auf und trat an den Tisch, wo das kleine Wesen lag. Romona stand neben ihr. Isely und der Sheriff näherten sich dem Tisch und zuckten zurück, die Gesichter vor Abscheu verzerrt.

Die Augen des jungen Tieres starrten sie hinter durchsichtigen Lidern an, und sein Körper begann zu zittern, als wittere es Gefahr. Es wimmerte und verstummte wieder.

Rob trat zu Isely.

»Das sind die Folgen von Methylquecksilber ... dem Stoff, der aus Ihrer Fabrik kommt. Er hat alles im Wald vergiftet. Er hat diesem Wesen zum Leben verholfen.«

Isely schwieg.

»Wußten Sie davon?« sagte Rob.

Isely sah Rob gequält an.

»Wußten Sie davon?« wiederholte Rob.

Isely starrte das Wesen an.

»Ich . . . ich wollte das nicht«, flüsterte er.

Sie standen bewegungslos am Tisch und starrten im Licht der Petroleumlampe auf das Geschöpf.

Draußen blieben die Indianer stumm und regungslos in der Lichtung stehen, die Gesichter vom Feuerschein erhellt, während am Himmel ein großer, rötlicher Mond aufging. Schließlich trat einer der Indianer vor und ging in das Zelt; andere folgten.

Sie gingen langsam am Tisch vorbei, und man hörte nichts als das Schlurfen ihrer Schritte. Sie zogen der Reihe nach an dem Wesen vorbei und zeigten weder Abscheu noch Überraschung.

Das Tier begann leise zu quietschen; es schien zu sich zu kommen. Seine Laute nahmen an Stärke zu und drangen hinaus in den Wald.

Aus der Tiefe der Dunkelheit kam Antwort. Es war ein kurzer, abgerissener, schriller Laut. Kelso und der Hilfssheriff, die vor dem Zelt standen, hörten es, ebenso die Indianer. Der letzte von ihnen war aus dem Zelt getreten, und sie standen in einer Gruppe beim Feuer. Ihre Blicke richteten sich auf den Wald, als das Geräusch lauter wurde. Das Jungtier quäkte, der schrille Laut antwortete. Die Zwiesprache wurde immer schneller und lauter.

Romona hörte es im Zelt und drehte plötzlich den Kopf, so daß Rob aufmerksam wurde. Er ging hinaus, gefolgt von Romona, dem Sheriff und Isely. Das kleine Wesen quäkte hinter ihnen, aber das Schrillen aus dem Wald verstummte plötzlich. Alle standen wie angewurzelt und lauschten.

Robs Augen suchten den dunklen Wald ab, aber jenseits des lodernden Feuers konnte er nichts erkennen. Dann hörte er ein Knirschen und Rascheln auf dem Waldboden, so, als bewege sich dort etwas. Es kam auf sie zu, und der langsame, gleichmäßige Rhythmus war mit jedem Schritt deutlicher zu spüren.

»Was ist das?« flüsterte Isely. Romona hob die Hand, um ihn zum Schweigen zu bringen.

Das Quäken des Jungtieres wurde immer drängender und

schriller, das Rascheln und Stampfen näherte sich rascher. Es hatte den Rand der Lichtung erreicht, schien im nächsten Augenblick eindringen zu wollen. Rob hielt den Atem an und ballte die Fäuste. Plötzlich wurde das Laub zerteilt.

Sie sahen die Gestalt des alten Mannes. Es war M'rai. Er trat in die Lichtung und schaute sich fassungslos um.

»Willkommen.« Er lächelte. Rob und Romona sanken vor Erleichterung in sich zusammen.

Dann brach das Chaos aus. Die Bäume hinter M'rai wurden aus dem Boden gerissen; ein ohrenbetäubender Wutschrei zerriß die Luft. Eine gigantische schwarze Erscheinung stürmte auf die Lichtung. Äste und Laub wirbelten umher, als das Ungeheuer nach den Menschen hieb, die schreiend auseinanderstürzten. Es war eine riesenhaft vergrößerte Ausgabe des Jungtieres. Die tellergroßen Augen spiegelten den Feuerschein, vom fliehenden Unterkiefer tropfte Speichel, während es brüllte und zuschlug, Leiber wie Puppen in die Bäume schleuderte. Der Deputy riß sein Gewehr hoch, wurde aber im nächsten Augenblick gepackt und hochgeschleudert, flog in hohem Bogen durch die Luft. Die Lichtung hallte von Panikschreien wider; die Menschen stürzten in allen Richtungen davon, prallten in ihrer blinden Flucht gegeneinander. Rob stand wie angewurzelt im Schock, unfähig, sich zu bewegen, während das Gemetzel vor sich ging; er sah, wie Kelso von den Klauen in zwei Hälften zerteilt wurde und die obere Rumpfhälfte ins Feuer stürzte.

Eine Gruppe von Indianern versuchte, mit dem Auto zu entkommen, aber das Tier stürzte sich darauf und warf es um. Die Männer flogen heraus und kreischten, als der Wagen auf sie stürzte.

Im Zelt riß Maggie das kleine Wesen an sich, die Tropfflasche zerbarst hinter ihr, sie fuhr schreiend herum, wußte nicht, wohin sie sich wenden sollte.

»Der Tunnel!« schrie Hawks, als er aus der kleinen Öffnung im Zeltboden heraufschoß. Er packte Maggie und stieß sie hinein, dann stürzte er hinaus. »Mona!« brüllte er. Romona war nirgends zu sehen. Aus der Feuergrube stob Funkenregen; Menschen heulten auf und liefen durcheinander, manche krochen am Boden dahin. »In die Tunnels!« schrie Hawks. »Die Tunnels! Zu den Zelten!«

Der Pilot lief auf Hawks zu, aber die Klauen packten ihn von hinten, rissen ihn hoch und schleuderten ihn an einen Baum. Das Untier brüllte auf und stürzte sich auf den Sheriff, der sich am Boden wegrollte und mit seinem Revolver zu schießen versuchte. Das massive Bein des Tieres zerquetschte ihm den Schädel, dann wandte die Riesengestalt sich Rob zu; als der Rumpf sich herumdrehte, sah Rob die Zitzen eines Weibchens.

»Vorsicht!« kreischte Hawks.

Rob fuhr herum und sprang davon, hörte die Zeltstangen hinter sich brechen.

»Maggie!« schrie er auf.

»Schon in Sicherheit!« brüllte Hawks. »In die Tunnels!«

Rob kroch auf allen Vieren, als die Bestie sich wutentbrannt auf das Zelt stürzte und es zerfetzte wie dünnes Papier.

»John!« kreischte Romona.

»In die Tunnels!«

Sie raste auf ihn zu, prallte mit Leibern zusammen, die ringsum hochgerissen wurden und verschwanden, sah M'rai in der Nähe der Feuergrube wie gelähmt dastehen, sah die gigantische Gestalt des Wesens ihn umtanzen.

»M'rai!« schrie sie gellend.

Hawks packte sie, riß sie zu einem der Zelte, aber bevor sie es erreichten, wurde es weggerissen; sie schlugen einen Haken, hetzten zu dem letzten Zelt, das noch stand. Isely war unmittelbar vor ihnen angekommen. Er weinte, als Hawks ihn in das dunkle Loch stieß und Romona hinterherschleuderte. Dann lief Hawks wieder hinaus. Es war fast niemand mehr am Leben. Die Wutschreie der Bestie ließen die Luft erzittern, als sie die Zeltreste zerfetzte. Als einziger stand noch M'rai aufrecht und beobachtete das Massaker mit den Augen eines unschuldigen Kindes; ringsum lagen Körperteile wie zerbrochene Gliederpuppen. Rob war ebenfalls noch im Freien und versuchte verzweifelt den Piloten, dessen Gesicht blutüberströmt war, zum letzten Zelt zu ziehen, aber das Riesengeschöpf entdeckte ihn, fuhr brüllend herum und stürzte sich auf ihn.

»Vern!« kreischte Hawks.

Rob sprang davon und überschlug sich. Klauen hieben hinter ihm in den Boden, als Hawks davonhetzte und wild die Arme schwang, um das Wesen abzulenken. Das Ungeheuer fuhr herum, und als Hawks sich zu Boden warf, sah er den Kadaver des toten Tierjungen liegen. Er packte ihn und hielt ihn hoch, und als das Untier sich auf die Hinterbeine erhob, schleuderte er das tote Tier zu ihm hinauf. Es prallte an die Brust des Geschöpfes und fiel herunter. Plötzlich erstarrte jede Bewegung. Die Riesengestalt kam zum Stillstand und stierte auf das tote Junge. Während Hawks hinaufstarrte, senkte sich der riesige, unbehaarte Schädel; aus dem Maul tropften Blut und Speichel. Ein schwacher Laut drang heraus, wie eine Frage. Dann ließ sich das Wesen auf seine vier Beine nieder und stieß den winzigen Kadaver mit der Schnauze an.

Hawks und Rob wichen langsam zurück zum letzten Zelt.

»M'rai!« zischte Hawks.

Der alte Mann reagierte nicht. Er stand unter der gigantischen Gestalt und blickte zu ihr hinauf.

»M'rai!«

Das Tier hörte Hawks' Stimme, und die großen, runden Augen drehten sich langsam zu ihm. Aber es bewegte sich nicht. Es starrte die beiden Männer an und wimmerte. Dann griff es ohne jede Vorwarnung an. Rob und Hawks sprangen ins Zelt und krochen in die enge Tunnelöffnung, hörten, wie die Zeltstangen geknickt, die Wände zerfetzt wurden.

Der Lärm verklang, als sie in die unterirdische Dunkelheit hinabkrochen.

Drei Tunnels führten zweieinhalb Meter unter dem Boden zu einer kleinen Kammer. Maggie kauerte dort und preßte den schlaffen Körper des Tierjungen an sich. Isely hockte weinend neben ihr, das Gesicht an die Wand gepreßt. Rob entriß Maggie das Wesen und zog sie in seine Arme. Romona und Hawks starrten einander im Dunkeln an.

Über ihnen war die Wut des Giganten erschöpft.

Es wandte sich von dem zerfetzten Zelt ab und wankte auf das tote Junge zu. Es kam an M'rai vorbei, ohne ihn anzurühren,

Rob und Hawks sprangen ins Zelt und krochen in die enge Tunnelöffnung, hörten, wie die Zeltstangen geknickt, die Wände zerfetzt wurden. (Robert Foxworth als Rob.)

blieb vor dem Jungen stehen, drehte es mit der Schnauze herum, leckte es ab, als wollte es das tote Wesen ins Leben zurückrufen. Das riesige Tier wimmerte, dann nahm es das tote Junge mit dem Maul auf und trottete langsam in den Wald zurück.

M'rai sah ihm nach, als es mit den nächtlichen Schatten verschmolz und zwischen den Bäumen verschwand. M'rai lächelte. Sein Verstand hatte ihn verlassen.

12

Über M'rais Camp kam die Morgendämmerung herauf und ließ das blutige Schauspiel in allen Einzelheiten hervortreten. Die einst so stille und friedliche Oase sah aus wie ein Schlachtfeld. Die Zelte waren zerfetzt und zerstampft, überall lagen Tote, Arme und Beine ragten aus dem Unterholz, der Boden war aufgerissen und mit dunklen Flecken übersät.

Vom Feuer stieg nur noch ein dünner Rauchfaden empor; M'rai saß davor und leierte irgend etwas vor sich hin.

Als der Morgenruf der Seetaucher ertönte, fuhr der Wind in einen Haufen zerfetzter Tierhäute, Überreste eines Zeltes, und die Überlebenden stiegen der Reihe nach aus ihrem Versteck unter dem Boden hinauf. Hawks war der erste, gefolgt von Romona, dann kam Rob. Er war am ganzen Körper schmutzverkrustet und hatte zahlreiche Blutergüsse davongetragen, und er hielt den schlaffen Leib des noch lebenden Tierjungen in den Armen. Hinter ihm stieg Maggie heraus. Ihr Gesicht war zerkratzt, ihre Augen wirkten verschleiert. Rob legte den Arm um sie und drehte sie zum Wald, damit sie den alptraumhaften Anblick vor ihnen nicht ertragen mußte. Isely kam als letzter heraus; es war nicht mehr derselbe Mensch. Sein Gesicht war eingefallen, die Augen lagen tief in ihren Höhlen.

Hawks und Romona bemerkten M'rai und gingen langsam auf ihn zu. Er drehte sich um und lächelte.

»*A'haniy'aht* Katahdin«, sagte er.

Romona kniete vor ihm nieder und blickte in sein Gesicht. Dann hob sie die Hände und zog die offene Jacke um seine Schultern zu.

»Katahdin *Y'ho'w'atha*«, flüsterte der alte Mann.

»Was sagt er?« fragte Rob, als er hinter ihnen herankam.

»Daß Katahdin ihn liebt«, erwiderte Hawks.

Romona wandte sich ab, um ihre Tränen zu verbergen.

Rob betrachtete die schreckliche Szene vor ihnen. Der Wagen war umgestürzt und eingedrückt. Man konnte darunter Arme und Beine hervorragen sehen, aber keine Bewegung. Die Leiche des Sheriffs lag verkrümmt und geknickt vor einem Baum, nicht weit daneben der tote Deputy, mit dem Gesicht nach oben, den Hinterkopf eingedrückt.

Maggie stand fröstelnd in der Nähe. Rob führte sie zum Feuer und drückte sie sanft auf einen Felsblock nieder.

»Ich bleibe bei ihr«, sagte Romona.

Maggie hielt den Wollschal schlaff in der Hand. Rob griff danach, wickelte das kleine Wesen hinein und legte es neben Maggie auf den Boden. Dann ging er mit Hawks zu den Bäumen. Isely folgte ihnen langsam.

Sie starrten stumm in den nebligen Wald.

»Glauben Sie, daß es noch in der Nähe ist?« sagte Isely stokkend.

»Es ist ein Nachtwesen«, erwiderte Rob.

»Jetzt nicht mehr«, sagte Hawks. »Es wird nicht ruhen, bis es den ganzen Wurf zurückgeholt hat.«

Sie starrten zu dem kleinen Geschöpf in Maggies Schal hinüber.

»Wir müssen es töten«, sagte Hawks. »Wir müssen es verbrennen.«

»Nein.«

»Seine Mutter wird zurückkommen.«

»Erst wenn es dunkel ist. Es ist ein Nachtwesen. Es wird schlafen.«

Hawks schoß das Blut ins Gesicht.

»John!« rief Romona erschrocken.

Sie drehten sich um und sahen sie zum Wald deuten. Dort bewegte sich etwas. Zweige schwankten, als etwas auf sie zukam. Es war der Pilot, schwer verletzt und nur halb bei Bewußtsein, der auf dem Bauch zur Lichtung kroch.

Rob und Hawks rannten auf ihn zu und zogen ihn zu einem Baum, wo sie ihn aufsetzten.

Sein Hemd hing in Fetzen herab, und die Streifen waren mit vertrocknetem Blut verklebt. Seine Schneidezähne waren nach innen gedrückt, an der Stirn war eine verfärbte Eindellung zu sehen. Er lallte etwas.

Rob berührte vorsichtig die Wunde an seiner Stirn. Sie gab nach.

»Wird er am Leben bleiben?« fragte Hawks.

Rob stand auf und entfernte sich ein paar Schritte. Hawks ging ihm nach.

»Kann er überleben?« wiederholte Hawks.

»Ich weiß es nicht.«

»Wir müssen ihn hierlassen.«

Rob schaute sich dumpf nach dem Piloten um.

»Er kann nicht *gehen*«, sagte Hawks.

»Wir könnten ihn tragen.«

»Bis zur Stadt sind es fünfzehn Meilen. Wenn wir ihn tragen, schaffen wir bis zur Dunkelheit nicht die Hälfte.«

»Er wollte fort. Ich habe ihn daran gehindert. Ich kann ihn nicht hierlassen.«

Hawks schüttelte den Kopf.

»Gehen Sie voraus«, sagte Rob. »Sie schaffen es, bevor die Nacht kommt. Schicken Sie uns jemand entgegen. Wir bleiben auf der Straße.«

»Sie können ihn nicht allein tragen.«

»Isely hilft mir.«

»Ich kann ihn nicht tragen«, sagte Isely leise hinter ihnen. »Ich kann kaum stehen.«

Sie starrten einander an.

»Wir gehen in mein Dorf«, sagte Hawks. »Das sind nur zwei Meilen. Dort finden wir Zuflucht. Meine Leute können Hilfe holen.«

»Wie lange werden sie brauchen?« fragte Rob.

»Gestern nacht hat es sechs Stunden gedauert, bis ein Wagen kam.«

»Sie könnten zurück sein, bevor es dunkel wird?«

»Wenn wir bis Mittag im Dorf sind.«

»Warten Sie«, sagte Isely. »Der Hubschrauber muß doch über ein Funkgerät verfügen.«

»Es funktioniert nur, wenn er in der Luft ist«, erwiderte Rob.

»Der Turm mit der Forststation«, sagte Isely. »Da gibt es auch ein Funkgerät.«

Rob sah Hawks an.

»Das sind sieben Meilen.«

»Die Hälfte der Entfernung zur Stadt«, sagte Isely.

»Und dreimal so weit wie zum Dorf«, gab Hawks zurück.

»Aber es gibt ein Funkgerät.«

»Und was liegt dazwischen?«

Isely verstummte.

»Sieben Meilen Wald, so dicht, daß man keine zwei Meter weit sieht. Wir können nicht sieben Meilen durch den Wald laufen, wenn wir nicht wissen, wo die Bestie ist.«

»Ich schon«, sagte Isely. »Ich kann den Piloten nicht tragen. Ich kann nur von Nutzen sein, wenn ich zum Turm gehe. Sie gehen ins Dorf. Wenn ich Kontakt herstellen kann, werden Sie in ein paar Stunden abgeholt.«

Rob sah ihn prüfend an.

»Lassen Sie mich das machen«, sagte Isely. Sein Ton verriet, daß er das als Sühneleistung verstand.

»Ich mache eine Bahre«, sagte Hawks.

Rob nickte.

»Also los.«

Während Hawks junge Bäume aussuchte, um Stangen für die Tragbahre daraus zu machen, und zerfetzte Teile der Zeltwände einsammelte, ging Rob herum und suchte bei den Opfern nach Lebenszeichen. Er fand keine. Rob war ein wenig erleichtert. Mehr als eine Person hätten sie nicht tragen können.

Im demolierten Auto lag ein unbeschädigtes Gewehr, geladen mit drei Patronen. Rob nahm es mit, warf die Patronen aus und steckte sie in die Tasche, dann durchsuchte er die Überreste der Zelte nach seiner Tasche, nach einem Messer oder einer Axt.

Er hatte sich zunächst keine Rechenschaft darüber abgelegt, warum er das Gewehr entladen hatte, aber als er zu Hawks hinübersah, wußte er warum. Er fürchtete, der Indianer könnte das kleine Wesen erschießen.

Während Rob in den Zeltresten kramte, suchte Isely in den Taschen des Sheriffs, des Holzfällers und des Deputys, nahm die persönlichen Dinge heraus, um sie den Angehörigen mitzubringen. Er fand den Revolver des Sheriffs und lud ihn. Dann half er Hawks beim Bau der Bahre.

M'rai saß immer noch am Boden und murmelte vor sich hin. Maggie und Romona kauerten in seiner Nähe, die Blicke auf das Bündel zwischen ihnen gerichtet.

»Ist es noch am Leben?« fragte Romona leise.

»Ja.«

»Wir dürfen es nicht mitnehmen.« Romona starrte das Wesen an. »Wir müssen es hierlassen.«

»Es wird sterben.«

»Mr. Vern«, rief Romona. Rob kam auf sie zu, und sie stand auf. »Wir dürfen es nicht mitnehmen.«

»Wir müssen«, sagte Rob entschieden.

»Es ist eine Gefahr für uns.«

»Ich lasse es nicht zurück.«

»Dann begraben Sie es. Holen Sie es später.«

»Es *lebt*«, sagte Maggie tonlos.

»Dann *töten* Sie es«, fuhr Romona die beiden an.

Hawks trat zu Romona.

»Sie hat recht. Es muß beseitigt werden.«

»Ihr könnt es nicht einfach *töten*«, sagte Maggie.

»Wenn es zu schreien anfängt . . .«

»Es kann nicht«, sagte Maggie. »Seht es euch an. Es kann ja gar nicht!«

Hawks wollte danach greifen, aber Rob trat dazwischen. Er starrte ihm in die Augen.

»Sie haben mich einmal gefragt, ob ich bereit wäre, für das, was ich glaube, zu sterben«, sagte er.

»Es sind noch andere hier.«

»Das weiß ich.«

»Sie würden sie opfern?«

»Nein.« Rob hob das Wesen auf und schob es in seinen Parka. »Wenn es schreit, töte ich es. Ich töte es selbst. Bis dahin bleibt es am Leben.«

Isely kam heran. Er spürte die Spannung, die in der Luft lag.

»Einverstanden?« sagte Rob zu Hawks.

»Wenn es einen Laut von sich gibt, stirbt es.«

Rob nickte.

»Ich bin bereit«, sagte Isely.

»Die Bahre ist fertig«, sagte Hawks kalt.

»Können wir den Forstturm von Ihrem Dorf aus sehen?« erkundigte sich Rob bei Romona.

»Ja.«

Rob wandte sich an Isely.

»Sobald Sie Funkverbindung haben, ziehen Sie etwas hoch. Eine Fahne, ein Hemd, irgend etwas. Wir achten darauf.«

Isely nickte.

»Ich werde mein Bestes tun.« Er wandte sich ab.

»Mr. Isely«, rief ihm Rob nach.

»Ja.«

Rob schwieg einen Augenblick, dann sagte er: »Danke.«

Isely ging in den Wald hinein. Sie sahen ihm nach, bis er verschwunden war.

Hawks hatte den Bogen unversehrt an seinem Baum gefunden und hängte ihn sich über die Schulter, zusammen mit dem Köcher, dann hoben Rob und er den Piloten auf die Bahre. Er war schwerer, als Rob erwartet hatte.

»Ich gehe voraus«, sagte Hawks, als er zwischen die Tragestangen trat. Sie hoben die Bahre hoch. Rob stellte fest, daß er nicht zurechtkam, wenn das kleine Wesen in seiner Parka steckte.

»Maggie«, rief er. »Nimm das.«

»Ich nehme es«, rief Romona.

»Sie nehmen das Gewehr«, sagte Rob. »Es liegt beim Feuer.«

Maggie kam heran und zog das kleine Bündel aus Robs Parka. Sie schauderte, als sie das Gesicht sah. Das kleine Maul war mit getrocknetem Speichel bedeckt, die Haut wirkte faltig.

»Ich glaube, es ist tot«, flüsterte sie.

»Es ist nicht tot. Gehen wir.«

Hawks setzte sich in Bewegung, und Rob stolperte dahin, bis er den richtigen Rhythmus gefunden hatte. Maggie stapfte hinter ihm her, den Blick von dem Bündel in ihren Armen abgewendet.

Romona hob das Gewehr auf und half M'rai auf die Beine. Sie stützte ihn ein wenig, als sie der Gruppe in den Wald folgten.

Die zwei Meilen zum Dorf waren nur mühsam zu bewältigen; es ging fast nur bergauf. Überall lagen umgestürzte Bäume, über die sie hinwegsteigen mußten. Robs Nacken schmerzte, und seine Arme zitterten, während er sich mit dem Gewicht der Bahre abplagte. Hawks ging stumm dahin und ließ den Blick immer wieder durch den Wald gleiten. Vögel sangen und flatterten über ihnen; Eichhörnchen starrten sie aus dem Geäst an.

Maggie spürte, wie das Wesen in ihren Armen durch die Wärme zu sich kam. Es öffnete ein Auge und starrte aus der warmen, geschützten Dunkelheit hinaus.

»Muß absetzen«, ächzte Rob.

»Weiter«, drängte Hawks.

»Ich kann nicht mehr . . .«

»Romona.«

Sie eilte zu Rob und griff nach einer der Stangen.

»Nein«, sagte Rob.

»Lassen Sie sich helfen.«

»Es geht schon.«

»Hilf ihm«, befahl Hawks.

Romona legte das Gewehr auf die Bahre und nahm Rob die Tragestange aus der Hand. Rob ließ die eine Stange los.

»Wie weit noch?« keuchte er.

»Oben auf der Kuppe haben wir die Hälfte hinter uns«, sagte Hawks.

Nach vierzig Minuten hatten sie den Kamm erreicht und blieben stehen, starrten hinunter auf den See und die Siedlung. Der See lag glatt und still, und auch im Dorf rührte sich nichts. Man sah keine Anzeichen von Leben.

»Sie sind fort«, flüsterte Romona fassungslos.

Auch Hawks schien wie vor den Kopf geschlagen zu sein.

»Es ist niemand da?« sagte Rob tonlos.

»Niemand.«

»Der Wald hat sich gegen sie gewendet«, sagte M'rai. »Wir haben Katahdin erzürnt.«

Hawks und Rob setzten die Bahre ab. Rob sank zu Boden und legte sich auf den Rücken. Er rang nach Luft. Seine Rückenmuskeln waren verkrampft, seine Hände mit Blasen übersät und blutig von kleinen Splittern, die ihm die Haut aufgerieben hatten.

»Da ist der Turm«, sagte Romona. Rob hob mühsam den Kopf und sah am anderen Ufer des Sees den Hochstand über die Bäume ragen.

»Wie lange sind wir gegangen?« stieß er hervor.

»Zwei Stunden. Vielleicht weniger«, sagte Hawks.

»Isely müßte bald dort sein.«

»Es sei denn, er ist in die Stadt gegangen.«

»Warum sollte er das tun?« fragte Maggie angstvoll.

»Er wußte, daß er es allein schaffen konnte«, erwiderte Hawks. »Ohne uns konnte er laufen. Er kann es schaffen, bevor es dunkel wird.«

»Er wird zum Turm gehen«, sagte Rob. »Er wird hingehen.«

Hawks drehte den Kopf und sah ihn grimmig an.

»Wenn er es nicht tut, sitzen wir die Nacht hier fest.«

Rob stand mühsam auf, sie griffen nach der Bahre und stiegen zum leeren Dorf hinunter.

Isely hatte seine Wanderung im Laufschritt begonnen, das aber nicht durchhalten können. Nun lief er abwechselnd dreihundert Schritte, dann ging er dreihundert langsam weiter, zählte lautlos mit, um sich von den Gefahren abzulenken, die im Wald auf ihn lauerten.

Er konnte den Forststand bereits sehen, dessen Dach kaum eine Meile entfernt die Bäume überragte. Er fand neue Energie in sich und begann zu laufen, huschte zwischen den Bäumen dahin, bis er Seitenstechen bekam und seine Beine schmerzten. Er wurde langsamer und keuchte, blieb stehen und lehnte sich an einen Baum.

Als seine Atemzüge leiser wurden, nahm er ein Geräusch wahr. Es war das Summen von Fliegen. Er stieß sich von dem Baum ab und wankte weiter, fand einen schmalen Weg, der zur Forststation zu führen schien. Das Summen wurde hier lauter, und er sah plötzlich mitten auf dem Weg einen Haufen liegen, auf dem es von Insekten und Ameisen wimmelte. Über dem Ganzen summten die Fliegen.

Er trat näher heran und nahm den Geruch von verfaulendem Fleisch wahr. Er konnte unter der wimmelnden Schicht von Maden und Fliegen die rötlich-schwarze Farbe des Kadavers erkennen, von dem sie sich ernährten. Er trat einen Schritt darauf zu, und eine Wolke von Fliegen stob empor.

Vor ihm lag der verrottende Kadaver eines Wesens, das genauso aussah wie jenes vergangene Nacht in M'rais Camp.

Isely konnte nicht wissen, daß es ein zweites gab, oder daß die Mutter es fortgeschleppt hatte. Er schauderte, blieb einen Augenblick voller Verwirrung stehen, nahm plötzlich einen feuchten, muffigen Geruch wahr. Er erstarrte und wußte, daß er sterben mußte.

Die Bewegung im Gebüsch hinter ihm war blitzschnell, begleitet von einem kreischenden Wutschrei.

Isely drehte sich nicht um. Er wollte nichts sehen. Aber in dem Bruchteil der Sekunde, als sein Kopf am Boden aufschlug, sah er, wie sein Rumpf auseinandergerissen wurde.

Bis zum späten Nachmittag zog eine leichte Wolkendecke über den See und bedrohte die Gruppe im Dorf mit früher Dunkelheit. Wie sie befürchtet hatten, war die Siedlung völlig verlassen, alle Bewohner und ihre Habe verschwunden.

Rob hatte unbeirrt Wache gehalten; seine Augen schmerzten von der Anstrengung, zur Forststation hinüberzustarren. Es war fast vier Uhr, und von Isely kein Zeichen.

Romona befand sich in einer der baufälligen Hütten und kümmerte sich um den Piloten, der am Boden lag, zeitweise zu sich kam und wieder das Bewußtsein verlor.

Im Ofen brannte ein kleines Feuer. Maggie saß davor und

starrte in die Flammen. Das kleine Tier war noch immer in ihren Schal gewickelt. Sie hatte den Schal fest um ihren Körper gebunden, damit es nicht herausrutschen konnte.

In einer Ecke kauerte M'rai, schwankte hin und her und murmelte vor sich hin.

Romona legte dem Piloten ein feuchtes Tuch auf die Stirn, hob den Kopf und sah, daß der Himmel grau geworden war. Sie machte sich Sorgen um Hawks, der vor über einer Stunde das Dorf verlassen hatte, um Hilfe zu holen.

Der Pilot stöhnte und warf den Kopf hin und her. Romona sah, daß er die Augen geöffnet hatte. Sie wirkten klarer als bisher.

»Der Hubschrauber . . .« lallte er.

Sie griff nach seiner Hand.

»Ich kann ihn fliegen«, flehte er.

»Wir sind bald in Sicherheit.«

»Ich kann uns . . . ausfliegen . . .«

»Sie holen uns.«

»Sie wird meinen, ich bin abgestürzt . . .«

»Nein, nein.«

Er wimmerte.

»Es wird alles gut werden.«

Er weinte leise, dann verlor er wieder das Bewußtsein. Romona stand auf und trat hinaus.

Rob stand auf dem Dorfplatz und starrte zum Turm hinüber.

»Noch immer nichts?« fragte sie.

Er schüttelte den Kopf.

»Wir hätten die Straße nehmen sollen.«

»Wir hätten die Bahre nicht fünfzehn Meilen weit tragen können.«

»Wir werden die Nacht hier verbringen müssen.« Sie sahen einander dumpf an. Plötzlich kam John Hawks aus den Bäumen herausgestürzt.

»Mr. Vern!« schrie er, als er ins Dorf rannte. »Eine Dreiviertel Meile von hier . . .« keuchte er, »wo die Bäume vermessen werden, haben sie einen Schlepper stehen lassen!«

»Einen Schlepper?«

»Sie befördern alles Mögliche damit. Er ist wie ein Panzer,

kommt überall durch.«
»Wird er anspringen?«
»Ich kann ihn kurzschließen«, erklärte Hawks.
»Wie lange wird es dauern?«
»Das Gelände ist eben, wir könnten in einer halben Stunde dort sein.«
»Und um in die *Stadt* zu kommen?«
»Drei, vier Stunden.«
»Bis dahin ist es dunkel«, sagte Romona.
»Hier auch«, erwiderte Rob.
»Hier haben wir einen Unterschlupf.«
»Die Hütten sind streichholzdünn. Wenn wir in die Dunkelheit geraten, möchte ich lieber in der Nähe der Stadt sein.«
»Ich bin auch dafür«, sagte Hawks.
»Also gut«, erwiderte Romona.
»Gehen wir!«
Sie hasteten in die Hütte und trugen die Bahre hinaus. Romona griff wieder nach M'rais Arm, und Maggie folgte ihnen mit dem Bündel in den Armen. Hawks hatte Bogen und Köcher umgehängt, das Gewehr lag auf der Bahre. Es begann zu dunkeln, aber sie hatten neue Kraft geschöpft und liefen, so schnell sie konnten.

Maggie strengte sich an, mit Rob Schritt zu halten; sie eilte neben ihm her und studierte sein Gesicht. An seinem Hals traten die Sehnen hervor; er hatte die Zähne zusammengebissen. Sie sahen einander an und nickten.

»Wir schaffen es, Maggie«, stieß er hervor.
»Ja.«
Die Bäume vor ihnen schienen endlos zu sein, dunkel und tief wie die Ewigkeit. Manchmal erschien es Rob, als liefen sie in einer Tretmühle, ohne voranzukommen.

Maggie spürte, wie ein Zittern durch das kleine Tier lief, und sie öffnete den Schal ein wenig. Die beiden Augen standen offen, und das Wesen starrte sie beinahe zutraulich an. Maggie deckte das Gesicht schnell wieder zu und hastete weiter.

»Da!« rief Hawks.
Sie begannen zu laufen, erreichten den Kamm einer Anhöhe

und starrten auf die Fläche hinunter, wo Mensch und Maschine den Wald kahlgeschlagen hatten. Der Boden war verschlammt, die Baumstümpfe ragten zwischen leeren Bierdosen und Abfall heraus. In der Mitte stand ein riesiges Fahrzeug.

»Sieh dir das an!« sagte Rob.

Es war aus Stahl, hoch wie eine Dampfwalze, mit Gummireifen von eineinhalb Meter Durchmesser. Oben ragte eine kleine, verglaste Fahrerkabine heraus, und rund um das Lenkrad konnte man ein halbes Dutzend Steuerhebel sehen.

»Können Sie damit umgehen?« sagte Rob zu Hawks.

»Ich bin dabei, es zu lernen. Wartet hier, bis das Ding läuft.«

Sie stellten die Bahre ab, und Hawks lief auf das Fahrzeug zu, schwang sich hinauf und kletterte in die Kabine.

Maggie sah ihm nach und hörte plötzlich ein schwaches Geräusch aus dem Bündel in ihren Armen. Sie schob es tiefer hinein, aber das Wesen wand sich und wurde lauter. Rob hörte es, und Romona wurde ebenfalls aufmerksam. Sie kam sofort heran und funkelte Rob an.

»Sie haben gesagt –«

»Bitte«, sagte Maggie.

»Maggie . . .«

»Es hört schon auf.«

»Töten Sie es!« fauchte Romona.

Aber ihre Stimmen wurden vom Dröhnen des Schleppermotors übertönt. Aus einem senkrecht stehenden Auspuff drang Rauch. Hawks sprang herunter.

»Los!« schrie er, als er herankam und nach der Bahre griff.

»John«, sagte Romona scharf.

»Los jetzt!« fuhr er sie an.

Romona fuhr wütend herum und starrte Maggie an.

»Es ist still!« sagte Maggie. »Es ist schon still!«

»Gehen wir!« drängte Rob.

Sie hetzten von den Bäumen zu dem Fahrzeug. Rob und Hawks befestigten die Bahre mit Seilen, die vom Trittbrett herabhingen. Romona kletterte auf die flache Pritsche, um die ein dickes Metallgeländer lief. Sie zog M'rai zu sich herauf, Rob stieg mit Maggie auf die Pritsche, und Hawks sprang in die Kabine.

Er blieb mit dem Bogen kurz hängen.

»Ich nehme das!« rief Rob hinauf.

Hawks schüttelte den Kopf und schob sich an das Lenkrad, betätigte Hebel, und das Fahrzeug ruckte zurück und vorwärts. M'rai verlor das Gleichgewicht, aber es gelang Rob, ihn aufzufangen, bevor er hinstürzen konnte.

»Am Geländer festhalten!« schrie Rob, um das Dröhnen des Motors zu übertönen.

Maggie zog sich näher an die Haltestange heran und schob das Bündel dadurch unwillkürlich höher an sich hinauf. Sie konnte ein Geräusch hören. Es war kein Quäken, sondern beinahe ein Schnurren. Sie spürte das sanfte Vibrieren unter ihrem Kinn.

»Geben Sie mir das Gewehr«, rief Rob Romona zu.

Sie nahm es von der Bahre und reichte es ihm hinüber, dann legte sie die Arme um M'rai herum und hielt sich mit beiden Händen am Geländer fest.

»Alles bereit?« rief Hawks.

»Los!« schrie Rob.

Das Fahrzeug ruckte und drehte sich auf der Stelle, dann rollte es vorwärts. Der Motor dröhnte noch lauter als vorher, und das ganze Gefährt vibrierte wie ein Preßlufthammer, als es über den unebenen Boden stampfte. Rob stieg über das Geländer und quetschte sich in die Kabine.

»Wie kommen wir hin?« fragte er Hawks.

»Ein Flußbett führt zum See. Wir fahren am Ufer bis zur Straße.«

»Mein Wagen steht dort in der Nähe.«

»Ich sitze lieber in dem Ding hier!« erwiderte Hawks und hieb mit der Faust auf das Armaturenbrett. Rob nickte, schob sich hinaus und stieg zu den anderen hinunter, hielt sich mit beiden Händen fest, die Arme um Maggie gelegt, wie Romona es mit M'rai machte.

Es wurde rasch dunkel, und ein starker Wind kam auf und fegte zwischen den Bäumen dahin. In der Kabine wurde Hawks durchgeschüttelt, während er die Hebel betätigte. Er warf einen Blick auf die Treibstoffanzeige; nicht einmal halb voll.

Als die Dunkelheit herabsank, rollte das Fahrzeug aus einem

dünn bewaldeten Gebiet in Hügelland hinein. Hawks wußte, daß die undurchdringliche Baumreihe auf der rechten Seite zwischen ihnen und dem See lag. Irgendwo vor ihnen gab es ein trockenes Flußbett, das direkt durch den Wald zum Ufer führte. Als Kind war Hawks dort hinuntergerannt und hatte sich ins Wasser gestürzt. Er suchte nach dem ausgetrockneten Flußlauf, aber in der Dunkelheit erschien ihm das Gelände plötzlich fremd.

Er schaute sich um und sah, daß die Wolken über dem Gebirge sich zerteilt hatten und den Mond freigaben. Sobald es ganz dunkel war, mußte er die Landschaft beinahe taghell beleuchten. Die schwierige Zeit war jetzt, bevor die Schatten kamen, um den Weg deutlicher hervortreten zu lassen. Dann sah er zwischen den Bäumen auf der rechten Seite einen breiten, gelben Streifen. Es war die Spiegelung des Mondes im See, der ruhig und friedlich unter ihnen lag. Hawks konnte sogar die dunklere Erhebung mitten im Wasser erkennen, die Insel, wo Robs und Maggies Blockhaus stand. Nur der Zugang zum See wollte sich nicht zeigen.

»Da ist der See«, rief Rob. »Direkt unter uns.«

»Ich sehe ihn!«

»Wo ist der Flußlauf?«

»Ich finde ihn nicht.«

»Schalten Sie die Scheinwerfer ein.«

In seiner Verzweiflung hatte Hawks vergessen, daß das Fahrzeug Scheinwerfer besaß. Er suchte nach dem Schalter, fand ihn und drehte ihn herum. Ein Suchscheinwerfer richtete sich auf das Gelände, das an ihnen vorbeirollte. Über seinem Kopf entdeckte Hawks einen Hebel. Er packte ihn und drehte den Scheinwerfer. Der Strahl zuckte über die Bäume. Mit plötzlicher Erleichterung bemerkte er einen hohen Felsen, der wie eine Pfeilspitze aussah. Sie hatten ihn *M'ahay'ah* genannt, den ›Beschützer‹. Das Flußbett war nur einige hundert Meter entfernt.

»Wir schaffen es!« rief Hawks hinunter. »Wir haben schon mehr als die Hälfte hinter uns!«

Die Gruppe auf der Pritsche wechselte triumphierende Blicke, bis auf M'rai, der zu den Bäumen hinüberstarrte. Rob bemerkte es und schob sich an ihn heran.

»Sehen Sie dort etwas?«

»Ich sehe alles.«

»Wir schaffen es, M'rai.«

»Nein«, sagte der alte Mann. Er drehte den Kopf und sah Rob an. »Könnt ihr anhalten?«

Rob starrte ihn entgeistert an.

»Ich möchte aussteigen«, sagte M'rai. »Ihr seid gerettet, wenn ich hier aussteigen kann.«

»*Warum?*«

»Ich kann mit Katahdin sprechen. Er kennt meine Liebe zu ihm. Ich werde ihm erklären, warum wir sein Kind genommen haben.«

Das Fahrzeug kam plötzlich ruckartig zum Stillstand, und der Scheinwerfer drehte sich im Kreis.

»Danke«, sagte M'rai.

Romona griff nach ihm.

»M'rai!«

»Er wartet dort auf mich«, rief M'rai klagend.

Rob packte den alten Mann an den Armen und hielt ihn fest.

»Warum halten Sie!« schrie er zu Hawks hinauf.

»Die Abkürzung zum See! Sie muß hier sein!«

»Sie ist von Farn überwuchert«, rief Romona.

»Lassen Sie mich bitte hinunter, bevor er böse wird«, sagte M'rai.

»Binden Sie ihn ans Geländer«, sagte Rob. »Fesseln Sie ihn.« Er schob sich zur Kabine. »Weiter! Los!«

»Wenn wir das Flußbett nicht finden, kommen wir nicht durch!«

»Auf der rechten Seite«, sagte Romona. »Du mußt auf den Farn achten.«

»Wo?« rief Hawks, während er den Suchscheinwerfer drehte.

»Da drüben muß es sein!«

Neben Romona drang ein lauter Schrei aus dem Bündel in Maggies Armen. Maggie deckte das Wesen fester zu, aber das Tier begann sich zu wehren und zu schreien.

»Werfen Sie es hinaus!« rief Romona. »Es kostet uns alle das Leben!«

»Katahdin ist hier!« erklärte M'rai.

»Los doch!« schrie Rob. »Fahren Sie!«
»Wohin denn?« brüllte Hawks.
»Einfach weiter!«

Hawks zerrte an einem Hebel, und das Fahrzeug fuhr mit einem Ruck nach hinten. Alle packten das Geländer, um nicht hinzufallen. Das Wesen in Maggies Arm vermochte eine seiner Pfoten zu befreien und fuhr mit den scharfen Krallen vor ihren Augen herum, aber sie mußte sich mit aller Kraft festhalten und konnte nichts tun.

»Rob!« rief sie.

»Laß es fallen!« schrie er, während er sich zu ihr hinschob.

Maggie trat zurück, um das Bündel fallen zu lassen, aber die Krallen verhakten sich in ihrem Pullover, und das Wesen begann schrille Rufe auszustoßen.

»Werfen Sie's hinaus!« kreischte Romona.

»Ich kann nicht!«

»Da ist das Flußbett!« brüllte Hawks. »Der Farn!«

Sein Scheinwerfer drehte sich, und Romona schrie vor Angst auf. Sie fuhren alle herum und sahen es. Das Licht des Scheinwerfers spiegelte sich in zwei riesengroßen, flachen Augen.

»O Gott!« schrie Maggie auf.

»Los!« brüllte Rob. »Schnell!«

»Heilige Muttergottes . . .« stöhnte Hawks, als er an den Steuerhebeln ruckte. Das Fahrzeug machte einen Satz nach vorn. Romona und M'rai stürzten zu Boden.

»Es kommt!« gellte Maggies Stimme.

Sie zerrte an dem sich aufbäumenden Bündel in ihren Armen, dann sah sie hinter sich das Laub auseinanderbersten, als die riesenhafte, gespenstische Erscheinung des Wesens in die Lichtung stürzte. Hawks trat das Gaspedal durch und rast blindlings in die Dunkelheit hinein, und das Fahrzeug schwankte und wurde hin- und hergeworfen, während das Untier den Abstand immer mehr verringerte. Vor dem Mond war es nur als titanenhafter Schatten zu erkennen, der mit jedem Augenblick größer wurde. Dann prallte das Fahrzeug gegen einen Baumstumpf, und alle Insassen stürzten zu Boden. Hawks zerrte verzweifelt an den Hebeln, und der Schlepper drehte sich im Kreis, bevor er mit der Geschwindigkeit eines Berg-und-Tal-Bahn-Wagens auf die Bäume hinabraste.

Maggie lag schluchzend am Boden, das zuckende Bündel unter sich. Rob kramte in der Tasche, zog eine Patrone heraus und stieß sie in das Gewehr. Er hielt sich am Geländer fest und zielte auf den riesigen Schatten, aber das Fahrzeug schleuderte plötzlich, und der Schuß ging daneben. Das Tier hatte sie fast erreicht, und das Fahrzeug rollte seitwärts an einem Hügel dahin, in gefährlichem Winkel verkantet.

»Rammen!« brüllte Rob. »Drehen und rammen!«

Hawks rang mit dem Steuer. Er wagte nicht, bei dieser Geschwindigkeit das Lenkrad herumzureißen, um nicht umzukippen.

»Es hat uns erreicht!« schrie Rob.

Der Schädel des Ungeheuers war nur einen halben Meter von der Pritsche entfernt; man konnte sehen, wie Schaum von seinem Gebiß herabtroff. Im letzten Augenblick schwenkte es jedoch zur Seite und lief neben ihnen bergan.

»Sie will uns umwerfen!« schrie Rob.

»Werft es hinaus!« schluchzte Romona, während sie auf Maggie zukroch. »Werft es ihr hinaus!«

»Wirf, Maggie!« brüllte Rob.

Aber Maggie konnte sich nicht bewegen. Mit beiden Händen krallte sie sich in die Bodenbretter. Rob griff hinunter und drehte sie herum, Romona riß den Schal von dem Wesen. Mit einem plötzlichen Fauchen sprang das kleine Tier auf Maggies Nacken und schlug Zähne und Krallen in ihr Fleisch, während es vor Furcht quietschte. Maggie kreischte und rollte sich hin und her, Rob versuchte das Wesen herunterzureißen, aber es gelang ihm nicht. Das kleine Geschöpf hatte sich in Maggie festgekrallt.

»Vorsicht!« schrie Hawks in der Kabine.

Das riesige Muttertier stürzte von oben herab, brachte das Fahrzeug ins Schwanken, es kippte, hing einen Augenblick auf zwei Rädern.

»Springt!« kreischte Rob.

In alle Richtungen schnellten Leiber hinaus, als das Fahrzeug umkippte und mit ungeheurem Krachen stürzte, um dann, sich immer wieder überschlagend, auf den Wald zuzupoltern. Als Rob am Boden aufprallte, sah er, daß Hawks noch in der Kabine war, und der Pilot hatte sich in seinem Zustand nicht befreien können. Das Untier stürzte sich auf den Schlepper, während er zwischen den Bäumen hinunterkippte.

Das Fahrzeug blieb am Fuß eines Felsens liegen, und Hawks versuchte sich durch die geborstenen Scheiben der Kabine hinauszustemmen. Der Bogen, den er auf dem Rücken trug, verhakte sich. Der riesige Schatten stürzte sich auf den hilflosen Piloten und zerfetzte ihn mit einem einzigen Prankenhieb. Hawks befreite sich aus der Kabine, als die Bogensehne durch die scharfen Glassplitter abgerissen wurde. Er packte den Bogen und hetzte in die Dunkelheit.

Maggie rannte auf den See zu und kreischte vor Entsetzen, während sie versuchte, das Wesen abzuschütteln, das sich an ihr festgebissen hatte. Rob warf sich dem Gewehr entgegen, das auf dem Boden lag, und stürzte ihr nach, versuchte unterwegs zu laden. Er entdeckte Romona, die durch die Nacht taumelte und nach M'rai schrie.

»Zum Wasser!« schrie Hawks. »Zum Wasser! Schwimmt zur Insel!«

Rob holte Maggie ein und versuchte sie zu packen, aber sie war außer sich vor Angst, wehrte ihn ab und taumelte schreiend zwischen den Bäumen dahin. Rob versuchte, das Gewehr zu heben und auf das festgekrallte Tier zu zielen, aber Maggie wankte hin und her und geriet mit dem Kopf immer wieder vor seine Mündung.

»Ich kann es nicht abschütteln!« kreischte sie. »Ich kann es nicht abschütteln!«

»Ins Wasser!« brüllte Rob. »Ertränk es!«

Hinter sich konnten sie knirschendes Metall hören, als das Untier das Fahrzeug aufriß. Rob betete darum, daß es dort seine Wut auslassen mochte, bis sie den See erreicht hatten.

Hawks war als erster am See. Er blieb stehen und starrte in den dunklen Wald.

»Romona!«

»M'rai!« gellte ihre Stimme. »Ich kann M'rai nicht finden!«

Hawks hetzte wieder den Hügel hinauf und fand sie, zerrte sie gegen ihren Willen zum Ufer und stieß sie ins Wasser.

»Laß ihn nicht zurück!« schrie sie ihn an.

»Schwimm zur Insel!«

Hawks stürmte wieder den Hang hinauf, während Rob und Maggie an ihm vorbeistürzten und ins Wasser sprangen.

»Zur Insel!« rief Rob.

»Nimm es weg! Nimm es *weg*!«

»*Schwimm!*«

»*Ich kann nicht!*«

Rob lief zu ihr, schwang das Gewehr vor ihrem Körper, packte es mit beiden Händen und riß sie mit in tieferes Wasser.

Als Hawks den Hang hinaufgestürmt war, sah er den alten Mann wie gelähmt auf der Kuppe stehen und zusehen, wie das Untier den Schlepper demolierte.

»M'rai!« schrie Hawks, als er auf ihn zulief. »Komm mit!«

»Ich rede mit Katahdin«, sagte der alte Mann ruhig.

Hawks packte ihn und riß ihn mit sich den Hügel hinunter. Das Riesentier entdeckte sie und erhob sich auf die Hinterbeine, drehte den Schädel hin und her.

»Schwimm!« stieß Hawks hervor, als sie das Ufer erreichten.

»Ich werde nicht schwimmen.«

»Willst du sterben?« schrie Hawks.

»Er wird mir nichts tun. Ich nenne ihn bei seinem Namen.«

Hawks packte den alten Mann, aber M'rai wehrte sich. Die Bäume am Hang über ihnen knackten. Die Bestie war auf dem Weg zu ihnen.

»Er verschont dich, wenn ich mit ihm spreche«, sagte M'rai.

Hawks hob den alten Mann hoch und warf ihn ins Wasser, dann sprang er hinter ihm hinein. M'rai kehrte sofort um und watete ans Ufer.

»M'rai!« kreischte Hawks verzweifelt.

Der alte Mann erreichte das Ufer und blieb stehen, um auf Katahdin zu warten.

»M'rai, nein!« brüllte Hawks.

»Ich gehe nicht mit euch.«

Hawks wandte sich in höchster Qual ab, umklammerte den

Bogen und die drei Pfeile und begann zur Insel zu schwimmen.

Rob und Maggie waren in tiefem Wasser und gerieten in Bedrängnis. Rob hatte die Arme um sie geschlungen und die Hände nicht frei, um das Wesen von ihrem Nacken zu reißen, und seine Kraft ließ nach, als Maggie aufschrie und sich in seinen Armen herumwarf.

»Gott . . . o Gott . . . o Gott!« kreischte sie.

»Halt still!«

»Es bringt mich um!«

Rob starrte direkt in die Augen des Wesens, das seine Zähne tief in Maggies Fleisch geschlagen hatte.

»Hilf mir!« schrie Maggie. Sie begann mit den Armen um sich zu schlagen, versuchte sich loszureißen.

»Maggie, nicht . . .«

Aber sie befreite sich aus seinem Griff, und das Wasser schäumte auf, als Rob sie erneut zu packen versuchte.

»Helft uns!« schrie Rob. »Hawks!«

John Hawks sah das Brodeln im Wasser und schwamm mit schnellen Stößen auf sie zu, gefolgt von Romona.

»Sie ist untergegangen!« brüllte Rob verzweifelt. »Sie ertrinkt!«

Hawks ließ Bogen und Pfeile los und tauchte; Romona erreichte Rob und nahm ihm das Gewehr ab; Rob verschwand ebenfalls unter die Wasseroberfläche. Sekunden später tauchten alle drei auf, Maggie halb erstickt und hustend, das Wesen immer noch im Nacken.

»Tauch seinen Kopf unter!« rief Rob und griff nach Maggies Haaren.

Hawks drückte das Wesen unter Wasser. Maggies Augen waren weit aufgerissen, ihr Mund stand vor Entsetzen offen.

»Helft . . . mir . . .« gurgelte sie, als das Wasser in ihren Mund schwappte.

Plötzlich riß das junge Tier die Kiefer auf, und Maggie schrie vor Erleichterung. Rob packte sie unter den Armen und zog sie fort. Die Zähne des kleinen Wesens schnappten um Hawks' Hand zu, und er stieß es unter Wasser. Sein Gesicht war schmerzverzerrt, als er beide Hände gebrauchte, um das Tier unter Wasser zu drücken.

»Der alte Mann«, schrie Romona, als ihr Blick sich auf das Ufer richtete. Im Mondlicht konnte man die Gestalt des Alten ruhig und würdevoll stehen sehen, als die Riesenbestie aus dem Wald schnellte und sich auf die Hinterbeine erhob.

Romona sah M'rai auf das gigantische Wesen zugehen und zu ihm aufblicken, als wolle er mit ihm sprechen. Dann hob das Tier eine seiner Pranken und schmetterte sie hinab, zerquetschte die winzige Gestalt vor seinen Füßen wie eine Fliege. Romona schloß die Augen, drehte sich um, hielt das Gewehr über den Kopf und schwamm auf die Insel zu.

Die dunkle Kuppe, die sich aus dem Mittelpunkt des Sees erhob, war nicht weiter entfernt als eine Viertelmeile. Romona konnte den Umriß des Blockhauses erkennen, während sie mit gleichmäßigen Zügen darauf zuschwamm. Sie sah Hawks vor sich, die erschlaffte Silhouette des neugeborenen Tieres durchbohrt von einem der Pfeile, den er mit dem Bogen über seinen Kopf hielt. Sie konnte Rob und Maggie nicht sehen. Auf dem Wasser bildete sich Nebel, der schnell dichter wurde. Binnen Minuten war er zu einem undurchdringlichen Schleier geworden.

Sie wurde langsamer, trat Wasser, dachte daran, wie leicht es wäre, sich einfach hinabsinken zu lassen.

»Romona!« rief Hawks.

Sie antwortete nicht.

»Vern!« rief Hawks verzweifelt.

»Ich bin hier!« hallte Robs Stimme herüber.

»Wo ist Romona?«

»Ich sehe sie nicht!«

»Romona!« brüllte Hawks voll Qual. »Mein Gott! Romona!«

»Ich bin hier, John«, erwiderte sie.

»Romona!« sagte er schluchzend.

»Ich bin hier«, sagte sie beruhigend. »Keine Sorge.« Sie schwamm langsam weiter.

Als Rob und Maggie ans Ufer wankten und erschöpft in den Schlamm sanken, hörten sie das Ungeheuer auf der anderen Seite aufbrüllen. Der Laut schien das Wasser zu durchlaufen und die

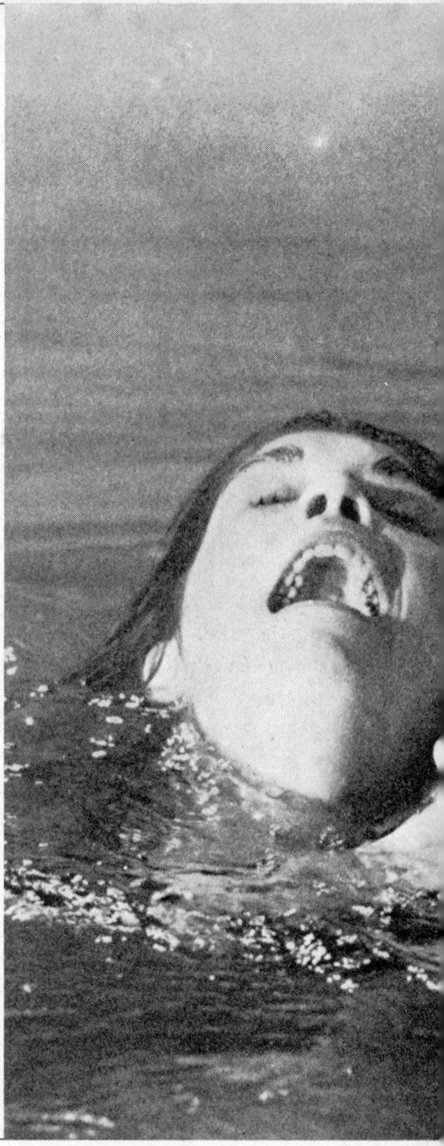

»Hilf mir!« schrie Maggie. Sie befreite sich aus seinem Griff, und das Wasser schäumte auf, als Rob sie erneut zu packen versuchte. (Talia Shire als Maggie und Robert Foxworth als Rob.)

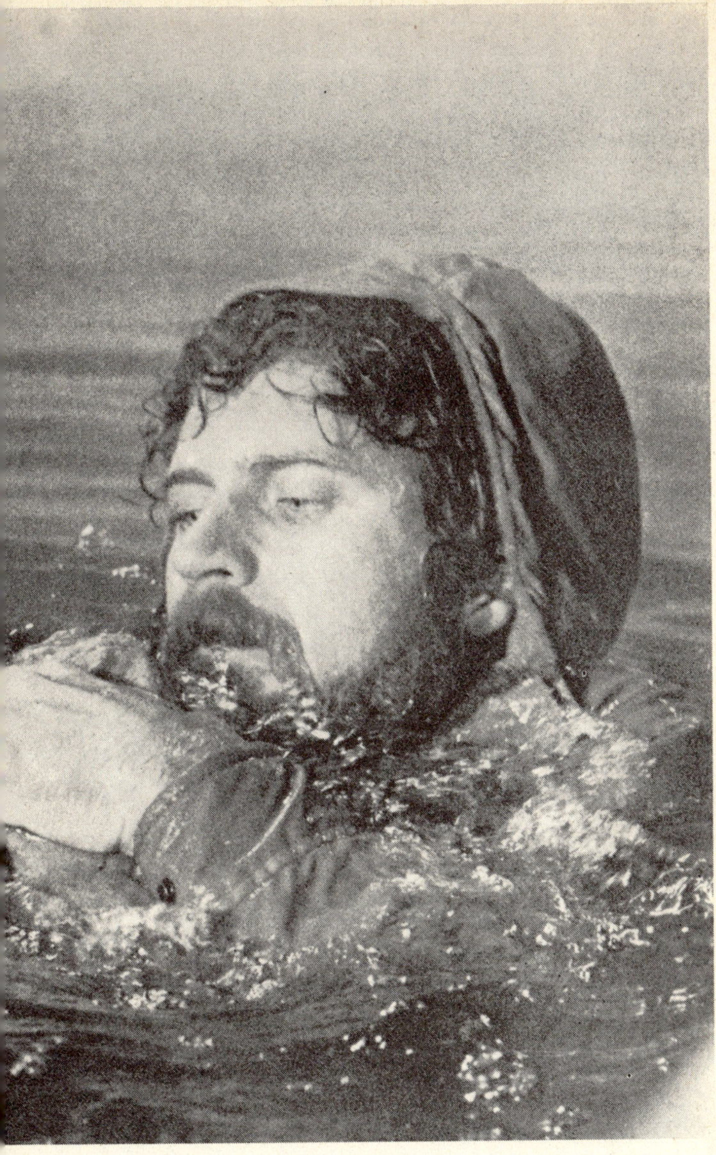

Insel erzittern zu lassen. Der Boden unter Robs Gesicht vibrierte. Maggie lag neben ihm und versuchte stöhnend trockenen Boden zu erreichen. Rob kroch zu ihr und nahm sie in die Arme.

Hawks taumelte vorwärts, Romona mitzerrend, und stürzte auf die Knie, unfähig, weiterzugehen. Er legte sie neben sich ins seichte Wasser und warf das Gewehr zusammen mit Bogen und Pfeilen und dem Kadaver des kleinen Tieres ans Ufer. Dann half er Romona hoch, und sie schleppten sich zu Rob und Maggie, wo sie ebenfalls zusammensanken.

Das Untier heulte vom anderen Ufer herüber, aber sie wußten, daß sie jetzt in Sicherheit waren. Sie blieben liegen und versuchten zu Atem zu kommen.

Das Untier auf der anderen Seite war verstummt. Man hörte nichts als das leise Klatschen der Wellen am Ufer.

Dann nahm Hawks ein Geräusch wahr, ein gedämpftes Plätschern, so als wäre etwas ins Wasser gestiegen und schwimme auf sie zu. Er setzte sich auf und starrte in den Nebel, der hin- und herwaberte. Das Geräusch war verklungen, aber Hawks horchte noch immer in die Stille über dem Wasser hinein.

Romona wurde aufmerksam und richtete sich auf. Wieder war ein Plätschern zu hören. Es schien nähergekommen zu sein.

»Was ist los?« sagte Rob.

»Horcht«, sagte Hawks leise.

Rob setzte sich auf und starrte in den Nebel. Er konnte nichts sehen. Die Wellen, die ans Ufer rollten, schwappten ein wenig stärker.

»Was ist?« flüsterte Rob, als er Hawks' Miene sah.

»Die Wellen werden stärker.«

Rob sah ihn verwirrt an.

»Es ist kein Wind aufgekommen.«

Maggie schob sich in die Höhe.

»Es schwimmt«, flüsterte Romona.

»Wir würden es sehen«, stieß Rob hervor.

»Nein . . .«

»Es kann nicht schwimmen«, stammelte Rob. »Es kann nicht schwimmen . . .« Es war keine Feststellung, sondern ein Stoßgebet.

Aber jetzt konnten sie es schon deutlich hören, die stoßenden Atemzüge, das Plätschern im Wasser.

»Nein ...« wimmerte Maggie.

»Lauf zur Hütte«, befahl Rob.

»Ich kann nicht«, schluchzte Maggie.

»Das Gewehr ...« sagte Rob.

»Hier oben.«

Rob raffte sich auf.

»Nein«, sagte Maggie weinend.

»Steh auf!« stieß Rob hervor.

»Da ist es!« schrie Romona.

Sie drehten sich um und sahen durch den Nebelschleier zwei glühende Punkte auf sich zukommen.

»O Gott, nein!« stöhnte Maggie auf.

Das riesenhafte Wesen antwortete mit einem gurgelnden Klagelaut, und das Wasser ringsum schäumte auf.

»Schießen!« schrie Hawks Rob zu. Aber in diesem Augenblick verschwanden die glühenden Augen, und der Nebelvorhang zog sich zu.

»Ich kann es nicht sehen«, rief Rob, während er die Waffe lud.

»Psst!«

Die Geräusche hatten aufgehört. Das Wasser war plötzlich ganz ruhig, und die kleinen Wellen rollten gleichmäßig ans Ufer. Sie hielten in der Stille alle den Atem an.

»Wo ist es?« sagte Maggie. Hawks hob abwehrend die Hand. Sie konnten nichts hören.

»Ist es ertrunken?« fragte Rob.

Maggie stand langsam auf, und Romona richtete sich neben ihr auf. Sie drängten sich zusammen und starrten auf das glatte Wasser.

»Es ist ertrunken«, sagte Rob. »Es ist ertrunken.« Er sah Maggie an, während ein Leuchten über sein Gesicht lief. »Es –«

Unmittelbar vor ihnen barst eine riesige Luftblase an der Oberfläche, dann erhob sich das Wesen in einer Flut schäumenden Wassers, brüllte zornig auf und hieb mit den Armen um sich. Von Panik erfaßt, stürzten sie alle durcheinander, und die gewaltigen Krallen fetzten in den Schlamm, als sie rutschend und kletternd in Sicherheit zu gelangen versuchten.

»Die Hütte!« schrie Rob und zerrte Maggie mit sich.

Hawks gelang es, seine Waffen hochzureißen. Er schleuderte das tote Tierjunge von seinem Pfeil. Romona stolperte, stürzte hin, rollte zum Wasser, raffte sich wieder auf und rannte hinkend davon.

Hinter ihnen blieb das Untier stehen, sank kurz auf seine vier Beine herab und schnupperte am kalten Kadaver seines Jungen. Es packte ihn plötzlich mit den Kiefern und zermalmte ihn, bevor es die Teile mit heftigen Bewegungen des Schädels ins Wasser schleuderte. Dann erhob es sich auf die Hinterbeine und wandte seine Aufmerksamkeit den vier kleinen Gestalten zu, die am Ufer entlang auf die Hütte zuhetzten. Das riesenhafte Wesen schrie vor Wut auf und setzte sich in Bewegung.

Das Blockhaus war hundert Meter entfernt und zeichnete sich in seinem Umriß vor dem Mondlicht ab, als die vier verzweifelt darauf zustürzten. Sie hörten das Wesen hinter sich durch das seichte Wasser klatschen.

Rob sah Maggies entsetzte Augen, das Blut an ihrem Nacken. Sie fiel immer weiter zurück. Das Untier lief parallel zu ihr am Ufer und wankte plump durch das seichte Wasser, holte aber immer mehr auf. Es gewann einen Vorsprung, als wolle es vor ihnen am Blockhaus sein.

»Es greift uns von vorne an!« brüllte Hawks.

Sie hatten die Hütte fast erreicht, aber das Wesen war fünfzehn Meter vor ihnen. Es prallte gegen den Steg und zerschmetterte ihn, fuhr herum, schien für Augenblicke verwirrt zu sein.

Das verschaffte ihnen Gelegenheit, das Blockhaus zu erreichen. Hawks sprang über das Geländer der Veranda und brach durch die Tür, gefolgt von den anderen.

»Verbarrikadieren!« schrie Hawks.

»Ich sehe nichts!« rief Romona.

Rob hetzte zum Tisch und tastete in der Dunkelheit nach der Petroleumlampe.

»Es kommt!« ächzte Maggie, die am Fenster stand.

Das Wesen stürzte mit voller Wucht heran; das ganze Haus erbebte, als es dagegenprallte.

»Das Fenster vernageln!« brüllte Hawks.

Rob gelang es, die Lampe anzuzünden und zum Schrank zu laufen, wo Hammer und Nägel lagen. Hawks packte den Küchentisch und riß ihn auseinander, preßte die Platte an das Fenster. Rob stürzte auf ihn zu, aber wieder erzitterte das ganze Blockhaus. Vom Kamin fielen Steine herab, während draußen ein Wutschrei gellte.

»Bretter!« schrie Hawks.

»Das Bett!« rief Rob Maggie zu.

Maggie hetzte hinauf, riß die Matratze vom Bett und raffte die Bretter zusammen. Die Decke über ihr begann zu ächzen und sich zu verbiegen, wölbte sich unter einer plötzlichen Last nach innen.

»Rob!« kreischte sie.

Rob rannte hinauf, als eine riesige Klaue sich zwischen den Deckenbalken hereinschob, einen der Balken herausriß, den Blick auf den Himmel freigab.

»Das Gewehr!« schrie Rob.

Aber es war zu spät. Wieder flog ein Balken davon, und die riesige Pranke des Wesens stieß in die Öffnung. Maggie schrie auf und stürzte zu Boden. Rob packte eine Petroleumlampe und schleuderte sie hinauf.

»Nein!« brüllte Hawks. »Nicht anzünden!«

Die Laterne zerbarst an der Decke, und Hawks stürmte mit einer Axt in den Händen die Treppe hinauf. Die Pranke des Ungeheuers sauste herunter, und Hawks schlug mit aller Kraft zu. Aus der Stelle, wo die Axt sich tief in den Pelz gegraben hatte, schoß eine Blutfontäne. Die Pranke zog sich plötzlich zurück, und das Blockhaus erbebte unter einem donnernden Wutgebrüll. Dann wurde alles still.

Rob packte Maggie und zog sie die Treppe hinunter. Hawks blieb oben, die Axt in Bereitschaft. Durch die Öffnung im Dach konnte er jedoch nichts sehen als Mondlicht.

Romona hatte vom Ofen ein Lüftungsrohr abgeschraubt und starrte durch das kleine Loch hinaus. Sie drehte kurz den Kopf zurück und sagte: »Ich kann es sehen. Es geht!«

Sie sah die riesige Erscheinung langsam und humpelnd zu den

Bäumen tappen. Als es dort angekommen war, drehte es sich um, duckte sich und begann auf das Blockhaus zuzustürmen.

»Nein!« schrie Romona auf.

Die Hütte wurde von der Wucht eines Erdbebens getroffen. Romona flog durch den ganzen Raum, als zwischen den Wandbalken der Mörtel herausspritzte, und der ganze Kamin in sich zusammenbrach. Das Fundament begann zu ächzen, und sie rutschten alle auf dem Boden davon.

»Wir kippen!« kreischte Maggie.

Balken über ihren Köpfen knickten und brachen unter der Belastung; Stühle und Tische glitten davon. Mit einem plötzlichen Ruck prallte ein Ende der Hütte auf den Boden, und das ganze Gebäude stand schief.

»Das hält nicht!« schrie Hawks von oben. »Es wird hereinkommen!«

Rob, Maggie und Romona standen mit dem Rücken an der nach unten gekippten Wand; Hawks sprang von oben herunter und packte seinen Bogen. Die zertrennte Sehne schleifte nach, als er an dem schrägstehenden Boden zu Maggies Cello hinaufkletterte. Er packte das Instrument, hob es hoch und zerschmetterte es, riß die Saiten heraus.

Draußen ertönte ein Brüllen, das wie ein Schnellzug auf sie zuzufegen schien; das Blockhaus drehte sich unter dem Anprall halb herum, und die ganze Vorderwand zersplitterte, während Balken von oben herabsausten.

»Das Gewehr!« schrie Hawks. »Es kommt herein!«

Rob stürzte sich auf die Waffe. Hawks klemmte den Bogen zwischen die Beine, arbeitete mit Händen und Zähnen, würgte an Knoten, die ihm immer wieder durch die Finger glitten. Die mächtige Pranke des Untiers barst durch die zerstörte Vorderwand und hinauf durch das Dach. Sie sahen die wutlodernden Augen hereinstarren.

Romona zog Maggie an sich, und Rob hob sein Gewehr. In diesem Augenblick zog Hawks den Knoten mit solcher Heftigkeit zu, daß er rückwärts umfiel.

Mit einem einzigen Hieb brach das halbe Dach ein und zeigte das Ungeheuer in seiner vollen Größe. Von seinen Kiefern troff

Speichel, als es einen Triumphschrei ausstieß und die Arme reckte, daß man die rosigen Hautfalten darunter sehen konnte.

»Schieß!« brüllte Hawks. Und Rob feuerte. Der Kiefer der Bestie explodierte in einer blutigen Wolke, und sie taumelte zurück. Rob lud durch und zielte erneut. Hawks hatte sich aufgerafft und einen Pfeil eingelegt. Er spannte den Bogen. Das Untier kam näher.

»Noch einmal!« schrie Hawks. Er und Rob schossen gleichzeitig. In die Brust der Bestie wurde ein Loch gerissen, ein Pfeil blieb seitlich an ihrem Hals stecken. Sie taumelte, dann richtete sie sich zu voller Größe auf und blähte den Hals.

»Noch einmal!« brüllte Hawks, als er die Sehne zum zweitenmal spannte.

»Es ist *leer*!« schrie Rob.

Mit einem Gurgeln, als bräche ein Damm, riß das Untier das zerschossene Maul auf, und der Mageninhalt sprühte heraus und bespritzte alles mit einer milchigen Flüssigkeit.

Hawks ließ den zweiten Pfeil von der Sehne schnellen, und er fetzte in die Schnauze der Bestie, daß sie vor Schmerzen aufkreischte und mit den Armen wild auf die Hütte einhieb. Die schweren Dachbalken stürzten krachend herunter.

»Lauft«, schrie Hawks. Aber es gab keinen Fluchtweg. Das Blockhaus begann einzustürzen, und die Tragbalken fielen mit solcher Wucht herab, daß sie durch den Boden barsten.

Hawks stand abseits, den letzten Pfeil eingelegt, und wartete auf den richtigen Augenblick, um ihn abzufeuern. Bevor er jedoch schießen konnte, fegte die Pranke der Bestie herein und packte ihn, schleuderte ihn an die Wand.

»Nein!« kreischte Romona auf.

Rob kroch auf ihn zu, aber die scharfen Klauen kamen ihm zuvor, durchbohrten Hawks und hoben ihn hoch, zerquetschten seinen Körper an den Dachresten. Er hing dort einen Augenblick, dann krachte er neben Rob herunter. Hawks' zerfleischte Hand hielt Bogen und Pfeil noch immer umklammert. Rob griff nach der Waffe und bekam den Pfeil zu fassen, aber die Pranke fegte wieder in das Innere.

»Rob!« gellte Maggies Stimme.

»Das Gewehr!« schrie Hawks. Rob stürzte sich auf die Waffe. (Talia Shire als Maggie und Robert Foxworth als Rob.)

Er fuhr herum und versuchte davonzulaufen, aber die Klauen erfaßten ihn und hoben ihn hoch.

»Nei-ein!« kreischte Maggie, aber sie war hilflos und konnte nur zusehen. Das Untier hatte Rob zu seinem Maul hochgerissen und versuchte ihn zu verschlingen.

»O Gott! Gott! Gott!« wimmerte Maggie. Sie sah, wie Rob den Arm zurückriß und den Pfeil mit voller Wucht in das Auge der Bestie stieß, ihn hineinrammte, bis er Widerstand spürte.

Für Sekundenbruchteile kam alles zum Stillstand. Das Wesen stand wie gelähmt, und aus dem zerfetzten Auge schoß ein dünner Blutstrahl. Es ließ Rob fallen und kreischte vor Schmerzen, dann fuhr es herum und wankte, griff nach seinem Auge.

Rob lag im Schockzustand vor dem Blockhaus, während die Bestie über ihm herumwirbelte und schwankte, vor Qual heulend, taumelnd bemüht, das Gleichgewicht zu halten. Sie fiel gegen die Hütte, und die Vorderwand brach ein. Rob hörte die Frauen aufschreien, dann verstummten sie.

Das Wesen ließ die Arme sinken und die Schultern hängen. Das eine Auge drehte sich Rob zu. Dann brach die Bestie in die Knie. Die Zitzen scharrten am Boden entlang, als sie zum See kroch und im Wasser zusammenbrach.

Der schlaffe Riesenleib trieb langsam hinaus, bis ein Schwall von Luftblasen um den untergetauchten Schädel heraufbrodelte.

Dann ging das Tier unter.

Der See wurde wieder glatt, die Nacht still. Der Himmel zeigte erste Helligkeit; im Wald hallte der Schrei eines Seetauchers wieder.

Das Blockhaus hinter Rob war eingestürzt. Er hörte ein Scharren. Mit seiner letzten Kraft drehte er sich am Boden herum und sah Romona unter den Trümmern hervorkriechen. Ihr Gesicht war blutverschmiert, ihre Augen starrten leer vor sich hin.

»Ihre Frau ist dort«, flüsterte sie. »Das Haus ist auf sie gestürzt.«

Mit der Morgensonne stob ein Schwarm Wildgänse über Mary's Lake auseinander, erschreckt vom Getöse anfliegender Hubschrauber. Die Suche, die vierundzwanzig Stunden vorher begonnen hatte, als der Sheriff nicht zurückkehrte, war durch die Dunkelheit unterbrochen worden, als die Spur der Überlebenden am Seeufer endete.

Für die Männer in den Hubschraubern hatte der Anblick der verwüsteten Insel nichts Geheimnisvolles. Sie sahen nur einen Trümmerhaufen, wo ein Blockhaus gestanden hatte – und am Ufer zwei einsame Gestalten.

13

Der Anruf Robert Verns hatte Victor Shusette zutiefst erschreckt. In seinen Worten hatte er wenig Sinn finden können, aber Robs Tonfall war Beweis genug dafür gewesen, daß alles der Wahrheit entsprach.

Shusette hatte Washington sofort verlassen und war nach Portland geflogen und von dort mit dem Taxi zu dem Krankenhaus gefahren, wo Rob ihn erwartete. Shusette gedachte, vorerst nichts davon zu erwähnen, daß im Mittelwesten ein Landstreit zwischen Indianern und Industriefirmen zugunsten der letzteren ausgegangen war.

Shusette schaute zum Fenster hinaus in den Regen. Er fragte sich, wie viele Leute wohl daran dachten, wie wichtig der Regen war, wie sich der Kreislauf ewig wiederholte. Der Himmel dunkelte. Shusette schaute auf die Uhr. Fast acht. Maggie war um sechs in den Operationssaal gebracht worden.

Lange nach Mitternacht kehrte Maggie ins Bewußtsein zurück. Sie begriff langsam, wer und wo sie war, sie sah in Bruchstücken noch einmal, was sie durchgemacht hatte, den Einsturz des Blockhauses, das Herabschweben der Hubschrauber. Sie sah Robs Gesicht vor sich, der sich über sie gebeugt und sie angeschrien hatte, sie müsse leben.

Ohne die Augen zu öffnen, fuhr sie mit den Händen über ihren

Körper, um zu sehen, ob noch alles an seinem Platz war. Ihr Rumpf war fest eingebunden, und sie konnte sich nicht bewegen. Sie öffnete die Lider ein wenig und sah auf beiden Seiten des Bettes Schläuche herabhängen. Am Fußende hingen Gewichte an Schnüren. Ein Streckverband. Und sie war operiert worden.

Sie spürte, als ihre Sinne sich schärften, noch etwas anderes. Ihre Intuition verscheuchte jeden Zweifel. Ihr Schoß war leer. Sie trug kein Kind mehr in sich.

Sie schloß die Augen und schwebte in der Dunkelheit. Langsam wurde ihr klar, daß jemand im Zimmer war. Schritte näherten sich langsam. Leicht und huschend, die Schritte einer Frau.

»Wird sie gesund werden?« flüsterte eine Stimme.

»Ich glaube es.«

Rob saß in einer dunklen Ecke des Krankenzimmers. Romona stand am Bett. Ihre Stimmen klangen erschöpft.

»Und Sie?« sagte Rob.

»Ich gehe wieder zurück. Es gibt Schwierigkeiten.« Sie zögerte. »Die Polizei besteht darauf, eine Obduktion vorzunehmen. Das widerspricht dem indianischen Gesetz. Wir können John nicht so begraben, wie wir das wollten.« Ihre Stimme schwankte. »Er konnte nicht so leben, wie er wollte, und im Tod findet er auch keinen Frieden.«

»Es wird keine Obduktion geben«, sagte Rob.

Romona nickte stumm. Rob stand auf und reichte ihr die Hand. Sie ergriff sie mit ihren beiden Händen. Rob umarmte sie. Sie drehte sich um und verließ den Raum.

Rob trat ans Bett und sah auf Maggie hinunter. Er setzte sich auf die Bettkante, löste das blaue Band, mit dem eine Schwester ihre Haare zusammengebunden hatte. Er beugte sich vor und senkte den Kopf.

Er spürte eine kalte Hand an seiner Wange und sah, daß sie die Augen geöffnet hatte. Sie starrten einander an. Er griff nach ihrer Hand und führte sie an die Lippen.

»Ich werde wieder gesund«, flüsterte sie.

»Ich . . . weiß.«

Sie sahen sich in die Augen und lauschten dem Regen.

»Ich habe es . . . verloren, nicht wahr?« wisperte sie. »Das . . .

Kind.«

»Ja.«

»Ich fühle mich so leer.«

»Es war nicht zu ändern.«

»War es ...?« Sie sprach nicht weiter, aber er verstand sie.

»Ich habe es nicht gesehen.«

»Jemand anderer?«

Er nickte.

»War es –«

»Es war geschädigt.«

Sie schloß die Augen, und aus den Winkeln rannen Tränen. Rob trocknete sie. Seine Kehle war zugeschnürt.

»Maggie?«

»Ja.«

»Du wirst ein Kind bekommen.«

»Ja.«

»*Wir* werden ein Kind bekommen.«

»Ja«, wimmerte sie.

»Es wird anders sein, Maggie.«

»Ich weiß.« Sie umklammerte seine Hand.

»Ich habe dich vermißt, Robert«, flüsterte sie.

»Ich bin wieder da.«

Ihre Hand erschlaffte langsam, und sie schlief ein.

In seinem hohen Turm über den Baumwipfeln saß der Forstaufseher in seinem Schaukelstuhl und starrte mit geröteten Augen hinaus auf den Manatee-Wald, als der Morgen heraufdämmerte. Der See unter ihm war spiegelglatt und warf die ersten Sonnenstrahlen zurück. Alles war still, nicht einmal ein Windhauch zu spüren.

Aber irgendwo im Augenwinkel nahm er eine Bewegung wahr. Er griff nach einem Feldstecher, suchte das grüne Panorama ab und richtete den Blick auf einen grauen Erdhaufen mit bräunlichen Flecken. Er schien sich zu wälzen, als erwache er aus dem Schlaf.

Während er hinunterblickte, nahm die Erscheinung Gestalt an, erhob sich auf die Hinterbeine und richtete sich zwischen den

Bäumen auf. Es war eine Erscheinung, wie er sie schon einmal beobachtet hatte. Nur war diese hier viel größer. In jeder Beziehung mächtiger. Und das Wesen hatte Junge bei sich. Fünf an der Zahl. Sie huschten unter ihm hervor und folgten dem Riesengeschöpf, als es zum See trottete.

Der Forstaufseher ließ das Fernglas sinken und schüttelte den Kopf. Er schloß die Augen, versuchte das Bild fortzuschieben. Man würde ihm wieder Trunkenheit vorwerfen, wenn er das meldete.

Und er fürchtete, daß man ihm damit Unrecht tat.

Epilog

Im Rückblick erscheint alles unausweichlich. Eine bequeme Einstellung, wenn etwas schiefgegangen ist.

Man kann einen tödlichen Verkehrsunfall bis zu dem Augenblick zurückverfolgen, als das Opfer sich sein Auto kaufte. Oder vielleicht noch weiter zurück, bis dahin, als es zum erstenmal von einem Auto träumte. Auf diese Art sind die letzten Einzelheiten von nicht beachteten Halteschildern, überschrittenen Geschwindigkeitsbeschränkungen, defekten Bremssystemen für den Ausgang zuletzt ohne Bedeutung.

Die Geschichte der Umwelt unserer Erde kann man auch aus diesem Blickwinkel sehen, fatalistisch, als eine Frage unsichtbaren, aber unausweichlichen Verkümmerns. Oder man kann sie in ihren Einzelheiten studieren, die zahllosen Signale berücksichtigen, von denen jedes einzelne hätte beachtet werden müssen, um die endgültige Katastrophe zu verhindern.

Die biologische Umwelt in einem schlichten Zimmeraquarium wird in einer Abfolge zunehmend auffälliger Stufen zugrunde gehen: Absterben der Vegetation, Fäulniserscheinungen im Wasser, Braunwerden der Glasscheiben und schließlich der Anblick der ganzen Fischgemeinschaft, die sich an der Wasseroberfläche versammelt und apathisch nach Sauerstoff schnappt. Selbst für das ungebildete Auge wird das Absterben der Lebenskraft deutlich. Wenn wir das auf eigene Faust umkehren können, tun wir es gewöhnlich. Wenn die Zusammenarbeit von zwei oder mehr Individuen erforderlich wird, kümmert man sich meist nicht darum. Der Zusammenbruch einer Umwelt erfordert tatsächlich eine Verschwörung der Fahrlässigkeit.

Der Anthropologe Richard Leakey fand bei seinen Ausgrabungen an den Ufern des Rudolf-Sees in Kenia Hinweise auf menschliche Zusammenarbeit, die bis in eine Zeit zurückreicht, bevor der Mensch überhaupt Mensch genannt werden konnte. Und wir müssen uns fragen, auf welcher Stufe der menschlichen Entwicklung ›Zusammenarbeit‹ für den menschlichen Charakter etwas Abstoßendes geworden ist. Nach Mythos und Psychologie scheint der Mensch dem Diktat einer inneren Dynamik zu folgen, die man das ›Ego‹ genannt hat; ein Mechanismus, der dazu führt, daß jeder einzelne sich als etwas ganz Besonderes empfindet, als eine eigene Gattung. Dieser Mechanismus hat den Weg der Entwicklung in einen Antrieb zur ›Aufwärtsbewegung‹ verwandelt, ein Streben des einzelnen nach Bequemlichkeit und Luxus auf Kosten des Bestandes der Gemeinschaft.

Damit man nicht meine, das sei ein Produkt der Intelligenz, muß darauf hingewiesen werden, daß es eine andere Gattung von Lebewesen gibt, die nach dem Maßstab der Sprache eine meßbare Intelligenz besitzt, welche der unsrigen gleichkommt oder sie, wie manche sagen, übertrifft. In der Gemeinschaft der Delphine, deren Fähigkeit zur Kommunikation und zur Lösung von Problemen in höchstem Maß entwickelt ist, gibt es den Begriff des Ichs in irgendeinem schädigenden Umfang nicht. Selbst wenn wir auf dieses Beispiel verzichten, müssen wir uns fragen, welche perverse Gleichung es ist, in der ›Intelligenz‹ zur Selbstzerstörung führt. Wenn wir die Intelligenz besitzen, Warnsysteme zu erschaffen, warum beachten wir sie dann auf so krasse Weise nicht?

Die Geschichte, die Sie gelesen haben, beruht in ihrem ökologischen Kern auf tatsächlichen Ereignissen. In Zeitschriften in ganz Kanada ist weithin berichtet worden, daß Unternehmen der

Holzindustrie dort seit mehreren Jahren Methylquecksilber – denselben Stoff, der die Katastrophe in Miniamata, Japan, hervorrief – verwendet und in die Binnengewässer geleitet haben. Die geistigen und körperlichen Gesundheitsstörungen der lokalen indianischen Bevölkerung sind als Folgen von Trunkenheit bezeichnet worden. Die Indianer wenden ein, daß sie keinen Alkohol trinken.

Im Drama der Umwelt wird der Begriff ›Science Fiction‹ bald überholt sein. Unsere Phatasie hat Grenzen. Und unsere Wirklichkeit holt sie ein.